Knaur

Lassen Sie sich verführen –
eine Liste der erotischen Lesebücher des Knaur Taschenbuch Verlags finden Sie am Ende dieses Buchs!

**Informationen über die Autoren finden Sie am Ende dieses Buchs!**

**Die Herausgeberin:**

Marie-Sophie Bollacher, geboren 1973 in einem idyllischen Städtchen in Schwaben, studierte Skandinavistik und lebt nach Stationen in Bochum, München und dazwischen immer wieder Tübingen heute in Hannover. Will man den Sternen glauben, so liegt ihr das Küssen im Blut, denn Stier-Geborene haben irgendetwas mit der Venus zu tun (in einer Frauenzeitschrift hat Frau Bollacher mal gelesen, dass Stier-Frauen Sexgöttinnen sind, und daran glaubt sie jetzt fest). In diesem Sinne widmet sie dieses Buch ihrem Mann Philip, denn der muss es ja wissen.

# Zungenküsse

## Unmoralische Angebote
## und andere Lippenbekenntnisse

herausgegeben von
Marie-Sophie Bollacher

Knaur

Besuchen Sie uns im Internet:
www.knaur.de

Originalausgabe

Umschlaggestaltung: ZERO Werbeagentur, München
Umschlagabbildung: Tony Stone, München
Satz: Ventura Publisher im Verlag
Druck und Bindung: Clausen & Bosse, Leck
Printed in Germany
ISBN 3-426-62058-8

2 4 5 3 1

# Inhalt

* Titelformulierung der Herausgeberin

MIT KÜSSEN SEINES MUNDES
BEDECKE ER MICH.
*Hohelied 1,1*

ZUNGENKUSS

Erotisch-sexueller Mund-zu-Mund-Kuss zwischen zwei Menschen, wobei sich die Zungen berühren und in den Mund des anderen eindringen. Meist ein Zeichen besonderer Intimität und als besonders erregend erlebt, ist der Zungenkuss Vorstufe, Begleitung und selbstständige Zärtlichkeit beim sexuellen und partnerschaftlichen Kontakt.

*Lykke Aresin und Kurt Starke*
*Lexikon der Erotik*

*Francesca Lia Block*

# Die Leidenschaft des Surfers

Sie steigt aus dem Wasser, die Tropfen rinnen über ihre Brüste, perlen bebend an ihren Nippeln. Von den Hüften an ist ihr Körper eingezwängt in ein hauchdünnes, silbernes Futteral, das unterhalb ihrer schmalen Taille glitzert. Sie wirft den Kopf zurück und lächelt ihn an; ihr Mund ist wie die dunkel schimmernde Stelle unter dem Stoff, die er nie erreichen kann. Er stolpert über den Sand aufs Wasser zu, sein Schwanz leitet ihn, und er stürzt sich in das salzige Nass.

Als Tom Mac erwacht, schmeckt er immer noch die Wellen, und er spürt, wie seine Lenden zucken. In seinem Kopf ist ein silbergrünes Licht, und er hat einen Steifen. Er weiß, dass er noch mehr geträumt hat, aber er kann sich nicht daran erinnern, und nach ein paar Minuten ist seine Erektion vergangen.

Vielleicht surfe ich heute, denkt er, aber eigentlich weiß er, dass er es nicht tun wird. Es ist schon zu lange her, und er wird nur daran denken müssen, wie es früher war.

Er steht auf, um zu pinkeln, und betrachtet sich dabei im Spiegel – sandblondes, längeres Haar und leicht gebräunte Haut, Fältchen um seine blaugrünen Augen. Er ist dick und langsam geworden, und seine festen Muskeln sind schlaff. Was würde Tawny sagen, wenn sie ihn jetzt sehen würde? Dass sie Recht hatte. Recht damit, ihn zu verlassen. Dass sie es hätte voraussagen können – der frühere Profi, der in dem jetzt von Glyzinien überwucherten Haus wohnt, trinkt zu viel, hängt auf dem Boardwalk herum und hat sein Brett nie wieder angefasst.

Statt wieder ins Bett zu gehen, zieht er sich das Hemd an, das am wenigsten stinkt, ein gewebtes Kapuzenshirt aus Mexiko, Shorts und *huaraches*. Sein Herz klopft, als wolle er wirklich ins Wasser – aber er weiß, dass er es nicht tun wird. Er weiß jedoch auch, dass er an den Pier muss, bevor die Sonne aufgeht und die Menschenmassen den Strand bevölkern. Er muss einfach dorthin.

Es ist noch früh, grau und feucht. Dunst hängt in der Luft, legt sich auf Haare und Haut, schmeckt nach Ozean. Manchmal ist es wie Vögeln, denkt er auf einmal, zum ersten Mal seit langer Zeit, wenn man über die Wellen reitet, wenn man spürt, wie sie sich feucht und salzig schimmernd um dich legen.

Der Boardwalk ist fast menschenleer. Später kommen die Händler mit ihren Kristallen, T-Shirts und billigen Sonnenbrillen, dann kommen die Wahrsager, die Clowns und die Akrobaten, die Bodybuilder, Inline-Skater und die Touristen. Aber jetzt kauern nur Sage und Whitman und ein paar andere Obdachlose, deren Namen anscheinend niemand kennt, auf den mit Graffiti bekritzelten Holzbänken. Selbst die Surfer sind noch nicht aufgetaucht; das Meer ist glatt und stahlgrau. Tauben belagern die von Junk Food überquellenden Abfalleimer, ein stechender Geruch liegt in der Luft. Tom denkt, und das ist nun das Paradies, das ist mein Paradies. Er denkt an Tawny, wie sie in jener Nacht hier zum Klang der Trommeln getanzt hat. Ihre Brüste sprengten fast das Bikini-Oberteil, und der Batiksarong hing tief unter ihrem flachen, gebräunten Bauch. Ihr Haar war salzverkrustet, und sie roch immer nach Sommer.

Tom kauft fünf Becher Kaffee und verteilt vier an die Männer auf der Bank. Einen behält er selber und trinkt einen

Schluck, obwohl der Kaffee noch glühend heiß ist, aber ihm gefällt es, wie er ihm fast die Zunge verbrennt. Whitman sagt: »Du bist früh auf den Beinen, Mac«, und Tom nickt. Ich hatte einen Traum, würde er gerne sagen. Sie würden es wahrscheinlich sogar verstehen. Sie sind gar nicht so viel anders als er. Vergessene Träume halten dich am Leben, wenn du eigentlich nicht mehr aufwachen möchtest. Und er hat doch Glück, oder? Er hat zumindest das Haus und braucht nicht in der Kälte zu schlafen.

Das Haus, das er auf dem Höhepunkt seiner Karriere gekauft hatte, als er und Tawny sich kennen gelernt haben, als er einen festen Wohnsitz in Südkalifornien haben wollte, zu dem er zwischen seinen exotischen Wellenjagden zurückkehren konnte. Es ist ein kleiner, weißer Steinbungalow mit verglaster Veranda und großen Fenstern. Die Glyzinie mit ihren blauen Blütentrauben ist mittlerweile so dicht geworden, dass nicht mehr viel Licht eindringt. Tawny mochte die blanken, kühlen Holzböden, die fast leeren Zimmer, in denen nur das Bett stand, Kissen und Regale. Jetzt ist es mit allem möglichen Zeug voll gestopft, und er verspricht sich ständig, dass er das ändern wird.

Statt zurückzugehen, schlendert er mit seinem Kaffee den Boardwalk hinunter. Er zieht die Kapuze hoch, weil der Dunst mittlerweile in feinen Nieselregen übergegangen ist, aber er will noch nicht nach Hause gehen. Der Traum wirbelt noch in seiner Magengrube, bringt seine Muskeln zum Zucken und zerrt an seinen Eiern.

Das Mädchen im Rollstuhl rollt aus dem grauen Nichts auf ihn zu. Als Tom MacDougal sie sieht, hat er auf einmal das Gefühl, er habe Salzwasser geschluckt, das ihm nun in der Kehle brennt. Ständig gibt es wunderschöne Mädchen am Strand, aber so etwas gibt es selten. Sie ist so schön, dass ihm kaum auffällt, dass sie im Rollstuhl sitzt und ihre Beine und

Füße fest in einen silbrigen Stoff eingewickelt sind, der mit halbmondförmigen Plättchen bedeckt ist.

Als er näher kommt, lächelt sie ihn an, als würde sie ihn kennen. Sie hat strahlend weiße Zähne, und ihre vollen Lippen sind feucht. Er kann sie nur anstarren. Ihre Augen sind kristallgrün und stehen weit auseinander. Er kann ihre Brüste durch ihr nasses T-Shirt sehen, jede Krümmung und jede Linie und ihre zarten, dunklen Nippel. Er hat das Gefühl, er würde sie berühren. Sie fährt sich mit ihren langen, schlanken Fingern über ihr Schlüsselbein, über ihre Brüste, und dann zieht sie ihr T-Shirt aus. Der Regen rinnt in Bächen über ihren vollkommenen, gebräunten Körper. Vollkommen, denkt er, sie ist vollkommen.

Vollkommen verrückt, wie er, dass sie alleine im Regen für einen Fremden ihr T-Shirt auszieht.

Langsam geht er auf sie zu, so wie man sich einem scheuen Tier nähern würde, obwohl sie keinen verängstigten Eindruck macht. Seine Stimme ist heiser und leise. »Geht's dir gut?«

Sie nickt lächelnd. Er versucht, nicht auf ihre Brüste zu starren. Sie scheinen zu groß zu sein für ihren zarten Körperbau, ihre schmale Taille und die deutlich hervortretenden Rippen.

»Du wirst frieren, Süße.«

Sie schüttelt den Kopf, dass die blonden Dreadlocks, die ihr bis zur Taille reichen, hin und her schwingen.

»Brauchst du Hilfe?«, fragt er.

Sie winkt ihm, näher zu kommen. Er spürt, wie sich sein Schwanz in seiner Hose regt. Er kann sie riechen; ein sauberer, salziger Duft. Am liebsten würde er in sie eintauchen. Ihre Nippel sind aufgerichtet; er möchte sie an seinen Lippen spüren. Alles an ihm prickelt.

Sie berührt seine unrasierte Wange mit einem Finger und

fährt herunter bis zu seinem Adamsapfel. »Nimm mich mit zu dir nach Hause«, sagt sie leise.

Und wieder spürt er die Wirkung des Traums; sein Penis pocht. Er zieht sein gewebtes Hemd aus und reicht es ihr. »Zieh das an. Du wirst sonst krank.«

Sie zieht eine Schnute, wie ein kleines Mädchen, aber sie gehorcht. Als sie sich verheddert, hilft er ihr, wobei er es vermeidet, ihre Brüste zu berühren. Dann taucht ihr Kopf aus dem Ausschnitt auf, diese Augen und dieser süße Mund sind so nahe, diese wilden Haare. »Bring mich nach Hause, Mac.«

Wahrscheinlich hat ihr einer von den Typen am Strand seinen Namen gesagt. Aber es verwirrt ihn doch, und er möchte es gerne wissen.

Tom schiebt das Mädchen den Boardwalk zurück, über die Straße zum Haus. Er lässt den Rollstuhl vor der Veranda stehen und hebt sie heraus. Sie ist sehr leicht, aber auch größer, als sie im Stuhl ausgesehen hatte. Ihr Unterkörper fühlt sich viel muskulöser an, als er gedacht hatte, und ihr Hintern liegt fest an seinen Unterarmen und Handgelenken. Ihre langen, schlanken Arme schlingen sich um seinen Hals wie die eines Kindes. Ein leises Machtgefühl steigt in ihm auf, als ob er eine Welle bezwungen hätte.

»Das ist ein hübsches Haus«, sagt sie und betrachtet die blauen Blüten, die alles überwuchern. »Es ist fast so wie unter Wasser.«

Das hätte ich manchmal gerne, hätte er am liebsten geantwortet. Er setzt sie sanft auf der verschlissenen Couch ab, dann geht er ihren Rollstuhl holen.

»Möchtest du ein Bad nehmen? Ich kann dir auch eine Hose geben.« Lachend schüttelt sie den Kopf. »Wie ist es mit Kaffee? Irgendwo muss ich auch noch eine Dosensuppe haben.«

Sie verzieht ein bisschen das Gesicht und lacht wieder. »Du siehst anders aus«, sagt sie.

Er blinzelt sie verwirrt an.

»Kennen wir uns denn? Ich glaube, dann würde ich mich doch an dich erinnern, Süße?«

»Es ist schon lange her, Mac.« Sachlich fügt sie hinzu: »Du warst bewusstlos.«

Tom setzt sich neben sie auf das Sofa. Sie spielt mit ihren Haaren und schiebt sich die schweren, verfilzten Strähnen aus dem Gesicht. Sie hat sehr ausgeprägte Wangenknochen und ein kleines festes Kinn, das ihre Lippen noch voller erscheinen lässt. »Wie heißt du?«, fragt Tom.

»Mer.«

Er schüttelt den Kopf.

»Willst du mich auf den Arm nehmen, Liebling?«

Aber sie lächelt nur und zieht das mexikanische Hemd aus. Sie fährt sich mit den Händen durch die Haare, so dass sich ihre Brüste wieder heben. Die Aureolen sind groß und dunkel. Am liebsten würde er seinen steifen Schwanz verstecken. Sie nimmt seine verkrampften Hände in ihre und drückt sie gegen ihre Brüste. Es durchfährt ihn wie ein Stromstoß, als er die zarte Haut berührt. Ihre Brüste sind weich und schwer. Sie wirft den Kopf zurück und stöhnt rau, als er über ihre Nippel streichelt. Ihr ganzer Körper erbebt, und sie nimmt seinen Kopf und zieht ihn sanft an ihre linke Brust; seine Zunge kreist um ihren Nippel, und ihr Körper zittert immer heftiger. Sie drückt sich eng an ihn und presst ihre Lippen an seinen Hals. Er atmet keuchend, und sein Herz hämmert, als ob er ertrinken würde. Sie lässt ihre Lippen über seine bloße, sonnengebräunte Brust gleiten. Sein Schwanz fühlt sich riesig an, als sei der ganze Ozean darin.

»Wer bist du?«

Sie macht einfach weiter, blickt ihn manchmal an, lächelt

mit ihren scharfen, weißen Zähnen, die ihn zerreißen könnten. Sanft streichelt er über ihren Hinterkopf, die zarte Beuge ihres Nackens. Ihr Rückgrat wirkt zerbrechlich. Sie macht ihm ganz langsam die Shorts auf und zieht mit ihren geschickten Fingern vorsichtig den Reißverschluss herunter, damit sie nicht an seine Erektion kommt. Und dann hält sie seinen großen Schwanz in der Hand. Sie gleitet an ihm hoch, fährt mit der Zunge über seinen Mund, teilt seine Lippen mit ihren, ihre Zunge schiebt sich hinein. Der Salzgeschmack aus seinem Traum. Er zuckt zusammen, als ihre Finger sich an seinem Schwanz bewegen. Sie gleitet mit dem Mund an seinem Körper herab und nimmt ihn so tief in sich auf, dass er ihre Kehle spürt.

Während sie leckt und saugt, ihre Lippen die zarte Spitze seines Penis' umfassen und ihn dann bis zu den Eiern hineinziehen, denkt Tom an den Traum. An den Unfall, den er hatte. Was wirklich damals geschehen war. Wie die Wellen ihn immer tiefer heruntergezogen haben. Er bekam keine Luft mehr. Um ihn war nur dieses endlose, glänzende Blau, das er nie mehr verlassen wollte. Er hätte dort bleiben können. Er hätte für immer dort bleiben können. Doch dann hielt ihn etwas, und er spürte, dass er in Sicherheit war. Wiegte ihn wie ein Baby. Und ihr starker, schlanker Körper trug ihn zurück ans Licht, an die Luft. Weil du hierher gehörst, sagte sie zu ihm. Ich kann dich nicht bei mir behalten. Obwohl du der Schönste von allen bist. Und du meinen Ozean besser kennst als alle anderen. Tom bewegt sich mit ihr, seine Lenden ziehen sich zusammen, sein Schwanz taucht tiefer in ihre Nässe ein. Und plötzlich ist da dieses Gefühl in seinen Eiern. Er will es noch nicht, aber es ist stärker als er, er spürt, wie sein Körper aus einem langen Schlaf erwacht, als ob er die ganze Zeit unter Wasser gewesen sei und sie ihn erst jetzt gerettet hätte. Keuchend ringt er nach Luft, als er die Oberfläche durchstößt, und sein Samen schießt in milchigen Tropfen heraus, die sie schluckt, und noch lange danach ist sein Schwanz hart und er kommt immer noch in ihrem feuchten Mund.

Mer bleibt bei Tom MacDougal in dem kleinen Strandhaus mit der Glyzinie und der Glasveranda. Niemand weiß, was dort vorgeht, nur dass Mac wieder angefangen hat zu surfen. Jeden Morgen in der Dämmerung ist er mit den Kindern am Meer, nimmt die großen Wellen, wild und furchtlos wie vor zehn Jahren. Und seine geheimnisvolle junge Freundin sitzt im Rollstuhl am Strand und sieht ihm zu. Wenn er aus dem Meer kommt, sinkt er vor ihr in die Knie und küsst sie, als gäbe sie ihm den Atem zurück, den er damals verloren hatte, als er beinahe ertrunken wäre. Vielleicht tut sie das ja auch. Die Leute spekulieren darüber, wie sie wohl miteinander schlafen mögen, was unter dem engen, geschuppten Futteral steckt, das ihren Unterkörper immer umschließt. Manche halten sie für verrückt, denken, das sei nur ein Vorwand, damit er nicht in sie eindringen kann. Vielleicht ist sie ja als Kind missbraucht oder als Teenager vergewaltigt worden, und deshalb hat sie sich das mit dem Rollstuhl und der Hülle ausgedacht. Andere halten es für echt. Aber Mac und Mer ist das egal. Er legt die Lippen um ihre zarten, üppigen, schimmernden Brüste, und sie kommt, wenn er nur ihre Nippel liebkost; und wenn ihr Mund am Schaft seines dicken Schwanzes entlanggleitet, dann retten sie sich gegenseitig, immer und immer wieder, vom Land und aus dem Meer.

*Boris Hillen*

# Maulwurfsgefühle

**Manchmal hat Saskia noch zu tun.** Dann warte ich. Meist aber steht sie, wenn ich abends komme, bereits vor der Tür. So auch heute.

»Nicht eben platonisch, die Sache zwischen dir und mir«, sagt Saskia immer. »Platonisch« – ein schwieriges Wort. Vorher hatte ich es nicht gekannt. Saskia hat es mir beigebracht. Bereits am ersten Abend, kurz nachdem wir uns kennen gelernt hatten. Eigentlich wollte ich vorher noch ein bisschen erzählen, von mir, meiner Arbeit, von Laura, Lisa und den Jungs. Davon, dass ich Lisa jetzt nur noch alle vierzehn Tage sehen darf – das beschäftigt einen doch, aber Saskia wollt's nicht hören, zumindest nicht gleich zu Anfang.

»Paul«, hat sie gesagt, »mit einem wie dir quatscht man nicht so viel, mit so einem hat man nix Platonisches.«

»Platonisch?«, hab ich gesagt, und Saskia hat genickt und mir das Gegenteil von platonisch gezeigt. Seitdem weiß ich, was es heißt, nie mehr vergess ich das.

Bei Saskia und mir verlaufen alle Abende gleich, und das ist okay so. Sicher, mal essen wir 'ne Kleinigkeit, mal schaun wir noch ein bisschen fern, mal hören wir uns ein Hörspiel im Radio an, aber das ist nur der Rahmen, die Einleitung, so etwas wie das Vorprogramm im Kino. Beim Hauptfilm gibt es keine Variationen. Der ist so gut, dass er das auch gar nicht nötig hat. Besser als Titanic, Godzilla und Gladiator zusammen.

Im richtigen Kino war ich mit Saskia noch nie. Dabei mag sie Filme eigentlich, aber mit mir gibt's halt immer was Besseres zu tun, sagt sie.

Zuerst öffnet Saskia mir das Hemd. Langsam macht sie das. Knopf für Knopf, von oben nach unten. Es gab mal 'ne Werbung für 'n Aftershave, da hat die Frau das so ähnlich gemacht, aber Saskia ist besser – viel besser. Keine ist dabei so gut wie sie. Während sie mir das Hemd abstreift, flüstert sie mir in mein Ohr. Ganz sanft, Worte auf Französisch oder zumindest Worte, die französisch klingen. Verstehen kann ich das nicht, aber darauf kommt's in diesem Moment auch schon nicht mehr an.

Wenn Saskia flüstert, gibt es kein Zurück mehr, dann hat sie bereits gewonnen.

Saskia mag meine Brust, und ich mag, wie sie meine Brust streichelt. Das kannte ich vorher nicht. Laura hat das nie gemacht. Die hat sich nur hingelegt und mich machen lassen. War auch schön, aber das mit Saskia ist schöner – viel schöner.

Nachdem Saskias Hände mit meiner Brust fertig sind, machen ihre Lippen weiter. Wahnsinnslippen. Die Lippen sind überhaupt das Beste an Saskia. Die hat Lippen, sag ich euch. So etwas habt ihr noch nicht erlebt. Wenn Saskias Lippen mich küssen, fühlt es sich an wie, wie ..., mir fällt kein passender Vergleich ein. Habt ihr schon mal was unendlich Weiches gefühlt? Einen Maulwurf vielleicht? Als die Jungs und ich neulich 'ne Grube für 'nen Keller ausgehoben haben, ham wir dabei Maulwürfe entdeckt. Um sie aus dem Gefahrenbereich zu bringen, mussten wir sie fangen. Maulwürfe haben keinen Strich, die kann man genauso von vorne nach hinten streicheln wie von hinten nach vorne. Könnt ihr euch vorstellen, wie sich das anfühlt? Unendlich gut jedenfalls, und noch besser fühlen sich Saskias Lippen an – noch hundertmal besser.

»Echte Blaslippen«, ham die Jungs gesagt und gelacht, als ich ihnen ein Foto von 'ner Schauspielerin mit ähnlichen Lippen gezeigt habe. Ich hab Saskia davon erzählt. Sie hat auch gelacht, fand's aber vulgär. *Vulgär* – auch so ein Wort.

Mit ihren Küssen beginnt sie immer an meinem Hals. Vorne. Dann wandert ihr Mund langsam zu meinem Nacken. Saskia mag meinen Nacken. »Weil er so stark ist«, sagt sie. Das gefällt mir.

Laura konnte meinen Nacken nie leiden. »Bauernnacken«, hat sie immer gesagt. Zuerst im Spaß, später, als wir uns nicht mehr so mochten, im Ernst. »Bauernnacken«, hat sie mich dann auch genannt, wenn wir gestritten haben, und das kam am Ende ganz schön häufig vor.

»Paul, du Bauernnacken« – ein blödes Schimpfwort. »Paul, du Bauer« hätt' ich ja noch verstanden, aber »Paul, du Bauernnacken …«

Laura hat mir auch nicht so den Nacken massiert wie Saskia, wenn sie mit ihren Küssen eine Pause macht. So richtig mit Öl und so. Wieder ganz langsam. Sie kann das gut. Mit ihren Fingerspitzen. Von innen nach außen. Wenn sie damit fertig ist, fühle ich mich immer wie neugeboren. Nach meinem Nacken massiert Saskia mir noch meine Schultern, bis sie mich dann wieder küsst.

Wenn ihre Lippen mal rau sind – im Winter oder so –, macht das Öl sie wieder weich, und da ist dann auch wieder das Gefühl, das ich so schlecht beschreiben kann, das Maulwurfsgefühl, wenn sie mit ihren Lippen den Konturen meines Rückens folgt, bis nach unten, bis dahin, wo die Wirbelsäule aufhört.

*Den Konturen meines Rückens folgt* … das ist jetzt wieder

Saskia-Sprache. Seit ich mit Saskia zusammen bin, drücke ich mich einfach gewählter aus. Laura findet, ich rede jetzt geschwollen, aber mir gefällt's. Geschwollen passt ja auch irgendwie zu »Bauernnacken«.

Wenn Saskia mit meinem Rücken fertig ist, küsst sie meine Brust. Die Brust wird nur geküsst oder gestreichelt, niemals massiert. Am Anfang ham wir's mal ausprobiert, aber das Öl und ihre Hände ham an meinen Haaren geziept, da ham wir's wieder gelassen. Alles was ihr oder mir unangenehm ist, lassen wir. *Unangenehm* passt einfach nicht zu Saskia. Da müssen schon Worte wie *wunderbar*, *herrlich* oder *unglaublich* herhalten, denn genau das ist es, wenn sie meine Brust küsst und mit ihrer Zunge an meinen Brustwarzen zu spielen beginnt.

Manchmal bittet mich Saskia, nach der Arbeit nicht zu duschen, um dann in meinen Achselhöhlen zu lecken oder ihre Nase darin zu vergraben. Wenn sie das macht, das ist so geil, das kann ich schon wieder nicht beschreiben, das muss man einfach erlebt haben.

Laura hätte das nie mit mir gemacht, aber was erzähle ich da?

Wenn Saskia mit meinem Oberkörper fertig ist, zieht sie selbst ihr Oberteil aus und zeigt mir ihre Titten. Vielleicht klingt Titten auch vulgär, aber ein besseres Wort fällt mir dafür nicht ein – Saskia übrigens auch nicht. Was sollte man auch sonst dazu sagen? Brüste, Busen, Äpfel, Melonen?

Saskia hat Titten. Ende. Aus. Und jedes Mal, wenn ich sie sehe, bin ich aufs Neue überrascht, wie rund und prall die sind. Eigentlich passen die Titten gar nicht so richtig zu Saskia. Objektiv gesehen – *objektiv* – müsste Saskia für ihre Titten mindestens zehn Kilo schwerer sein. Mindestens, wenn nicht noch mehr. Ist sie aber nicht. Saskia ist schlank, sehr schlank. So schlank, dass man jede einzelne Rippe bei ihr sehen kann. Wenn Saskia auf dem Rücken liegt, sieht es aus wie ein umgedrehtes, gestrandetes Boot ohne Planken. Ein umgedrehtes, gestrandetes Boot ohne Planken mit zwei Ballons obendrauf – ein Scheißvergleich, aber ein besserer fällt mir gerade nicht ein – ich denke, ihr wisst auch so, was ich meine.

Ich glaube, Saskia hat sich ihre Titten mal vergrößern lassen, vor meiner Zeit und man sieht's auch nicht. Kommt einem alles echt vor, nicht so wie die aufgeblasenen Dinger, die einem manchmal im Playboy begegnen. Fühlen sich auch echt an. So ähnlich wie die von Laura, nur größer und besser – viel besser.

Laura will sich jetzt auch ihre Titten vergrößern lassen, hab' ich gehört. Hätte sie für mich nie gemacht. Ich hätt's auch nie verlangt, passt gar nicht zu ihr, wenn ihr mich fragt, aber mir muss es ja auch nicht gefallen, sondern ihrem Neuen. 'Nem Lehrer, einem ausgemachten Dummschwätzer, der seine Muskeln im Fitnessstudio trainiert, Marathon läuft und mit Laura auf Lesungen geht. Das findet sie dann sehnig, sportlich und intellektuell.

»Intellektuelle ficken schlecht«, hat Saskia gesagt, als ich ihr davon erzählt habe. Sie muss es wissen, sie war mal mit einem zusammen – nun ja.

Nachdem ich Saskias Titten geküsst habe, nehme ich sie in meine Hände, um ein bisschen damit rumzuspielen. Saskia schnurrt dabei wie ein Kätzchen und wird so scharf, dass sie sich mit ihren Lippen – mit ihrem Blasemund – an meinem Schwanz zu schaffen macht.

Wenn Laura eine Hornettspielerin war, dann ist Saskia ein ganzer Fanfarenzug, und wenn sie bläst, dann hört man die Posaunen des Himmels, das hat nichts Irdisches mehr, das ist göttlich.

Mit ihrem Mund rollt sie danach auch immer den Präser über meinen Schwanz. Keine Ahnung, wie sie das macht, ich glaube, das ist ihre Spezialität. Habe zumindest noch nie eine getroffen, die das auch konnte. Und was dann kommt …, was dann kommt … – das möchte ich euch eigentlich gar nicht mehr erzählen. Das gehört Saskia und mir ganz alleine. Selbst wenn ich wollte, ich könnt's gar nicht, so viele Maulwürfe, Schauspielerinnen und Werbung gibt's auf der ganzen Welt nicht, um das auszudrücken, was ich fühle, wenn Saskia mit mir schläft.

Eigentlich würde ich's mit Saskia auch gerne mal ohne Präser machen, aber Saskia will das nicht. Sie hat Angst, dass was passieren könnte. Zwei Jahre kennen wir uns jetzt schon, und immer noch hat sie diese Angst. Es gibt viele Dinge, die ich gerne einmal mit Saskia unternehmen würde: Eine kleine Reise, ein Abendessen in einem schönen Restaurant, einen Sonntagsspaziergang. Wenn ich's vorschlage, schüttelt sie immer nur den Kopf und küsst mich auf meine Stirn, als ob ich ein kleiner Junge wäre.

Manchmal, wenn es spät geworden ist, schläft Saskia, nachdem wir fertig sind, gleich ein. Ich stehe dann auf und ziehe mich an. Immer hoffe ich, dass Saskia noch einmal hochschaut und mich bittet, bis zum Morgen zu bleiben. Aber das ist bis heute leider noch nie passiert. Das Geld lege ich dann einfach unter den Aschenbecher auf ihren Nachttisch, und wenn ich gehe, schließe ich die Tür leise, damit ich sie nicht wecke.

*Tina Uebel*

# Cunnilingus, Waschmaschine und Mutter

**Ich lege mich,** da ich gerade nicht wirklich etwas zu tun habe, zurück und lasse meinen Blick schweifen. Nicht, dass es viel zu sehen gäbe. Meine Zimmerdecke, in erster Linie meine Zimmerdecke. Eine weiße Zimmerdecke. Altbau, aber ohne Stuck. Möglicherweise ist da noch Stuck unter den Rigipsplatten. Wer weiß. Etwas vergilbt ist sie, meine Zimmerdecke, ich rauche zu viel. Apropos. Ich würde jetzt ganz gerne eine rauchen, aber das ist natürlich nicht drin. Ich seufze und sage, bevor Missverständnisse aufkommen: Oooh.

In meiner Zimmerdecke hat sich eine der großen Rigipsplatten ein wenig abgesenkt. Dünne schwarze Linien setzen sie ganz deutlich von der ansonsten makellosen Oberfläche ab. Sagt man eigentlich »Oberfläche«, wenn man von Zimmerdecken redet? Ich meine, Zimmerdecken betrachtet man ja generell von unten. Aber »Unterseite« scheint es mir auch nicht zu treffen. Wahrscheinlich redet man einfach sehr wenig von Zimmerdecken.

Die meine gibt mir Anlass zur Sorge. Wegen der einen Rigipsplatte, die aus der Reihe tanzt, das ist nämlich genau die über meinem Bett. Ich befürchte, dass sie eines Nachts runterfällt und mich im Schlaf erschlägt. Mein Vermieter sagt, da müsse ich mir keine Sorgen machen, das täte sie schon nicht, die wäre fest verankert, aber ich mache mir trotzdem Sorgen, weil ich Vermietern nicht alles glaube, was sie sagen. Mein letzter Vermieter zum Beispiel sagte, er würde mir meine Kaution nicht zurückgeben, weil ich den Badezimmerspiegel zerkratzt hätte. Ich hielt und halte das für ausgemachten Blödsinn. Was für einen Grund hätte ich wohl, an meinem Badezimmerspiegel zu kratzen? Und selbst wenn, für sichtbare Kratzspuren hätte ich mich ja eines Diamanten oder irgend so eines Spezialwerkzeuges bedienen müssen. Was für ein Aufwand. Das ist doch wirklich an den Haaren herbeigezogen. Ich schnaufe ein paarmal heftig und lege meinen Kopf in den Nacken.

So kann ich durchs Fenster ein Stückchen winterlichen Abendhimmels erkennen. Und ein paar Baukräne. Die oberen Enden davon. Nicht aufregend, aber wesentlich weniger beunruhigend als die möglicherweise lose Rigipsplatte über mir. Ich bemühe mich, mich zu entspannen. Ich sollte mich wirklich entspannen jetzt. Es ist meine verdammte Pflicht, mich zu entspannen. Ich sage: Oooh! und schiebe vorsichtig die Dieffenbachie am Kopfende meines Bettes etwas weiter zur Wand. Sicher ist sicher. Die Dieffenbachie am Kopfende meines Bettes hat sich schon früher bei Erschütterungen als äußerst instabil positioniert erwiesen, und man weiß nie, was noch kommt. Apropos kommen.

Ich schließe die Augen und entspanne mich. Mein Kopf wird ganz leer, denke ich. Ich werde ganz zu Körper. Wollüstigem Körper. Ich denke an gar nichts, denke ich. Ich denke daran, wie meine Mutter, als ich so acht oder neun Jahre alt war, es mit dem Autogenen Training hatte, und wie blöd ich das fand. Ich denke an meine Mutter. Mir fällt ein, dass ich versprochen hatte, sie anzurufen. Scheiße. Wie viele Tage ist das her? Zwei? Mindestens. Mehr? Verdammt. Oooh!, sage ich. Ob man jemals aufhört, Schuldgefühle wegen seiner Mutter zu haben? Also ich kenne eigentlich niemanden, der keine hätte. Schuldgefühle, meine ich. Mutterbezogene Schuldgefühle. Ich hoffe inständig, es war erst vorgestern, dass ich sie hätte anrufen sollen, nicht schon letztes Wochenende. Ich liebe meine Mutter. Wie man sieht, denke ich an sie. Jetzt. Freud hätte bestimmt seine helle Freude daran.

Ich richte mit einem lasziven Rekeln meinen Oberkörper ein wenig auf und betrachte meinen Liebhaber, genauer gesagt, seinen Hinterkopf. Er hat langes, dunkles Haar. Lange Haare machen mich bei Männern ganz schwach. Lange Haare sind sexy. In irgendeiner Kultur glaubt man, in den Haaren sitze die Seele, oder die Stärke oder so, wahrscheinlich bei den Indianern, die Indianer wissen ja sowieso immer alles besser. Oder man denke an Samson und Delilah. Ich hasse diese barbarische Modeunsitte, nach der sich neuerdings jedes männliche Wesen zwischen 15 und 45 dazu genötigt sieht, sich die Haare abzurasieren. Scheußlich. Noch dazu sehen all diese Haarlosen dann so gleich aus, das macht es für jemanden ohne Gesichtergedächtnis schwer, für mich zum Beispiel.

Na ja, dieser Mann hat ja welche. Haare. Lange dunkle. Ein schöner Mann übrigens, ein wirklich ganz hinreißend schöner Mann. Ein Traum von einem Mann. Man sieht ja so selten schöne Männer. Wenn ich mal einen sehe, mache ich mir immer einen geistigen Vermerk; so: Heute schönen Mann in der U-Bahn gesehen. Das hebt dann meine Stimmung für den ganzen Tag.

Dieser umwerfende Mann hier spazierte heute Nachmittag geradewegs in mein Stammcafé. Einfach so. Das ist erst – ich drehe mich mit einem lasziven Rekeln ein wenig, so dass ich die Leuchtziffern meines Radioweckers sehen kann – erst sechseinhalb Stunden her. Mich traf fast der Schlag, als ich ihn durch die Tür kommen sah. Lange, dunkle Haare, wie gesagt, schwarze Augen und ein verworfener Mund in einem hageren Gesicht; weißes Hemd, das einen wohl geformten Körper erahnen ließ, kurzum, der Pirat meiner Jugendträume stand plötzlich vor mir. Wer, wie ich, als Heranwachsende »Angélique« gelesen hat, wird mich verstehen.

Entgegen meinen Gewohnheiten war ich diesem Mann auf den ersten Blick verfallen. Und dann hat er sich tatsächlich an unseren Tisch gesetzt – irgendeiner von den anderen kannte ihn irgendwie; ich konzentrierte mich nicht auf derlei Nebensächlichkeiten, nein, ich flirtete, als ginge es um mein Leben. Ich wollte diesen Mann. Ohne Rücksicht auf Verluste. Abgesehen von seinem Aussehen, ist er zudem noch charmant und klug und witzig obendrein – die ganze Checkliste. Ein Wunder, ein wahres Wunder. Und das in meinem Bett. Apropos Bett.

Du bist ein Trottel, meine Liebe, sage ich mir wortlos, und laut sage ich: Oooh. Jetzt hast du hier mal einen Kerl, der fast zu prächtig ist, um wahr zu sein, und aus der eben noch funkelnden, intelligenten, amüsanten undsoweiter Frau, als die du dich zu betrachten pflegst, wird statt einer leidenschaftlich-hemmungslosen Geliebten – ein Brett. Ein *frigides* Brett. Schäm dich. Was wird er von dir denken.

Das ist gar nicht wahr, entgegne ich mir trotzig, ich *bin* eine leidenschaftliche, hemmungslose Geliebte. Nur im Augenblick gerade nicht so, irgendwie. Ich war wohl kurz abgelenkt. Aber im Prinzip bin ich schon eine leidenschaftliche, hemmungslose Geliebte. Ganz bestimmt.

Soso, sagt es in mir. Vor meinem geistigen Auge ziehen Jahrgänge von Magazinartikeln mit Überschriften wie *Intime Küsse – Die wohl erregendste Zärtlichkeit, die ein Mann einer Frau schenken kann* vorbei und springen über eine kleine Hürde. Idiotisch. Mit Grausen verscheuche ich das Bild. Wild entschlossen, leidenschaftlich und hemmungslos zu sein, richte ich mich ein bisschen mehr auf.

Ich weiß nicht recht, was tun. Irgendwas Leidenschaftliches oder Hemmungsloses sollte es schon sein, klar; aber mir sind sozusagen die Hände gebunden. Es ist einsam hier oben. Da unten wahrscheinlich auch. Ich betrachte seinen Hinterkopf. Ich muss an das Meerschwein denken, das ich als Kind hatte. Ein Rosettenmeerschwein. Es hieß Trixie und war unglaublich doof; man konnte auch gar nicht richtig mit ihm spielen oder so, dazu war es einfach zu blöd. Der Anblick jetzt ähnelt dem, wie Trixie mir auf dem Schoß saß; sie saß eigentlich meistens auf meinem Schoß, mehr konnte man mir ihr nicht machen, und früher oder später fing sie unweigerlich an zu pinkeln. Meerschweine haben erstaunlich große Blasen. Aber doof sind sie, wie gesagt. Wenn man Trixie auf den Tisch setzte, zum Beispiel, ging sie zur Tischkante und fiel runter. Ich frage mich wirklich, wie so ein Meerschwein in freier Natur überlebt. Gar nicht, wahrscheinlich. Ich hab mal gelesen, dass in Guatemala oder Peru Meerschweinchen als Delikatesse gelten, und das ist vielleicht das Einzige, wozu sie wirklich gut sind. Ich hab natürlich selber noch keins probiert.

Nicht, dass ich Trixie nicht trotz allem abgöttisch geliebt hätte, aber man konnte mit ihr eben nicht viel anfangen. Sie durfte keinen Zug kriegen und keine direkte Sonne, und rumlaufen wollte sie auch nie. Wenn man sie aus dem Käfig nahm und auf den Teppich setzte, rannte sie sofort unter das nächste Möbelstück, und dann kriegte man sie da nicht wieder raus; sie rannte auch am liebsten unter besonders große, schwere Möbelstücke. Das Einzige, was man mit ihr machen konnte, war, sie sich auf den Schoß zu setzten und aufzupassen, dass sie nicht runterfällt; und da saß sie dann rum, ließ sich streicheln, pinkelte und machte dabei komische Geräusche, Gurren und Pfeifen und Glucksen und Trillern und alles Mögliche. Die Geräusche waren noch das Beste an Trixie. Und niedlich war sie, doch, schon. Aber unsere Katze mochte ich lieber. Die ist dann aber überfahren worden, und danach hatten wir keine Haustiere mehr.

Oooh, sage ich. Ich verlagere das Gewicht meines Oberkörpers auf den rechten Ellenbogen. Mit der linken Hand tätschle ich am Hinterkopf meines Liebhabers herum; vielleicht nicht die hemmungsloseste Geste der Leidenschaft, aber meine Möglichkeiten sind eingeschränkt. Unglücklicherweise lässt mich das Getätschel sofort wieder an Trixie denken; vor allem, weil er jetzt ein affirmatives, kehliges Glucksgeräusch von sich gibt.

Ich gebe etwas von mir, was sich, wie ich hoffe, als ein lustvolles Quieken deuten lässt und beiße mir auf die Unterlippe; aua. Aber wenn ich jetzt zu lachen anfinge, hätte ich es nun wirklich grandios versaut. Ich würde diesen Mann nie wieder sehen. Wahrscheinlich würde sich das durch irgendwelche geheimnisvollen Kanäle so weit herumsprechen, dass ich überhaupt nie wieder irgendeinen Mann zu sehen kriegte. Man würde mich meiden wie eine Aussätzige, und das zu Recht. Männer, Frauen, Kinder würden auf der Straße auf mich zeigen und sagen, das ist die Frau, die mitten im leidenschaftlichen Liebesspiel mit einem phantastischen Mann zu lachen anfing. Oooh Gott, flüstere ich.

Ich lasse mich zurücksinken und konzentriere mich auf traurige Dinge. Den Tod meiner Katze. Die Vergänglichkeit des Seins. Die Ermordung John F. Kennedys. Die Probleme mit meinem Vermieter. Ich gelobe, mir Frauenzeitschriften zu kaufen und die *Wie-werde-ich-gut-im-Bett-Tipps* zu lesen. Mehrfach. Ich gebe erstickte Geräusche von mir. Ich hasse mich. Es sind immer die unmöglichsten Situationen, in denen mich konvulsivisches Kichern befällt. In der Oper. Im Theater, aber nur bei Tragödien. Bei allen drei Beerdigungen, auf denen ich bislang war. Sind wahrscheinlich die Nerven. Ich hasse mich trotzdem.

Mit eisernem Willen zwinge ich meine Gedanken auf neutrales Terrain. Einkaufen. Ich sollte morgen einkaufen gehen. Samstagvormittags schaffe ich das erfahrungsgemäß doch nie. Außerdem ist samstagvormittags der Supermarkt immer elendig voll. Und spätestens um elf ist die frische Milch alle, und H-Milch kann ich nicht ausstehen. Ich verstehe nicht, wie Leute H-Milch trinken können. Im Kaffee vielleicht, aber ich trinke meinen Kaffee sowieso lieber schwarz. Ein Bekannter von mir trinkt nie frische Milch, sondern prinzipiell nur H-Milch. Aber der trinkt auch kein Mineralwasser. Schon komisch.

Ich entspanne mich und seufze. Das ist sowieso nie verkehrt. Sehnsüchtig schaue ich zu der Schachtel Zigaretten neben dem Bett. So nah und doch so fern. Dann schaue ich sehnsüchtig zu meinem Liebhaber hinunter. Selbes Problem. Wünschte, er käme bald mal wieder hoch hier. Na, früher oder später wird er schon hochkommen, klar; meiner Erfahrung nach kommen sie immer wieder hoch, früher oder später. Aber bis dahin kann einem die Zeit ganz schön lang werden.

Vielleicht sollte ich erst mal einen Orgasmus vortäuschen; das entspannt die Sache. Ich finde das durchaus legitim, letztendlich profitieren beide Seiten davon; und man liest ja immer, alle Frauen machen's; auch wenn man auch immer liest, dass man's eigentlich nicht machen sollte. Aber was wissen die schon. Das Einzige, was mich abhält, ist die Sorge, man könne mir – da ja sozusagen hautnah am Epizentrum – auf die Schliche kommen. Allein der Gedanke; wie bodenlos beschämend.

Ich seufze. Wahrscheinlich brauche ich irgendeine Therapie. Möglicherweise sind es Schuldkomplexe wegen meiner Mutter. Oder wegen meines Meerschweins. Um das hätte ich mich auch mehr kümmern sollen. Oder vielleicht ist es auch ganz was anderes. Dieser fabelhafte Mann hier wird zumindest morgen wohl kaum noch was von mir wissen wollen, wenn das so weitergeht. Würde ich auch nicht. Ich bin wohl keine dieser Frauen, bei denen beim gemeinsamen Höhepunkt die Erde bebt – Hemingway schrieb von so einer. Und selbst wenn bei mir mal immerhin das Bett bebt, fällt einem auch bloß eine Dieffenbachie auf den Kopf. Was ist das Geheimnis all dieser grässlich zügellosen Vamps und Kurtisanen? Wie machen die das? Haben die keine Mütter? Was ist der Trick?

Apropos Mutter. Vielleicht sollte ich meine Mutter dieses Wochenende mal hierher zum Essen einladen. Das wäre doch nett. Natürlich müsste ich vorher noch ein Stündchen aufräumen, sicher, aber was ist das schon, verglichen damit, seiner Mutter eine Freude zu machen. Wenigstens zum Wäschewaschen bin ich ja heute Morgen endlich mal wieder gekommen, das ist schon mal ein Anfang. Das war auch wirklich überfällig.

Wäschewaschen. Wäsche. Die Waschmaschine. O Gott!

O Gott!, sage ich. Ich zucke zusammen. Heftig. Meinen Liebhaber spornt das dazu an, seine Anstrengungen zu verdoppeln. Scheiße, die Waschmaschine. O Scheiße. Die blöde Waschmaschine ist seit zwei Monaten kaputt; das habe ich davon, dass ich Gebrauchtmist kaufe; waschen tut sie zwar noch, aber sie leckt, das heißt »sie leckt« ist sehr untertrieben, sie verliert das Wasser literweise, und das tut sie nicht nur, während sie wäscht, sondern ständig, selbst wenn sie nur so rumsteht. Es sei denn, man dreht ihr das Wasser ab, und genau das habe ich getan; anstatt mich darum zu kümmern, anstatt da mal irgendwas zu reparieren, habe ich ihr das Wasser abgedreht, und wenn ich dann wasche, drehe ich zum Waschen das Wasser halt wieder an, lege während des Waschens mehrere Feudel und große Handtücher um sie herum, und nach dem Waschen drehe ich ihr das Wasser einfach wieder ab, und fertig ist die Laube. So besonders lange wäscht so eine Waschmaschine ja nicht. Ich verzichte seitdem auf den Vorwaschgang, das spart noch mal Zeit. Und dem während eines fünfundzwanzigminütigen Waschganges austretenden Wasser ist mit Feudeln und großen Handtüchern noch durchaus Herr zu werden.

Ein Schaudern durchläuft mich; ich hoffe, er legt das zu seinen Gunsten aus. Mit grausamer Klarheit steht mir vor Augen, wie ich irgendwann heute Mittag meine 60°-Buntwäsche in die Maschine lud, Feudel und Handtücher auslegte, und dann, ja dann dachte ich mir, also, solange die Wäsche wäscht, solange schau ich doch mal kurz in meinem Stammcafé vorbei, bloß für eine knappe halbe Stunde.

Das ist jetzt, ich mag es gar nicht ausdenken, drehe mich aber doch zum Radiowecker um, gut sieben Stunden her. Weia. Ich rechne die Wassermenge, die meine Waschmaschine erwiesenermaßen in 25 Minuten verliert, auf sieben Stunden hoch. Das Ergebnis ist erschreckend. Ich versuche, zu einer günstigeren Prognose zu kommen, indem ich die 25 auf 30 Minuten aufrunde. Es hilft nichts. Und wir sind erst irgendwo im Vorspiel. Ich verfluche spontane, ungezügelte Lust. Hätte ich meinem Begleiter vorhin, wie es sich gehört hätte, zumindest noch vor einigen Jahrzehnten, etwas zu trinken oder zu knabbern angeboten, wäre ich noch in die Küche gegangen, zu meiner Waschmaschine. So viel zur viel zitierten blinden Leidenschaft; und das, wo mich mein Vermieter sowieso nicht leiden kann, lieber heute als morgen würde der mich hochkant aus der Wohnung werfen, keine Frage. Und die Mieterin unter mir begegnet mir schon seit zwei Jahren mit offenem Hass. Nach meiner großen Geburtstagsfeier vorletzten Monat rief sie in der Woche darauf jeden Morgen gegen fünf bei mir an, wahrscheinlich, um mich Schlaflosigkeit zu lehren; nicht, dass sie am Telefon was gesagt hätte, aber ich weiß genau, dass sie es war; eine gehässige Schnalle, die Mieterin unter mir. *Unter* mir.

Vor meinen Augen formen sich Bilder, Bilder von munteren kleinen Rinnsalen, kristallklaren Gebirgsbächen, die sich zu trägen Flüssen vereinen, die zu reißenden Strömen werden, die sich mitten durch das Wohnzimmer der Mieterin unter mir ihren Weg bahnen. Ich sehe schaumgekrönte Wogen. Ich sehe tosende Kaskaden, die sich über ihre Tapeten ergießen. Ich erinnere mich daran, wie ich als Kind mit meinen Eltern den Rheinfall besuchte. Und wie ich für mein Schwimmabzeichen drei Meter tief tauchen musste und beinahe ertrank. Und dass mich das hier ganz sicher meine Kaution kosten würde. Ich stoße einen spitzen Schrei aus.

Ein gutturaler Laut antwortet mir von weiter unten. Ich unterdrücke den Impuls *Was-machst-du-da-unten-eigentlich-die-ganze-Zeit-hast-du-keine-anderen-Sorgen-du-Idiot* zu brüllen. Ich bin der Meinung, ich kann es jetzt ganz deutlich rauschen und plätschern hören aus der Küche. Oder schon aus dem Flur. Ich überlege, was es seinem Ego antäte, würde ich jetzt aufspringen und sagen, entschuldige, aber ich muss mal eben kurz die Waschmaschine ausstellen, ich bin gleich wieder da; aber die Frage ist natürlich rein hypothetisch. So etwas kann man *unter keinen Umständen* tun. Ich wünschte, der Boden würde sich unter mir auftun und mich verschlingen. Wer weiß, je nach Bausubstanz und Wassermenge tut er das vielleicht sogar. O verdammt. Ich wünschte, ich wäre dieser Welt entrückt. Ich wünschte, ich wäre Zen-Buddhist. Ich beschwöre Bilder von japanischen Gärten voll stiller Schönheit herauf. Ruhige Steingärten mit minimalistischer Bepflanzung. Bächlein fließen durch die japanischen Gärten. Werden zu gewaltigen Fluten.

So geht das nicht. Hier stehen ein Mann, mein Ruf und mein Mietvertrag auf dem Spiel.

Ich quieke, winde mich adäquat und schreie. Der Gedanke an die Mieterin unter mir beflügelt mich. Er stöhnt. Das Telefon klingelt. Die Mieterin unter mir, jede Wette. Ich wünschte, sie würde ertrinken. Ich wünschte, Sex wäre nie erfunden worden. Ich wünsche diesen Mann dahin, wo der Pfeffer wächst. Das Telefon klingelt. Geh nicht ran, stöhnt er. Das Telefon klingelt; mein Telefon klingelt immer sieben Mal, bevor der Anrufbeantworter anspringt, das ist so einer, wo man das nicht einstellen kann, wie oft es klingeln soll, bevor er anspringt, obwohl er von Panasonic ist und nicht gebraucht. Die meisten Leute legen vorher auf. Das Telefon klingelt. Nein, nein, hör jetzt nicht auf!, rufe ich leidenschaftlich und zucke aufs wildeste, mehr epileptisch als ekstatisch, wie ich fürchte. Das Telefon klingelt. Mein Liebhaber wird feurig. Ich denke an den Rio Grande und den Makler. Oooh!, schreie ich aus vollstem Halse und meines Erachtens sehr überzeugend; mir doch jetzt egal, was meine Nachbarn denken, zumindest die unter mir haben wahrscheinlich sowieso gerade andere Probleme; und wenn ich schon die Wohnung verliere, will ich wenigstens diesen Mann behalten. Vielleicht kann ich ja sogar bei ihm einziehen. Das Telefon klingelt. Ich schließe die Augen, schüttele mich, vibriere und hechele, was das Zeug hält. Mein Liebhaber küsst mich irgendwo in Bauchnabelgegend und dann auf den Mund. Oooh, hauche ich. Das Telefon klingelt, und der Anrufbeantworter springt an. Du bist eine tolle Frau, sagt mir mein Liebhaber ins Ohr. Hallo, bist du schon wieder nicht zu Hause, sagt meine Mutter aus dem Anrufbeantworter. Ich muss mal eben kurz in die Küche, sage ich und gebe ihm einen Kuss; frag einfach nicht.

*Nina George*

# Ein Kuss zu viel

Sie war das, was man ein Center-Fold-Mädchen nennt. Ihr Vater würde sagen: Schlampe. Alle anderen Männer: Halleluja.

Natürlich dachte sie zeitweise daran, dass die Größe ihrer Brust durchaus hilfreich war, um überall willkommen zu sein. Berlin, München, Hamburg, Frankfurt. Nicht ihr Gesicht. Nicht ihr Gang. Nicht ihr Haar oder ihre nette Art. Die einen nannten sie A-Mädchen, die nächsten XXX-Model, die übernächsten It-Girl. Aber was es zu bedeuten hatte war stets dasselbe: Jung, schön, geil.

Kein Blitzlicht- oder Boxen-Luder, nicht mal mit ehrenvollen Verwandten oder Kurzauftritten im deutschen Fernsehen; aber eingereiht in die Armee der jungen langbeinigen Mädchen, die mal mehr, mal weniger Luft auf ihren Schultern herumtragen, im Rhythmus des Zicken-Täschchen-Schwungs stöckelnd, bahnbrechend unemanzipiert nach all der körnergesichtigen Debatte um den Anhang »-Innen« bei jeder Gelegenheit.

Und sie? Kein Körnergesicht. Wahrlich nicht. Sondern so eins, in dem die hellbraunen Augen auch ohne Zusatzstoffe funkeln, eine Haut, für die man töten möchte, Haare, die nach zehn Bürstenstrichen glänzten wie nach hundert zu Vollmond. Bisschen Belucci, bisschen Loren, ganz viel Kobold. Eine Frau, die man sah. Sie war präsent.

Nicht berühmt genug, um Klatschblätter zu füllen und so eine regelmäßige Frequenz von Schnappschüssen zu liefern –

aber es reichte, um in den Kreisen gewisse Bahnen zu ziehen. Zu viel Bekanntheit war auch eher hinderlich für den Spaß. Das sah man ja bei den blonden Kolleginnen. Man kam dann zu nichts mehr außer zu Öffentlichkeitsarbeit und regelmäßigem Schlaf.

Ein Albtraum.

Sie war anders. Sie war dunkel, ihr Vater Inder, ihre Mutter aus Heidelberg. Eine brisante, tricky Mischung. Und dumm war sie nicht. Nur zu schön. Mit einem Mund, auf dem feucht schimmernde Lippenstifte zu Hause waren und unglaublicherweise dort blieben, egal was sie tat. Ein frisch gepflückter Engel vom Weihnachtsbaum, mit schwarzen Haaren und dunklen Augen. Neid, Neid, Neid.

Die Zeit, die Gesellschaft, der Ort waren perfekt für dieses Engelchen: Man brauchte nicht weiter was zu leisten, um berühmt zu werden. Nur ausgehwillig musste man sein, trinkfest und einigermaßen bewandert in Konversation. Und, wie gesagt, schön oder zumindest so gut geschminkt, dass man im Dämmerlicht der Clubs einfach umwerfend aussah. Dafür erhielt sie, egal wo sie war, eines dieser bunten Hebammenbändchen, die man für Bereiche ausgab, in denen Promis oder solche, die es werden wollen, herumsitzen, saufen und glotzen. Die freuen sich immer über ein bisschen frisches geiles Fleisch, und sagte man nicht zu oft Nein, dann konnte man weiterkommen und umsonst trinken oder mal einen treffen, der sagte: Wenn du bis nächste Woche, selbe Uhrzeit, selber Ort, drei Kilo abnimmst, kleide ich dich neu ein. Oder: Wenn Du jetzt deinen Slip ausziehst und ihn mir vor allen anderen gibst, sind zwei Wochen Ibiza fällig, nur für dich. Oder: Dahinten neben der Bar liegt was für dich. Nimm dir doch was, und setz dich ein bisschen auf meinen Schoß, ja? Komm zu Daddy.

Wenn es dann Schnee rieselte, saß sie auf den Schößen und

kicherte albern, obwohl sie nichts genommen hatte, sondern nur eine *Line* in ihre Pillendose gefegt hatte, um das zu überstehen, was vielleicht noch folgen würde. Oder um es anderen zu verkaufen, die sich sonst komplett verschenkt hätten, samt Seele und Stolz.

Manchmal war es auch einfach nur ein Kuss, der sie emporhob in Sphären zwischen Gangstern, Gaunern, Geldverwertern. Rauchige Küsse, schnelle Küsse. Nasse Küsse, gierige Küsse. Betrunkene Küsse und Mitleidsküsse. Küsse, die verhießen, dass auch mehr drin war, wenn sie wollte. Es kam nur auf den Küsser an, ob mehr drin war.

Sybil hieß sie und küsste alle Küsse. Bussibussis, Gute-Nacht-Tuscher, Zungenküsse. Mal auf den Mund, mal auf die Wange, mal auf die Stelle, wo der Bauch unter dem Gürtel verschwindet und immer voller Fussel vom Shirt ist. Einmal machte sie sogar bei einem großen Kusswettbewerb mit – Kiss for fantasy, Supername.

Sie schaffte 67 Küsse in einer Minute und wurde Zweite, was ihr nichts ausmachte, denn Nummer 32 war ein Schauspieler, der ihr seine Zunge tief in den Rachen gestopft und sie so fest an sich gezogen hatte, dass sie kaum zum nächsten Kandidaten in der Reihe kam. Danach wurde gefeiert, Nummer 32 nahm sie mit nach Hause, aber am nächsten Morgen war der Spaß vorbei. Die überregionale Tageszeitung hatte eine wunderschöne Aufnahme des Intermezzos von Nummer 32 mit Sybil, und damit war klar: 32 würde sich nicht mehr melden.

Von da an küsste Sybil nicht mehr, und die Engel weinten und der Himmel gleich mit, weil der küssende Mund doch erst die Engel menschlich macht. Kein Kuss mehr auf den Mund. Am liebsten nichts mehr, was mit Speichelfäden oder weichen Lippenliebkosungen zu tun hatte. Das war schade, denn erstens konnte sie es gut, fanden die Kerle, die reichen und die berühmten und die, die viel Geld und kein Hirn hatten. Und zweitens ließ sie sich dafür mehr anfassen. Zum Ausgleich, dachte sie, und das war auch schade, denn so wurde Sybil ein trauriges Mädchen mit immer mehr verletzter Seele und immer weniger engelsgleichem Stolz. Und wer mag schon traurige Mädchen?

Spielverderberin. Langweilerin.

Aber auch irgendwie … interessant.

Es wurde zu einem Wettbewerb. Jeder versuchte, einen Kuss von ihr zu stehlen. Wie Diebe in der Nacht versuchten sie, ihrem Mund heimlich und dann schlangengleich schnell nahe zu kommen. Sie wollten dafür zahlen, lügen, rauben, prügeln, sich auf der Tanzfläche entleiben. Es war nicht mehr wichtig, mit ihr zu schlafen oder mit ihr gesehen zu werden, um beneidet zu werden. Es wurde wichtig, sie zu küssen. Das steigerte den Marktwert, keine Traube von angesäuselten Vorstadttussen in Stretchminis und Discozopf im Schlepptau. Würde Sybil doch nur einmal ihren Kopf zurückneigen und sich wieder küssen lassen – der Kerl wäre ein Hecht, ein Held, einer von der ganz dicken Hosensorte. Der hätte seinen Ruf als Frauenverführer weg, aber richtig. Leute, Leute, der hab ich's so richtig besorgt, die wollte so richtig auf Zunge und mit allem drum und dran. Ha. Ich sach euch, von mir könnter noch wat lernen.

Die einen begannen mit einem Handkuss, der sich dann den Arm hinauf fortsetzte und in ungeschickten Annäherungen endete – verhinderte Zungenküsse landeten auf ihrem Kinn oder in der Halsgrube. Andere setzten am Ohr an und flüsterten und schleckten und machten die dollsten Versprechungen vom eigenen Appartement oder privaten Treffs, wo man sich auch mal küssen könne, sie würde dabei ihren Ruf als Eisprinzessin schon nicht verlieren. Sie lauerten ihr im Gang vor der Toilette auf und drückten sie an die Wand, um ihren Mund auf den ihren zu pressen. Überredungsversuche wie »Lass uns zusammen von hier fortgehen, heiraten und Kinder kriegen« waren auch dabei. Sybil schrieb es auf. Sie schrieb alles auf. Und küsste zum Schluss den Buchdeckel ihres Tagebuches, oder den Spiegel im Bad. Das reichte, musste reichen. Endlich selbstbestimmt. Oder nicht?

Das Spiel ging eine Weile gut, wie alles, was neu und anders ist. In einer Zeit, wo es sonst keine Spiele gibt und es nur darauf ankommt, dazuzugehören. Und den letzten Rest Herausforderung in einem Kuss zu suchen, der sonst so leichtfertig gewährt wurde wie ein Schnitzel.

»Du kannst alles mit ihr machen«, sagten die Veranstalter zu den Gästen, die nach Sybils Gesellschaft verlangten. »Aber versuch nicht, sie zu küssen. Du würdest sie nur verlieren.«

»Ist sie eine Hure?«, fragten die, die keine Ahnung hatten.

»Nein. Das ist ihr Markenzeichen. Der Mund ist tabu. Und außerdem: Huren haben wir hier nicht. Willst du mich beleidigen, Alter?! Hast du meine Ehre verletzt, schneide ich dir die Füße ab.«

Sieben Monate, zwölf Tage und viereinhalb Stunden blieb Sybil erfolgreich ungeküsst. Sie hatte keinen Freund, der sie küssen könnte. Sie hatte keine Schwester, die sie küssen wollte. Sie hatte niemanden, in den sie sich verliebt hatte. Sie hatte ihr Buch, ihren Spiegel, was machte da der Stolz schon aus, der sich gleichzeitig mit der so genannten Selbstbestimmung verabschiedet hatte.

Münder wurden für Sybil zu einem Meer roter Wunden. Was aus ihnen herausbrach, war geistiger Abfall, nichts sagende Mitteilungswut, auf die sie mit Lächeln, Nicken und einstudierten Zwischenfragen reagierte. Sie sah Zähne, Zungen, Mundwinkel, Bartstoppeln, und sie fragte sich, wie ein Mund überhaupt noch schön zu finden sei.

»Hör mal, Mädchen«, sagte eines Abends dann der Boss. »Du siehst gut aus. Du bist nicht blöd. Du kannst dich bewegen, und wenn du dein Maul aufmachst, laufen auch nicht gleich alle weg. Auch wenn ich das Kleid schon mal vor zwei Wochen an dir gesehen habe, da lässt du echt nach. Also, was soll diese Masche mit ›Nicht auf den Mund‹? Überleg dir mal, was du willst. Du hast hier alles bekommen, was du brauchst: Kontakte, Schampus, Kerle, die sich auch als Bettvorleger für dich hingeben würden. Die Nummer mit Fräulein Küss-mich-nicht war ja nun ganz nett. Ist jetzt aber durch, klar? Da will dich einer kennen lernen. Wenn du kapiert hast, worum's hier geht: Geh hin. Küss ihn oder mach wenigstens die Beine breit. Sonst ist ab morgen die Tür für dich hier geschlossen. Ist das jetzt angekommen? Komm, zisch ab. Du packst das, ich weiß es.«

In einem Anfall von Lehnsherrenmanier wollte er sie küssen, sie drehte sich weg, und er nahm ihr Gesicht fest zwischen Daumen und Finger. Schaute sie an. Drückte noch mal zu. Wut und Verzweiflung im Blick. Dann wand er sich weg und zog im Vorbeigehen eine Blondine von der Bar, die gespielt hysterisch aufjuchzte. Die würde es auch für einen Schluck Cola tun, direkt dort auf den Bierkästen, und küssen würde er sie nicht, da er sie für eine Schlampe hielt. Verkehrte Welt, in der Romantik als Schwäche gilt.

Sybil schaute dem Boss nach. Sie sah zu dem Gast hin. Es war ein Bekannter von Nummer 32. Er verzog seinen Mund erst zu einem Lächeln und leckte sich dann die Lippen, spitzte sie und warf ihr vier widerliche Küsse zu. Dann steckte er die Zunge in die Wangentasche und beulte bedeutungsschwanger seine Backe aus. Um die Dämlichkeit noch voll zu kriegen, zog er noch zweimal gleichzeitig die Augenbrauen hoch. Sie drehte sich um und ging.

Treppab, die Tanzfläche entlang, an männlichen Dreiergruppen vorbei, die ihr hinterherglotzten und die üblichen Sprüche von »Geile Titten« bis »Der würd ich's ja gern mal besorgen« und »Ey Alte, ich will druff« rissen. In den Lift, hinunter, am Türsteher vorbei. »Taxi bitte«, wie immer die 649 um diese Uhrzeit, sie hatte selten eine anderen Wagen.

War sie traurig? Erbost? Geknickt oder gedemütigt? Stolz oder ängstlich? Oder ging das Leben einfach so vorbei, wie all die wichtigen Momente, von denen man nicht weiß, dass sie lebensentscheidend sind?

Nun – das Leben ging weiter. Sybil unterhielt sich tatsächlich völlig unangestrengt mit dem Taxifahrer, oder besser, mit seinem Hinterkopf, umdrehen tun die Leute sich ja nie. Und ihm war's auch egal, ob sie schön oder kussfaul war, er mochte es, ihre Augen im Rückspiegel zu sehen, und das reichte. »Na, genug für heute Abend?«

»Genug fürs ganze Leben«, sagte Sybil und in ihren Augenwinkeln sammelte sich das Lachen wie Sonnenstrahlen in einem Prisma.

Bei der nächsten roten Ampel drehte sich der Taxifahrer um, und später konnte sie sich nur an seine Augen erinnern. »Gut«, sagte er und schaute wieder nach vorn.

Und nun? WG mit dem Türsteher? Weinerliche Versöhnung mit dem strengen Papa, mit anschließendem Klostergang? Entdeckung der eigenen Homosexualität und rosa Parteizugehörigkeit?

Hallo, Sybil war ein Supergirl! Sie glauben doch nicht ernsthaft, dass sie morgens erwacht, ihr Leben für Scheiße erklärt und es umkrempelt oder offenen Auges ins Messer rennt?

Okay. Sie wachte tatsächlich am nächsten Tag auf, schlug ihr Tagebuch auf und begann zu analysieren, wann es damit angefangen hatte, in ihrem komischen 25-jährigen Leben schief zu laufen. Der erste Eintrag beschrieb, wie sie sich fürchterlich in den Pastorensohn aus Bremen verliebt hatte, der bei der Agentur Lintas in Hamburg arbeitete. Wie sie über das Hafenfest rannte und litt. Litt, weil er nicht anrief, litt, weil sie immer noch seinen Geruch in der Nase trug und die Wärme seiner Lippen spürte. Ihr Mund brannte, und in den Winkeln hatten sich Risse gebildet, so hungrig und gierig waren sie aufeinander losgegangen.

Er meldete sich nie wieder. Sie begann auszugehen. Sie traf auf diesen Mann, der sich als der Boss herausstellte, und sie gleich für den nächsten Abend einlud. Eintritt umsonst, Getränke umsonst. Keine Gegenleistung. Zunächst.

Wo lag denn auch das Problem? Sie war jung, das Leben war kurz genug, und sie hatte vor, so lange Spaß zu haben, wie sie Lust hatte. Dummerweise bemerkte sie es nicht, als sie keinen Spaß mehr hatte.

Sybil las und las und las und fragte sich, warum sie seit drei Jahren weder eine Beziehung noch Freundinnen hatte, und auf einmal schmeckte sie wieder die Nacht der wilden Küsse, als sie mit dem Pastorensohn im Bett gelandet war. Das waren die letzten, echten, besten Küsse, an die sie sich erinnern konnte, obwohl sie den Bremer wenige Wochen nach dem Hafenfest bereits vergessen hatte. War ja auch leicht, Hebammenbändchen und neues Selbstbewusstsein ließen so manches vergessen, was im Leben zählt. Oder mal wehgetan hat.

Gott, waren diese Küsse gut gewesen. Und wie geil waren diese drei Jahre, in denen sie das Gefühl hatte, frei und am Puls der Zeit zu sein. Leben – jetzt. Egal, ob es so war oder nicht – wieso darüber urteilen? Sie waren vorbei, unverrückbar vorbei, es hatte keinen Sinn, darüber nachzudenken, ob irgendwer irgendwas verpasst oder verschwendet hatte. Die Schwerkraft hält Brüste nur eine kurze Zeit nach oben, und solange sich der Lippenstift nicht so fies in die Fältchen verzieht, kann man doch so tun, als ob die Nächte endlos sind. »Geile Zeit«, schrieb sie unter ihren letzten Eintrag, aber nun ist auch gut, und sie klappte das Buch zu, um es in einen Briefumschlag zu stopfen und an einen Verlag im süddeutschen Raum zu schicken. Sollten die sich fragen, was daraus wurde oder nicht, sie wollte es nicht mehr sehen.

Sybil gründete die Agentur *No Kiss – No fun*.

Von dem Koks-Geld – dem Schnee, den sie in ihre Pillendose gepackt hatte, um ihn danach zu verscheuern – hatte sie einige tausend Tacken gespart. Sie mietete eine Altbauetage, setzte keine Anzeigen in die Zeitung, sondern bestellte die Aktuell-Redakteure von Hamburg bis Berlin und quer durch die Republik auf eigene Hotelkosten ins Haus, um ihnen vor Ort und life zu zeigen, was *No Kiss – No Fun* wollte.

Gelinde gesagt: Die Herren waren begeistert. Denn eins hatte Sybil in den drei Jahren festgestellt: Gut küssen konnten die wenigsten. Und entgegen der landläufigen Meinung, dass man Küssen auch nicht beibringen kann, wollte sie genau das tun. Bisschen Philosophie dahinter, T-Shirts dazu, Fan-Devotionalien, das ganze Breitbandmarketing. Bei dem einen oder anderen Deppen aus den Clubs war sie zumindest so beliebt, dass sie scharenweise kamen, um von Sybil, der Eisprinzessin, das Küssen zu lernen. Ein Zahnarzt war auch darunter, mit dem sie den Deal einging, dass sie Leute mit faulem Mundwerk zu ihm schickte, bevor sie ihnen das Küssen beibrachte; zwei Hoteliers, bei denen sie die Schreiberlinge unterbrachte, ein Prokurist einer Kosmetikfirma, die zum Hauptlieferanten von *No Kiss – No Fun* wurde. Inklusive limitierter Sonderaufdrucke.

Nummer 32 schickte sie übrigens weg, aber das nur am Rande. Wer vermutet, dass sei späte Rache, täuscht sich – Sybil hatte einfach keine Termine mehr frei und stellte schließlich zwei Frauen ein, die mit ihr zusammen Menschen das Küssen beibrachten. Auf Honorarbasis ergänzte sie ihr Team noch mit einem bisexuellen Tanzlehrer, der sowohl Schwulen als auch Frauen zeigte, was man alles mit dem Mund anstellen konnte. Pausenlos fuhr Wagen 649 vor und brachte Kundschaft, Kundschaft, Kundschaft. Und Lebensmittel, Lippenbalsam, Zeitungen. Bis zum Portier und nicht weiter allerdings. Eintreten durfte nur, wer vorher bezahlte.

Die Masche mit den Medien funktionierte reibungslos. Sie wurde von einem Termin zum nächsten weitergereicht, Frauen- wie Männerblätter hofierten sie oder brachten seitenlange Reportagen übers Küssen. Küssen macht gesund, glücklich, erfolgreich, schön, besser im Bett, schweißt Ehepaare zusammen und sorgt dafür, sexuell attraktiv und begehrenswert zu sein.

Bald saß Sybil so oft in Talkshows herum und machte vor, wie lüsterne, schüchterne, liebevolle, hungrige, gute oder schlechte Küsse funktionieren, wie man Freunde, Lover, Affären oder seinen Ehemann zu küssen hat, dass sie schon wieder keine Zeit mehr hatte, sich zu verlieben.

Ein zweites Mal war sie zur Ware geworden. Schade. Machte aber diesmal mehr Spaß.

Doch da war dieses einzige, klitzekleine Problem: Wer traute sich schon, den Kuss-Profi Deutschlands von seinen Fähigkeiten zu überzeugen? Wie schnell konnte man daneben liegen und sich von ihr dann öffentlich denunzieren lassen? Die meisten sahen schon Schlagzeilen wie: »Er schlabberte mich ab wie ein regenstinkender Schrebergartendackel.« Oder: »Der hat so viel Ahnung vom Küssen wie eine Kuh vom Drachenfliegen.« Oder: »Dafür, dass er als erotischster Mann Deutschlands gilt, weiß er echt nicht, was er mit seiner Zunge anstellen soll.«

So etwas würde natürlich nicht passieren, wenn Sybil sich

wirklich verlieben würde, aber das konnte ja keiner wissen – genauso wie die wenigsten ahnen, dass die meisten Schönheiten Singles und einsam oder glücklich und lesbisch sind. Oder so.

Klar war jedenfalls, dass das Engelchen die Leute wieder zum Küssen brachte. Die einen lernten, nicht nur dann intensiv zu knutschen, wenn sie es als Vorspiel betrachteten, die nächsten, dass Mundhygiene was mit der Zahnbürste da auf dem Waschbord zu tun hat, die übernächsten entdeckten die Spielart des Küssens als den Romantik-Kick, der ihnen in ihrer Beziehung immer gefehlt hatte. Weniger Ehen wurden geschieden, immer mehr Brautpaare ließen sich innig küssend fotografieren. Bussis galten als out, und Schwule und Lesben begannen, sich bei öffentlichen Veranstaltungen genauso zu küssen wie Heten. Therapeuten klagten darüber, dass sie nicht mehr wissen, was sie trennungswilligen Paaren erzählen sollen, da die immer nur auf dem Küssen herumreiten und warum sie es nicht mehr tun oder wie die neue Lust am Küssen wieder entzündet werden könnte. Es wurden Filme gedreht wie »Anwältinnen küsst man nicht« oder »Meerjungfrauen küssen besser«.

Nach zwei Jahren schloss Sybil ihre Agentur wieder, da sie wusste, die Leute würden bald nicht mehr zu ihr kommen, um das Küssen zu lernen, sondern es miteinander versuchen. Und üben kann man eben nur zu zweit.

Auch die Frage, was denn nun als Nächstes anstünde bei der Frau, die den Deutschen das Küssen wiedergebracht hate, wurde öffentlich und breit diskutiert. Jeder durfte mal sein Würstchen in das Senffass um Sybils Wirken stecken. Ganz Mutige meinten, Sybil würde nun einen Schritt weiter gehen – was man alles noch mit Mundarbeit erreichen könnte. Intellektuell angehauchte Blättchen spekulierten auf Verbalerotik und die Kunst der stilvollen Ludrigkeiten, die pseudoschmutzigen Magazine schrien nach einer Agentur für Blowjobs mit anschließender mündlicher Prüfung. Alle naselang riefen Verlage an und meinten, sie müssten ihr ein popliterarisches Werk abzwingen, was sich mit Liebe, Erotik und Küssen auseinander setzt. Doch Sybil wusste: Sie konnte reden, küssen, das Haar so schwingen, dass andere vor Wonne in Ohnmacht fallen – aber nichts schreiben, was andere erwarteten. Je schneller sie auf die 30 zusauste, desto schwerer fiel es, etwas zu tun, von dem sie annahm, andere würden es erwarten. Sie war ja kein Clubbaby mehr.

Mit was also die halbe Medienwelt nicht gerechnet hatte, war, dass Sybil nichts dergleichen tat, was ihr angetragen wurde. Sie genoss es, alle halbe Jahre Tantiemen ihres Tagebuch-Romans »Nun ist auch gut« zu bekommen, auf ihrer Terasse über der Stadt zu sitzen und sich die Zehennägel zu lackieren. Demnächst sollte das Buch verfilmt werden, genauso wie ihre Zeit als *No-Kiss*-Chefin. Zurzeit wurden lauter langbeinige Frischfleischengel in den Clubs gecastet, was für Sybil bedeutete, dass es keine Sau interessierte, was sie eigentlich mit ihrem Ausstieg aus der Welt des schönen Scheins bezwecken wollte.

Den Heiratsantrag des Zahnarztes hatte sie abgelehnt, auch nachdem er so vorsichtig und behutsam sämtliche Amalgam-Füllungen gegen schneeweißes Porzellan ausgetauscht hatte, und sie ihn mit einer zweistündigen Kuss-Sitzung bezahlte, bei der er sich nicht mal dumm anstellte. Sie dachte flüchtig über einen Filmstoff nach, so was wie »Zahnärzte küssen tiefer«, vergaß es aber wieder sofort.

Stattdessen verliebte sie sich in den Taxifahrer 649 und seine Augen – der, der nie Zeitung las und keinen Fernseher hatte, und sie nur deshalb in den letzten vier Jahren verfolgte und mit dem Wagen wartete, weil auch er ihre Augen liebte. Ihre wachen Augen, mit denen sie die ganze Welt umarmen konnte, ohne dabei den Arm zu heben. In diese Augen hatte er sich verliebt, und Sybil anzuschauen war, wie von der Ewigkeit zu kosten. Sybil ging es mit ihm ganz anders. Sie hatte einen Spiegel gefunden, den sie küssen mochte, obwohl er einen Mund hatte. 649 war der Spiegel ihrer Seele, und sie mochte, was sie sah. Sie ging mit ihm zusammen weg, oder, um genau zu sein, sie fuhren mit dem Taxi nach Paris. Dann zurück nach Bielefeld und Dortmund, um heute irgendwo im Ruhrpott herumzufahren und Hand in Hand einzuschlafen. Das erste Mal küssten sie sich auf einer Raststätte in der Normandie. Auf der A3 kurz vor Köln fragte Sybil nach seinem Namen: Tarek, in dritter Generation akademischer Taxifahrer. Fein, sagte Sybil, und strich ihm den Nacken entlang.

Und die Moral? Manchmal reicht schon ein einziger Kuss zu viel, und das ganze Leben ändert sich. Sex kann das offenbar nicht. Glück gehabt.

*Binnie Kirshenbaum*

# Kurzer Abriss meines Werdegangs

**Ich lasse mich von einem Bild** zum nächsten treiben, schlängele mich zwischen Touristenströmen und Kunststudenten hindurch, die zur Rauschenberg-Retrospektive gekommen sind. Vor einer riesigen Leinwand bleibe ich stehen, schaue aber auf einen Mann, der sich einen Weg zu mir bahnt.

Irgendetwas an diesem Mann kommt mir bekannt vor, als hätte er große Ähnlichkeit mit jemandem, den ich kenne und schätze.

»Was meinen Sie?«, fragt er, und ich weiß, dass er von dem Gemälde spricht. Ich zucke die Schultern.

Er nennt seinen Namen. In gewissen Kreisen ist er bekannt. Er ist Künstler – Multimediakünstler. Ich habe von ihm gehört, aber sein Werk ist mir nicht vertraut. Nach der Art zu urteilen, wie er da steht – gespielt verschämt, sich ein dümmliches Grinsen verkneifend –, nimmt er an, ich werde mich überschwänglich auf ihn stürzen, als wäre ich sein Fan und er wirklich berühmt.

Es folgt ein peinliches Schweigen, und ich erwarte, dass er wieder abzieht. Stattdessen beginnt er, mir Fragen zu stellen, als wären wir auf einer Cocktail-Party. Ob ich in der Stadt lebe? In welchem Teil? Wo ich zur Schule gegangen bin? Ob ich einen Universitätsabschluss habe? Bei wem ich studiert habe? Woher ich ursprünglich komme? Was ich eigentlich genau mache?

All diese Fragen wären am einfachsten dadurch zu beantworten, dass ich ihm meinen Lebenslauf gebe.

Als ihm keine Fragen mehr einfallen, schlage ich vor: »Möchten Sie jetzt vielleicht noch meine Zähne untersuchen?«

Er geht weg, und ich nehme an, dass die Sache damit zu Ende ist. Aber unten, beim Mobile von Calder, kommen wir irgendwie wieder miteinander ins Gespräch.

In seinem Loft sitze ich auf einem Stuhl und nippe billigen Brandy aus einem ehemaligen Garnelenglas. Er trinkt Apfelsaft aus einem Marmeladenglas. Er trinkt keinen Alkohol, erklärt er mir. Auch keinen Kaffee. Er nimmt keine Drogen und raucht nicht. »Ich habe keine Laster«, sagt er auf eine Art, die mich in die Defensive drängt. »Und«, fügt er hinzu, »ich habe mich testen lassen. Ich bin HIV-negativ.«

Ein Pinselstrich Dekadenz, ein Hauch von Wohlleben, vielleicht der impulsive Kauf einiger anständiger Trinkgläser, nur der Aufregung halber, so zum Spaß, könnte sein Innenleben in Gang setzen. Er ist ein Mann mit Grundsätzen.

»Als ich beschloss, Künstler zu werden«, erklärt er, »stellte ich fest, dass die Versager in drei Kategorien fallen. Die Trinker. Die Drogensüchtigen. Und die, die sich auf ihre Spontanität verlassen.«

»Du redest ganz schön viel«, bemerke ich. Ich bin nicht in sein Loft gekommen, um Interesse für seine Theorien über Kunst und die Künstler zu heucheln. »Lass uns zur Sache kommen.« Ich stehe auf und lasse mein Kleid fallen.

Etwas beherrsche ich perfekt, darin übertreffe ich jeden: Jemandem einen blasen. Darin bin ich gut. Nein, darin bin ich großartig. Wenn es um oralen Sex geht, bin ich professionell. Diese Fähigkeit ist zum Teil ein Geschenk Gottes. Ein Talent, das mir angeboren ist. Ich begann als Daumenlutscherin, aber nicht als gewöhnliche Daumenlutscherin. Ich habe meinen Daumen geschmeckt und gekostet, ihn zurechtgebissen und gezwirbelt, bis er ganz aufgequollen war. Außerdem hat es mir großen Spaß gemacht, Dinge in den Mund zu stecken – Münzen, Spielzeugteile, Ballons, Türgriffe – und Form und Struktur mit der Zunge tastend zu erfühlen.

An der Vervollkommnung dieser natürlichen Neigung habe ich trotz aller Begabung unablässig gearbeitet. Ich habe die Technik bei jeder Gelegenheit perfektioniert und zu einer Kunstform entwickelt. Da sind Feinheiten zu meistern: Zungenrollen und -schlagen, manchmal sanft und kaum wahrnehmbar sein und dann wieder Druck ausüben, und – der entscheidende Punkt – mit Anmut schlucken. Ich schlucke wunderbar, was mich, denke ich, zu einer Art Entdeckung macht.

Der Killer sagte mir: »Oh, nicht wie du es tust, Baby. Keine hat es je so gut gemacht.« Dann erzählte er: »In Brooklyn sagten wir immer, es gibt zwei Arten von Mädchen: diejenigen, die es dir zuliebe tun, und diejenigen, die es aus Vergnügen tun. Als ich später mit protestantischen Frauen Umgang hatte«, fügte er hinzu, »erfuhr ich, dass es auch Frauen gibt, die es gar nicht tun.«

*Protestanten*, so nennt der Killer alle Menschen mit dünnem Blut.

»Und welche Art Frau bin ich?«, fragte ich ihn. »Du bist einzigartig. Ich sag dir, Baby, keine hat mich je so mit dem Mund geliebt wie du.« Das ist die Bezeichnung des Killers für »jemandem einen blasen« – mit dem Mund lieben –, was für mich gleichzeitig romantisch und obszön klingt.

Auf diesem Gebiet erste Klasse zu sein ist mir wichtig. Darauf lege ich Wert. Ich möchte den Mann, wenn ich ihn im Mund habe, stöhnen hören: »Oh, mein Gott, niemals … oh, Gott, danke … das ist das Größte.«

Eine großartige Schwanzlutscherin zu sein ist ein Ausgleich dafür, dass ich es mit der Hand miserabel mache. Als Linkshänderin bin ich manuell nicht geschickt. Obwohl man linkshändige Frauen inzwischen nicht mehr für Hexen hält, sind wir doch eine diskriminierte Minderheit. Schreibtische, Scheren und Füllfederhalter sind nicht für uns gemacht. Werfen lehrte man mich mit rechts, also mit der Hand, die von Natur aus schwach ist. Alles Mögliche, was dort nicht hingehörte, bekam ich in die rechte Hand gedrückt: Gabeln, Bleistifte, Tennisschläger, Kegelkugeln und Schwänze.

Einmal, als ich noch jünger war und so gut wie gar nichts wusste, öffnete ein Junge meinen Griff und sagte: »Ich zeig dir mal, wie das geht.«

Oh, wie entsetzlich peinlich! Wie demütigend! Wie hatte ich das nur falsch machen können?

Er nahm meine rechte Hand und führte sie, damit ich ihm richtig einen runterholte, doch meine Hand holperte nur an ihm rum. Das war nicht das Richtige für mich. Ich ließ seinen Schwanz los und tauchte mit der Nase voran zwischen seine Beine. Ich nahm ihn in den Mund und kam zur Sache. Sofort vergaß er mein ungeschicktes Gefummel mit der Hand. Aber ich vergaß es nicht.

Jetzt will ich zeigen, was ich kann, und lasse meine Zunge flink wie eine Eidechse vom Hals des Multimediakünstlers bis zu seinen Knien gleiten. Dann kehre ich zum Bauch zurück und komme immer näher und näher, spiele wie die Katze mit der Maus, mit samtweichen Pfötchen vor dem tödlichen Biss.

Er räuspert sich, und ich erwarte das Wimmern, das Stöhnen, Bitteln und Betteln. »Ähm«, sagt er, »das führt bei mir zu nichts.«

Ich hebe den Kopf. Ich muss mich wohl verhört haben, aber er sagt es noch einmal: »Nicht du persönlich. Nur eben das. Das führt bei mir nie zu irgendetwas.«

Was ist mit dem los?, denke ich. Ist der schief gewickelt?

Wo man mich nicht mit offenen Armen empfängt, da gehe ich nicht gerne hin, aber was soll ich jetzt machen? Ich bin nicht mehr in meinem Element und durchforste meine Erinnerung nach einem anderen Akt; aber wenn er schon beim Schwanzlutschen zimperlich ist, wird er die Alternativen niemals akzeptieren. Weil mir nichts Besseres einfällt, wälze ich mich auf den Rücken und ziehe ihn auf mich drauf.

Hinterher liegt er warm und gelöst neben mir, und ich stelle ihm ein oder zwei Fragen. Die erste Frage, die mir in den Sinn kommt, stelle ich nicht, nämlich: Wo liegt dein Problem? Stattdessen frage ich: »Hältst du dich für einen eher traditionell eingestellten Menschen?«

Er lässt seinen Blick wie eine Videokamera durch den Raum wandern, wobei er bei jeder der an die Wand gelehnten Leinwandtafeln – mit Acrylfarben hingekleckerte Farbflecken – Halt macht. Seine Bücherregale sind mit Zeitschriften voll gestopft: »Diacritics«, »Neoliterate«, »Deutsche Zeitschrift für Philosophie«, »Context and Experiment«. Diese Art Zeitschriften habe ich manchmal flüchtig in die Hand genommen und mich beim Durchblättern gefragt, ob irgendjemand diesen Quatsch wirklich liest. Aus seinen quadrofonischen Lautsprechern kommen die Klänge von Trauergeschrei über atonaler Musik, die sich in regelmäßigen Abständen zum Krachen und Knirschen eines Autounfalls steigert. Ich bin von Beispielen einer Tiefgründigkeit umgeben, die mich überfordert.

»Offensichtlich«, sagt er arrogant, »bin ich wohl kaum Standard.«

Also erzähle ich ihm, dass ich verheiratet bin. Er verzieht das Gesicht. Er ist mehr Standard, als er dachte. »Was bist du?«, fragt er. »Eine gelangweilte Hausfrau? Bin ich das Gegenstück einer Partie Bridge oder eines Nachmittags bei Saks?«

»Keine Ahnung«, gestehe ich. »Vielleicht, aber ich könnte nicht darauf schwören.« Dann sage ich als Entschuldigung für die Täuschung. »Wahrscheinlich hätte ich es dir vorher sagen sollen«, und meine damit, bevor wir zusammen im Bett waren, vielleicht, als wir noch auf Stühlen saßen oder beim Calder-Mobile rumhingen.

»Ja«, sagt er, »das hättest du mir eher sagen sollen.« Meine Unterlassung klingt nun wie ein weiteres Laster.

»Hätte das irgendeinen Unterschied gemacht?«, frage ich neugierig.

»Das weiß ich nicht. Es ist eine hypothetische Frage.« Und gerade in diesem Moment wird er wieder hart, und er zieht mich für einen zweiten Durchgang an sich ran. Soll er nur so nobel, rein und heilig handeln, wie er will. Zwischen meinen Beinen verbuche ich die Punkte.

Hinterher zünde ich mir eine Zigarette an. Weit und breit kein Aschenbecher in Sicht. Er bietet auch nicht an, mir einen zu holen, und so behelfe ich mich mit dem letzten Zentimeter Brandy in dem Garnelenglas und sage: »Es gibt noch mehr.«

»Mehr?«

»Noch einen anderen neben meinem Mann. Und dir.« Ich erzähle ihm vom Killer. Keine Details, sondern nur, dass es noch jemanden gibt, einen weiteren Mann, mit dem ich schlafe. Den Mann meines Lebens kann und will ich nicht mit den anderen in einen Topf werfen.

»Ich bin also Nummer drei«, stellt der Multimediakünstler, verärgert über diese Rangfolge, fest.

Nein, du bist Nummer elf. Oder siebzehn. Oder hundertzweiundsechzig. Das würde ich ihm gerne sagen. Aber ich tue es nicht. »So ist es«, sage ich, »du bist Nummer drei.«

Er sieht unglücklich aus, scheint aber auch ein Prickeln zu spüren. Weil er, wie ich ahne, niemals zurückstehen will, sagt er: »Es wird dich wohl nicht erstaunen, dass auch ich einigermaßen herumgekommen bin.«

»Das will ich doch hoffen.« Ich lasse den Zigarettenstummel in das Garnelenglas fallen. Bei der Berührung mit dem Brandy zischt die Glut auf. Tabakkrümel schwimmen auf der Oberfläche wie Fischfutter.

»Ja«, sagt er. »Ich bin auch ziemlich herumgekommen. Und mit verheirateten Frauen hatte ich auch schon was. An verheirateten Frauen stört mich, dass sie einen immer manipulieren wollen.«

Daraus schließe ich, dass er lügt. Er war gewiss nie zuvor mit einer verheirateten Frau zusammen. Niemals.

Ich beuge mich vom Bett herunter, stelle das Garnelenglas auf den Boden und setze mich auf. »Ich manipuliere niemanden«, sage ich.

»Entschuldige. Du hast Recht.« Er entschuldigt sich für das Stereotyp, nicht aber für die Lüge. Jetzt will er unbedingt das Thema wechseln, schaut auf die Uhr und sagt: »Ich muss bald zu einer Party. Möchtest du vielleicht mitkommen?«

»Das ist nett, aber nein danke. Ich kann nicht.«

Während wir uns anziehen, fragt er, womit mein Mann sein Geld verdient, welchen akademischen Grad er hat, und ob er auf seinem Gebiet bekannt ist. Der Komik halber würde ich gerne sagen: Vielleicht bringe ich ihn her, dann kannst du noch seine Zähne untersuchen.

Stattdessen beantworte ich seine Fragen und beobachte dabei, wie er Pluspunkte gegeneinander abwägt. Wie mit einem Abakus – klick, schieben, schieben, klick, klick, schieben, notieren – wägt er seine Leistungen gegen die meines Mannes ab.

Als könnte ich die Worte sehen, die sich auf seinen Lippen formen wollen, sie erkennen, weiß ich, dass er mich wahnsinnig gerne auch nach dem Killer fragen würde, aber ich werfe ihm einen warnenden Blick zu: Spar dir die Mühe. Darüber spreche ich nicht.

Er reagiert auf mein Signal und fragt etwas anderes: »Kann ich dich wiedersehen?«

Ich wende mich zu ihm hin und stoße dabei das Garnelenglas um. Es zerbricht nicht, aber die Zigarettenreste – Tabak, Asche und der in Brandy aufgeweichte Filter – ergießen sich auf den Boden. Ein kleiner, aber schmutziger See. »Sicher«, sage ich, dränge mich blindlings nach vorn und trete mitten in die Zigarettensauerei.

*Wiebke Lorenz*

# Read my lips!

»I can't get no satisfaction!« Immer wieder schlug die Frau im Auto nebenan rhythmisch mit ihrem Handballen aufs Lenkrad ein und brüllte dazu den Refrain des Rolling-Stones-Songs. Cora beobachtete sie amüsiert, für acht Uhr morgens war diese Performance ziemlich energiegeladen. Im Wagen hinter ihr saß hingegen ein Pärchen, dass sich offensichtlich rein gar nichts zu sagen hatte. Sie war in eine Zeitung vertieft, er starrte mürrisch auf die rote Ampel und popelte sich ungeniert in der Nase. Dann doch lieber die Sängerin links von ihr, das war eindeutig spannender. Mittlerweile war Mick Jagger wohl zum Ende gekommen, die Frau sang jetzt irgendetwas anderes, eindeutig Ruhigeres mit. Cora kniff die Augen zusammen und versuchte angestrengt, die Lippenbewegungen der Frau in Worte zu übersetzen. Auf alle Fälle war es Englisch, mit sehr lang gezogenen Vokalen. Noooo … ääää … uuu … Die Ampel wurde gelb, die Frau fuhr los. Cora gab sich Mühe, mit ihr auf gleicher Höhe zu bleiben. Noooo … Leise sprach sie die Worte nach. Uuuu. … Dann hatte sie es: »Nothing compares to you«. Schnell schaltete Cora das Radio ein und probierte die Sender durch. Beim vierten lief tatsächlich Sinead O'Connor, sie hatte Recht gehabt, 100 Punkte!

Seit Jahren spielte Cora beim Autofahren dieses Lieder-Raten, mittlerweile hatte sie eine Trefferquote von 75 Prozent. Bei Songs aus den aktuellen Charts war es natürlich einfacher als bei Oldys, und richtig schwierig wurde es, wenn die

Leute nicht besonders textsicher waren und an entscheidenden Stellen auf einmal nur noch »mhmhmmm« sangen. Und wenn jemand Kassette oder CD hörte, hatte Cora natürlich keine Möglichkeit, das Getippte zu überprüfen, das ärgerte sie dann ganz besonders. Vor fünf, sechs Jahren war sie sogar einmal an einer Ampel aus dem Wagen gestiegen und hatte den Mann im Auto hinter ihr um eine Wegbeschreibung gebeten, nur um zu hören, welche Musik bei ihm lief. Überrascht hatte sie festgestellt, dass der Fahrer überhaupt nichts gehört, sondern über eine Freisprechanlage telefoniert hatte. So etwas hatte Cora bis dahin noch nie gesehen, aber mittlerweile konnte sie gut unterscheiden, ob jemand sang oder telefonierte. Unwillkürlich musste Cora lachen, als sie sich daran erinnerte, wie verdutzt sie ausgesehen haben musste. Und was hätte der Mann wohl von ihr gedacht, wenn sie ihn nicht nach dem Weg, sondern nach dem Lied, das er gerade mitsang, gefragt hätte. Vermutlich hätte er sie für nicht ganz dicht gehalten.

An diesem Morgen war nicht besonders viel los. Cora hatte bereits an gut und gern zehn Ampeln gestanden, und bisher war die Rolling-Stones-Frau die Einzige, die gesungen hatte. Langweilig, sonst waren es auf dem Weg zur Arbeit immer mindestens drei oder vier Hobbysänger, aber an diesem trüben Novembertag war den meisten Leuten wohl nicht danach, herumzuträllern. Cora drehte das Radio lauter, dann würde sie eben selbst ein bisschen singen. »You can't hurry love« stellte Phil Collins fest. Sie hatte dieses Lied immer sehr geliebt, es war die erste Platte gewesen, die sie sich als Zwölfjährige von ihrem Taschengeld gekauft hatte. »You just have to wait«, sang sie lauthals mit. Ja, ja, die guten Ratschläge von Muttern.

An der nächsten Ampel hielt ein dunkelblauer Golf neben ihr, am Steuer ein blonder Mann um die dreißig. Cora blickte zu ihm rüber und stellte erfreut fest, dass er aus voller Kehle sang. Und zwar genau das gleich Lied wie sie. »Love don't come easy.« Er drehte den Kopf in ihre Richtung und grinste sie an. »It's just a game of give and take.« Er wippte mit dem Kopf im Rhythmus hin und her, Cora schnippte im Takt mit den Fingern. Obwohl sie in zwei verschiedenen Autos saßen, fühlte es sich an, als würden sie wirklich miteinander singen, es war eine seltsame Art von Verbundenheit. Cora stellte sich vor, wie die Stimme des Mannes wohl klingen würde, vermutlich heller, mit einem kleinen Kieksen in den Höhen. So standen sie da nebeneinander an der Ampel und schmetterten gemeinsam einen Phil-Collins-Song, als würden sie zusammengehören.

Die Trennung kam unaufhaltsam, denn die Ampel wurde grün. Im Schneckentempo fuhr Cora an, und auch der Golffahrer hatte es nicht besonders eilig. Die Autofahrer hinter ihnen hupten, und während die letzten Takte des Liedes ausklangen, schrie irgendjemand: »Fahrt zu, Ihr Schnecken!!!« Schließlich gab Cora Gas, ihr Gesangspartner blieb auf gleicher Höhe mit ihr. Immer wieder warfen sie sich ein paar amüsierte Blicke zu, Cora gefiel dieser Flirt. Der blonde Mann sang noch immer etwas, aber offensichtlich hatte er den Sender gewechselt, bei Cora jedenfalls lief etwas vollkommen anderes. Sie schaltete durch alle Programme, konnte aber nichts finden, was auch nur annähernd auf seine Lippenbewegungen gepasst hätte. Mit weit aufgerissenen Augen wiederholte der Mann immer wieder eine bestimmte Zeile. Jo … lolo … meu …? Cora war ratlos, was sollte das?

Schließlich verjüngte sich die zweispurige Straße, so dass Cora an dem Golf vorbeifahren musste. Im Rückspiegel konnte sie erkennen, dass der Fahrer noch immer wild gestikulierte. Sie überlegte einen Augenblick, ob sie vielleicht bei der nächsten Möglichkeit rechts ranfahren sollte, aber zum einen war sie sowieso schon etwas zu spät, zum anderen wusste sie nicht so recht, was sie von dem Typen im Golf hinter ihr halten sollte. Als sie an der nächsten Kreuzung nach links abbog, fuhr er weiter geradeaus. Einmal hupte er noch kurz, dann war er weg. Schon schade, fand Cora, aber immerhin hatte sie einen netten Flirt gehabt.

Während der Arbeit musste Cora trotzdem permanent an den blonden Golffahrer denken und hatte Schwierigkeiten, sich auf die Abrechnung, die auf ihrem Schreibtisch lag, zu konzentrieren. Immer wieder hatte sie sein Bild vor Augen, sah, wie er grinsend »You can't hurry love« geträllert hatte. Das Grübchen in der linken Wange, die etwas zerstrubbelten Haare … Mittlerweile ärgerte Cora sich richtig. Sie hätte eben doch einfach kurz anhalten sollen! Andererseits: Er hätte das ja auch tun können. Stattdessen nur diese komischen Grimassen, eute momo, oder so. Genervt schob Cora die Abrechnung beiseite, das hatte heute ohnehin keinen Sinn.

Sie nahm den kleinen Spiegel, der in ihrer obersten Schreibtischschublade lag und sah hinein. »Eute momo« formte sie lautlos mit ihren Lippen. Nein, das war es nicht. Eute. Sie beobachtete, wie sich ihr Mund bewegte. Was konnte das nur heißen? Eute. Heute! Jetzt hatte sie es, er hatte heute gesagt! Und dann? Momo. Molo. Mopo? Die Morgenpost? Heute Morgenpost? Nein, das war ja Unsinn. Moto, moro, mogo, mo … Vielleicht doch die Morgenpost? Cora stand auf und ging zum Papierkorb, in den sie die Zeitung bereits entsorgt hatte. Seufzend setzte sie sich wieder an den Schreibtisch und blätterte die Zeitung durch, ohne zu wissen, wonach sie eigentlich suchen sollte. Heute, heute – sie blätterte zu den Veranstaltungstipps, möglicherweise war hier ja etwas zu finden. Kinoprogramm, eine Lesung im Literaturhaus, eine Ausstellungseröffnung in der Axel-Springer-Passage … Und: Ein Konzert im Mojo Club.

Mojo. Heute Mojo. Cora griff nach ihrem Spiegel. »Heute Mojo« sagte sie laut und deutlich und betrachtete dabei, wie ihr Mund sich formte. Das war's!

Vor dem Mojo Club wartete bereits eine lange Menschenschlange, als Cora um kurz vor acht darauf zuging. Neugierig sah sie sich um, ob sie ihren Golffahrer vielleicht schon irgendwo entdecken könnte. Nach wenigen Minuten war sie sich sicher, dass er auf keinen Fall hier draußen stand, vielleicht war er ja schon im Club. Cora stellte sich an und trat nervös von einem Fuß auf den anderen, während es vor ihr nur mühsam voranging. Über eine halbe Stunde später war Cora endlich im Club und machte sich hier sofort auf die Suche. Sie verspürte ein regelrechtes Prickeln in der Magengegend, so aufgeregt war sie schon lange nicht mehr gewesen. Hoffentlich hatte sie seine Lippenbewegungen wirklich richtig gedeutet, und hoffentlich würde sie ihn in diesem Gewühl hier auch finden. Mindestens zweihundert Menschen hatten sich in den relativ kleinen Veranstaltungssaal gequetscht, dazu die mehr als spärliche Beleuchtung – da konnte man schon gut jemanden übersehen. Ohrenbetäubend erklang der Sound einer Gitarre, das Konzert fing an. Cora drehte sich in Richtung Band. Er stand nicht im Gewühl. Coras Golffahrer war der Sänger.

Knapp zwei Stunden dauerte der Auftritt, Cora hatte jede Menge Zeit, sich ihr »Blinddate« in aller Ruhe anzusehen. Er hatte überhaupt keine helle Stimme, im Gegenteil. Dunkel und weich klang sie, fast wie Soul. Sein Körperbau war überraschend kräftig, an seinen Oberarmen zeichnete sich beim Gitarrespielen jeder einzelne Muskel ab, rechts hatte er zudem einen Keltenring tätowiert. Immer wieder fiel ihm eine Strähne seines blonden Haares ins Gesicht, die er zwischen den einzelnen Songs jedes Mal wieder hinters Ohr klemmte. Zwecklos, Sekunden später löste sie sich schon wieder. Er hatte lange, schmale Finger und trug an der linken Hand einen breiten Silberring. Eigentlich war er die Sorte Mann, von der Cora niemals denken würde, dass sie sich für sie interessieren könnte. Und er war genau die Sorte Mann, wie Cora sie immer schon einmal hatte haben wollen. Sexy und männlich, das war mal etwas anderes als die schmalen, intellektuellen Bürohengste, die sie sonst so kannte. Sie hatte Lust, diesen Körper einmal anzufassen, wollte wissen, wie er sich anfühlte. Entschlossen ging sie ein paar Schritte näher an die Bühne heran, drängelte sich durch die Menschenmenge, bis sie schließlich direkt vor der Band stand. Das Kribbeln im Magen wurde immer stärker, ihre Wangen hatten angefangen zu glühen. Sie blickte hoch zum Sänger, und er entdeckte sie in genau diesem Augenblick. Als sie ihm so nah war, dass sie ihn fast berühren konnte, spürte sie, wie das Kribbeln vom Magen weiter runter zwischen ihre Beine wanderte.

Zwanzig Minuten später hatte die Band ihre letzte Zugabe gespielt, und Cora wartete ungeduldig darauf, dass der Sänger endlich von der Bühne kam. Er hatte seine Gitarre an das Schlagzeug gelehnt und unterhielt sich noch mit dem Bassisten, während die anderen Bandmitglieder anfingen, die Anlage abzubauen. Für Cora verging eine Ewigkeit, wollte er sie jetzt absichtlich auf die Folter spannen? Nachdem er seine Gitarre in aller Ruhe eingepackt und sich von seinen Kollegen verabschiedet hatte, kam er endlich die Treppe in den Zuschauerraum runter. Er ging auf Cora zu, stellte den Gitarrenkoffer ab, legte blitzschnell seine Arme um sie und gab ihr ohne jede Vorwarnung einen langen, innigen Kuss. Coras Beine knickten ihr fast weg, sie konnte gar nicht glauben, dass das hier wirklich passierte. Schließlich löste er sich von ihr und grinste sie verschmitzt an. »Ich hatte gehofft, dass du Lust auf ein zweites Duett hast.« Cora zog ihn wieder an sich heran. »Und auf ein drittes!«, fügte sie hinzu.

Sein Körper fühlte sich genauso gut an, wie sie es vermutet hatte. Kaum hatten sie seine Wohnung betreten, hatte er sie und sich rasend schnell entkleidet, Cora auf seine Arme genommen und ins Schlafzimmer getragen. Während er nun mit seiner Zungenspitze ihre Brüste umkreiste, ließ sie langsam und genussvoll ihre Finger über jeden Millimeter seiner weichen, glatten Haut gleiten. Noch nie im Leben war sie mit einem fremden Mann im Bett gelandet, aber trotzdem fühlte sie sich wunderbar und genoss jede seiner Berührungen, die so unglaublich zärtlich und liebevoll waren. Nach einer Weile schob sie ihn vorsichtig weg, um seinen Oberkörper zu liebkosen. Sie fuhr mit ihren Lippen über seine muskulöse Brust, biss ihn sanft in den Hals und sog den süßlichen Duft seiner Haut ein, während sie ihr Gesicht über Brust, Bauch und Leiste hinabwandern ließ. Als sie ihren Mund das erste Mal über sein hartes Glied stülpte, durchfuhr seinen Körper ein Zucken wie tausend kleine Stromstöße. Cora schmeckte einen kleinen Tropfen seines salzigen Samens auf ihren Lippen, sie leckte und saugte an seiner Eichel, so dass er leise aufschrie und sich mit beiden Händen im Laken festkrallte. Seine Erregung gefiel ihr, je mehr er stöhnte, je schwerer er atmete, desto mehr Hitze und Feuchtigkeit spürte sie in sich selbst aufsteigen. Immer schneller fuhr Cora mit ihren Lippen über sein Glied, und als sie schon glaubte, dass er jetzt kommen würde, packte er sie auf einmal fest um die Taille und warf sie auf den Rücken. In Coras Kopf wirbelten die Gedanken wild durcheinander, sie dachte an die Autofahrt, bei der sie ihn zum ersten Mal gesehen hatte, an das Konzert vorhin und jetzt …

Mit sanfter Gewalt schob er ihre Schenkel auseinander und begann, mit seiner Zunge über ihren Kitzler zu lecken. Cora erzitterte, sie spürte ein Ziehen vom kleinen Zeh bis zu den Haarwurzeln. Sie konnte nicht mehr sagen, wo sie anfing und wo er aufhörte, sie schienen miteinander zu verschmelzen, Cora war nur noch Gefühl, Wärme und Lust. Mal schneller, mal langsamer, mal fester, mal sanfter ließ er seine Zungenspitze mit ihrem Kitzler spielen, saugte an ihren Schamlippen und brachte sie in eine Ekstase, die sie zuvor nicht gekannt hatte. Und er ließ sich Zeit. Jedes Mal, wenn Cora das Gefühl hatte, im nächsten Augenblick zu explodieren, hörte er kurz auf, immer und immer wieder brachte er sie bis kurz vor die Schwelle, um sie im letzten Moment doch wieder zurückzureißen, ließ sie wie im Schwebezustand zwischen Lust und Erfüllung.

Und dann, als sie schon fast nicht mehr konnte, als sie zerfloss und nicht mehr wusste, wie sie diese süßen Qualen noch eine Sekunde länger aushalten sollte, da leckte er sie so schnell und fest, dass sie mit einem lauten Schrei kam. Während ihr Unterleib noch unter einer Million kleiner Luststöße erzitterte, schob er sich blitzschnell auf sie und drang in ihre feuchte, warme Höhle ein. Sekunden später erreichte auch er seinen Höhepunkt, er zog sie dabei fest an sich, und sie fühlte, wie die Anspannung aus ihren beiden Körpern wich und sich ein warmes, wohliges Gefühl ausbreitete. Er legte sich neben Cora, nahm sie in den Arm und wartete, bis sie erschöpft eingeschlafen war. Erst dann schloss auch er seine Augen und fiel in einen tiefen, zufriedenen Schlaf.

Am nächsten Morgen gab sie ihm an der Tür einen letzten zärtlichen Kuss. »Sehen wir uns noch mal wieder?«, fragte er. Cora küsste ihn, öffnete dann die Tür und zog sie hinter sich ins Schloss. Auf dem Weg zu ihrem Auto blieb sie kurz stehen und kramte in ihrer Tasche. Nach einer Weile fand sie ihren Ehering und setzte ihn wieder auf. You can't hurry love. Womit wir wieder bei Phil Collins wären.

*Glen Duncan*

# Alicia

**Eigentlich wollte ich an dieser Stelle** von Daniel erzählen, aber wie es scheint, bestimmen die Teile jeder Geschichte selbst die Reihenfolge ihres Auftretens und funken immer dann dazwischen, wenn man gar nicht mit ihnen rechnet. Ich spüre, dass Katherine mit ihrem Engelsgesicht und dem Körper einer Achtjährigen in den Kulissen wartet …

Noch nicht. Noch nicht.

Als ich an die Universität kam, hatte ich wenig sexuelle Erfahrung. Ich hatte mit drei Mädchen geschlafen. Zwei lernte ich im betrunkenen Zustand zufällig auf einer Party kennen, mit der Dritten hatte ich eine ungewöhnliche achtmonatige Beziehung, in deren Verlauf wir beide guten Sex – und damit meine ich häufigen, abwechslungsreichen Sex, bei dem beide zum Orgasmus kommen – mit Liebe verwechselten, ein Irrtum, den wir erst in den letzten drei der acht Monate erkannten. Sie hieß Debbie, und ich bereue nichts. Sie war nett und hatte eine pornografische Ader – will sagen; sie spürte intuitiv, dass es meine Lust im Bett steigerte, wenn sie gewisse Dinge, die sie, wie ich wusste, eigentlich nicht tun wollte, am Ende doch tat (zum Beispiel sich den eigenen Saft von den Fingern lecken, was ich mir sehr von ihr wünschte). Sie war geradezu besessen von der Idee, »alles zu machen«, auch – nein, vor allem – das, was sie nicht tun wollte und worum ich sie gerade deshalb bat. Ich frage mich, wo sie jetzt ist. Ich frage mich, ob sie glücklich ist.

Doch auf Alicia war ich nicht vorbereitet. Ich war nicht auf gefühlvollen Sex vorbereitet, auf Sex, der lustvoll blieb, ohne zu Lasten der Liebe zu gehen, auf Sex, der nicht von dem inneren Erzähler abhing: »... Schau dir ihre Titten an, diese geilen Wahnsinnstitten ... etc.«, kurzum auf Sex mit einem Mädchen, das ich wirklich mochte. Einem Mädchen, das ich liebte.

Ich ging an die Universität, um ein Mädchen zu finden, in das ich mich verlieben konnte. Zugegeben, vorgeblich ging ich hin, um Philosophie und Literatur zu studieren – aber machen wir uns nichts vor: Abgesehen von Zölibatären und Forschern findet sich an den Hochschulen kaum jemand, dessen Hauptanliegen es nicht wäre, den Partner seiner Träume kennen zu lernen und sich in ihn zu verlieben. Die Liebe motiviert zum Studium, die Liebe und der verständliche Wunsch, den endgültigen Eintritt ins Berufsleben hinauszuschieben. Man will keinen Job, man will sich verlieben, und deshalb geht man an die Uni.

Und in der ersten Zeit mit Alicia vernachlässigte ich jeden, besonders mich selbst. Wie gut das tat, wie unglaublich gut das tat, das eigene Ich nicht mehr in den Mittelpunkt rücken zu müssen. Welche Freude es machte, die Bedürfnisse und Wünsche, das Wohlergehen und die Sorgen eines anderen über die eigenen zu stellen. Erst bei der ersten Liebe (und nur bei der ersten Liebe, denn wenn weitere folgen, muss die erste gescheitert sein, und wenn die erste scheitert, geben wir uns nie wieder in derselben Weise hin) erhaschen wir einen Blick ins Nirwana der Selbstlosigkeit, nur die erste Liebe lässt uns spüren, welche Last unser Ich gewesen ist, wie wir es, ohne zu wissen, durch all die Jahre des Jammers geschleppt haben. Und die erste Liebe befreit uns von ihr – fast.

In der ersten Zeit mit Alicia erlebte ich ein Wunder. Ich erlebte das Wunder, wie Liebe und Sex verschmolzen, das

Wunder, mit einem Mädchen zu bumsen, ohne sie vorher ihrer Persönlichkeit berauben zu müssen – das Wunder der körperlichen Liebe, in Ermangelung eines weniger antiquierten Ausdrucks. Nicht dass es von heute auf morgen passiert wäre. Durchaus nicht …

Der Schauplatz: Sommer, Nacht, eine kleine normannische Kirche auf einem Hügel über der Stadt. Ein kurzgeschorener Rasen, beschattet von rauschenden dichtbelaubten Bäumen. Abgeschiedenheit. Die Luft ist lau, aber es weht ein leichter Wind. Wir liegen im Dunkeln unter einer Eiche. Allein. Frei. Verliebt.

Alicias Kopf liegt zwischen meinen Schultern und meiner Brust. Ich spüre die Wärme ihres Körpers und ihren Atem. Wir passen zueinander wie die Teile eines Puzzles: Alles findet seinen Platz, Gliedmaßen wissen, wo sie hingehören, mühelos stellt sich Bequemlichkeit ein. Ihre Wärme, das Leben in ihr, ihre Lebendigkeit – wie soll ich es anders ausdrücken? – erregen und beruhigen mich zugleich. Wir werden Sex miteinander haben, das wissen wir beide, doch wir lassen uns Zeit, kosten es aus, liegen still da und winden uns mit den Ranken unserer noch jungen Geschichte, die auf den Stufen der Peterskirche, als ich aus dem Schatten zu ihr in die Sonne trat, ihre ersten Knospen trieb.

Wir sprechen über das Gesicht des Mondes.

»Entsetzen«, sage ich und weiß, dass sie nicht zustimmen wird. »Machtloses Entsetzen.«

»Entsetzen?«

»Entsetzen.«

Sie sinniert darüber nach, späht wieder nach oben, wo das Objekt der Spekulation mit seinen blauen Gebirgen am Himmel steht, unnahbar und kühl.

»Er kennt das große Geheimnis«, sagt sie.

»Er kennt das Entsetzen.«

»Sei still. Er kennt das große Geheimnis.«

»Was für ein Geheimnis?«

Dann folgt Schweigen, Frieden, das wonnige Glück, keine andere Sorge zu haben als die, die Augenblicke einer aufblühenden Liebe zu erleben, einen nach dem anderen, für immer und ewig, Amen.

»Wenn ich das wüsste, wäre es ja kein Geheimnis, oder?«

Küsse. Küsse erregen uns noch. Küssen ist noch nicht auf das bloße Bekunden einer sexuellen Absicht reduziert.

Und bekundet sie dennoch, denn bald hat Alicia sich und mich aufgeknöpft, und ihre Brüste berühren sanft meine Haut, als sie langsam nach unten gleitet, mich küsst, ein bisschen beißt, die Mischung aus Nachtluft und Körperwärme genießt, bis ihr Kinn gegen meine Gürtelschnalle drückt und ihre Zunge in kleinen Kreisen meinen Nabel umspielt. Finger öffnen meine Jeans, ziehen sie am Reißverschluss auseinander, meiden aber zunächst eine Berührung, so dass ich die schockierende Verletzlichkeit meines Schwanzes spüre, der schutzlos der Atmosphäre ausgesetzt ist. Dann ein leises Seufzen von ihr, als sie mich mit ihrer Zunge bedeckt und anfängt …

Aber noch habe ich Angst vor ihr, Angst davor, die Erzählung zu beenden, die in einem Vokabular erfolgt, das ich ein Leben lang ersonnen habe, Angst, mein Ich zu knebeln, mein Ich, das es sich zur Gewohnheit gemacht hat, das Geschehen mit einem abgedroschenen Text zu begleiten, so – *Ja, Baby, leck mich, leck mich* – ein plötzlicher Schock wie eine kalte Strömung in einem warmen Meer, moralische Bedenken, das brauchst du nicht zu tun, das brauchst du nicht … – *und pass auf, dass kein Tropfen danebengeht, wenn ich komme* –, aber ich kann sie nicht beibehalten, diese eingefahrene Routine, denn ich mag das Mädchen, ich liebe es, und die Liebe kämpft mit ihr um jeden Zentimeter, wie zwei Mannschaften beim Tauziehen, Pornografie gegen Liebe, und nur eine kann gewinnen, nur eine kann … – *tiefer, Süße, tiefer* – die Kluft zwischen dem, was ich aus ihr mache, und dem, was sie ist, dieses Mädchen, das ich immer besser kennen lerne, diese fremde und wunderbare Seele, deren Persönlichkeit so offenkundig ist, dass sie sich widersetzt, ja, sie widersetzt sich, aber – *schieb ihn rein, ja, so ist es richtig, ich komme* – und das Tauziehen ist vorbei, die Pornografie fällt auf ihren schmutzigen Hintern, und die Liebe wird als Verliererin über die weiße Linie gezogen, beißt in den Kalk, würgt, und dann folgen meine kleine Explosion und ihr leises Schlucken, und der Wind streicht über meine Haut und durch das Büschel Gras in meiner geöffneten Faust.

Und gleich darauf Unbehagen. Die unglaublich ernüchternde Erkenntnis, dass das Erlebnis ein Verrat an ihr war, dass das schmutzige Inventar und die vielen Monster in meinem Kopf immer noch da waren, dass mein Ich noch da war und tyrannisch herrschte und dass sie fassungslos und traurig wäre, wenn sie es wüsste.

Selbstlosigkeit stellt sich nicht von heute auf morgen ein. Das braucht seine Zeit. Es erfordert Liebe, Mitgefühl und Zärtlichkeit, es erfordert nichts weniger, als sich bewusst zu machen, welch großes Mysterium es ist, mit ihr durch die Zeit zu reisen, Tag um Tag, Stunde um Stunde, Minute um Minute. Aber sie stellte sich ein. Diese Geschichte würde es nicht geben, wenn es nicht so gewesen wäre …

»Du machst mir Sorgen«, sagte sie später, als wir uns in der gegenseitigen Geborgenheit allmählich entspannten, »denn ich bin mir sicher, dass ich dich schon viel mehr mag, als gut für mich ist.«

*Sven Amtsberg*

# Nachdem das Licht aus ist

**Ich will was Besonderes sein,** sagt sie. Anders als die anderen. Wir haben gerade das Licht ausgemacht, um schlafen zu können. Es ist schon spät. Wir liegen nebeneinander im Bett. Ich kann ihr Gesicht nicht erkennen. Noch nicht mal Umrisse davon. Alles ist so dunkel und schwarz, dass einem schwindelig davon werden kann. Es ist egal, ob man die Augen zumacht, oder sie auflässt. Schwarz ist beides. Aber nach einer Weile geht es, und auch das Schwindelgefühl lässt nach.

Du bist doch was Besonderes, sage ich.

Sie sagt, ja, für dich. Weil du mich liebst.

Ich sage nichts.

Nachdem das Licht aus ist, hört sie nicht auf mit dem Reden. Sie tut das immer. Wenn ich schlafen will. Es ist ihre Zeit.

Aber wenn wir schon nicht schlafen können und noch wach nebeneinander im Bett liegen, dann würde ich doch viel lieber meine Zunge in sie stecken und schweigen. Nicht immer nur reden. Schon gar nicht im Dunkeln, wenn man sich nicht sieht. Wir haben schließlich schon den ganzen Tag geredet.

Wir stehen morgens auf und reden. Wir frühstücken und reden. Wir gehen einkaufen und reden. Wir essen wieder irgendwas und reden wieder irgendwas. So geht es den ganzen Tag. Jeden Tag, bis wir das Licht ausmachen. Und ich finde, dass es dann auch mal reicht mit dem Reden. Aber sie hört nicht auf damit. Sie muss immer reden. Gerade wenn es dunkel ist. Nachdem das Licht aus ist.

Wir liegen erst eine ganze Weile im Dunkeln. Nachdem ich den Lichtschalter neben der Zimmertür ausgemacht habe. Mich durch das Schwarz des Zimmers getastet habe, mir vorher die Gegenstände auf dem Boden eingeprägt habe. Wir liegen unter der nach Blumen riechenden Bettdecke, beginnen zu schwitzen unter den Daunen und den Armen.

Und dann ist es so still. Ich habe probiert, meine Zunge in sie zu stecken. Aber sie hat gesagt, dass sie das nicht möchte. Und ich habe sofort damit aufgehört. Mich wieder still neben sie gelegt. Und meine Zunge erst mal in meinem Mund behalten.

Ich fange an, mich in die Dunkelheit in meinem Kopf fallen zu lassen. Immer tiefer geht es hinein. Ich drehe mich einige Male im Flug dabei, und wieder ist dieses Schwindelgefühl da, das mich ein wenig betäubt. Und ich falle weiter und vergesse. Bis ihre Stimme dann da ist und mich aus meinem Kopf zu ziehen beginnt. Den ganzen dunklen Weg wieder nach oben.

Erst ist sie nur ganz leise. Sie flüstert. Und ich weiß gar nicht genau, ob sie was gesagt hat, oder ob es nur etwas in meinem Kopf gewesen ist, es doch ein Unterbewusstsein gibt, das anfängt, mit mir zu sprechen, mir Selbstgespräche aufzwingt. Ich tue so, als hätte ich nichts gehört.

Doch dann beginnt sie wieder. Und diesmal ist es ganz deutlich. Ihre Stimme ist lauter als das erste Mal. Und ich vergesse das mit dem Unterbewusstsein recht schnell, und ich vergesse auch erst mal das Schlafen.

Ich will etwas Besonderes sein, sagt sie. Anders als die anderen.

Und ich sage, du bist doch was Besonderes.

Und sie sagt, ja, für dich. Weil du mich liebst.

Und ich schweige erst mal. Denke daran, wie viel besser es wäre, nicht mit ihr reden zu müssen, sondern stattdessen meine rote Zunge in sie stecken zu können, wenn sie mich schon nicht schlafen lässt.

Ich denke an die Feuchtigkeit in ihrem Mund, in die ich meine Zunge gleiten lassen würde, geräuschlos, und sie dann in ihr hin und her bewegen würde, wie vögeln.

Was ist an mir schon Besonderes, sagt sie.

Alles, sage ich und öffne so ruckartig die Augen, dass ich kurz glaube, es hören zu können. Hören zu können, wie die Lider an die Knochen über ihnen schlagen.

Alles, fragt sie.

Ja, sage ich. Gähne und drehe mich in ihre Richtung. Stütze meinen Kopf dabei auf die rechte Hand.

Es wird länger dauern. Das weiß ich. Aber ich denke, dass ich jetzt einfach mit ihr reden werde. Und vielleicht kann ich danach noch meine Zunge in sie stecken. Vielleicht erlaubt sie es später. Nachdem das mit dem Reden aufgehört hat.

Ich sage, ja, alles. Ich liebe alles an dir. Und alles ist etwas Besonderes für mich. Du bist für mich besonders. Sehr sogar.

Du bist süß, sagt sie und fährt mir mit einer Hand durchs Haar.

Ich komme mir dabei etwas vor wie ein sechsjähriger Junge, der im Bett seiner Großmutter liegt. Aber ich sage nichts. Ich probiere lieber wieder, sie zu küssen. Es scheint mir ein guter Augenblick dafür zu sein. Ich probiere es erst mal ohne Zunge. Ich will sie nicht überrumpeln.

Unsere Lippen berühren sich kurz, aber dann fängt sie wieder an zu sprechen, und ich ziehe meinen Mund schnell von ihrem zurück, damit die ganzen Worte nicht in meiner Mundhöhle verschluckt werden und noch mal gesagt werden müssen.

Ich fühle mich manchmal so entsetzlich normal, sagt sie, so wie jeder. Oder jede.

Das ist normal, sage ich. So fühlt sich jeder mal. Mir geht es auch oft so.

Ja, ich weiß, sagt sie.

Wir schweigen wieder.

Ich blicke auf eine Stelle in der Dunkelheit, wo ich ihr Gesicht vermute. Aber alles ist weiterhin schwarz. Und still ist es auch. Ich hoffe, dass das mit den Vögeln nicht gleich wieder beginnt. Die verdammten Vögel sind das Schlimmste, was es gibt in solchen Nächten. Wenn die Vögel wieder da sind, kann ich nicht mehr schlafen. Es geht dann einfach nicht mehr. Aber im Moment ist es noch ruhig, es ist kein Singen zu hören.

Du machst dir zu viele Gedanken, sage ich. Gerade, wenn es dunkel ist.

Sie schweigt weiter.

Ich schließe für einen Moment die Augen, weil es sowieso keinen Unterschied macht. Es ist vor und hinter meinen Lidern schwarz. Sie wird nicht sehen, was ich tue. Ob ich sie ansehe oder nicht. Das ist am Tag anders.

Vielleicht hast du Recht, sagt sie nach einer Weile, und ich erschrecke fast, weil ich ihre Stimme so lange nicht gehört habe.

Ja, hauche ich, bestimmt. Mach dir keine Gedanken darüber. So besonders wie du ist niemand.

Danke, sagt sie, und ihre Stimme klingt, als wenn sie lächeln würde.

Ich strecke meine Hand nach ihr aus in die Dunkelheit. Ich bin vorsichtig dabei. Habe Angst, ihr die Augen auszustechen, sie blind zu machen. Ich bewege meine Hand ganz langsam, bis ich ihren Kopf an meiner Handfläche spüre, ihr Haar, durch das ich jetzt meine Finger schiebe, immer wieder schiebe ich sie hindurch.

Nach einer Weile beuge ich mich langsam näher zu ihr,

folge meiner Hand. Küsse sie und warte ab, ob sie wieder zu reden beginnt. Ob sie noch was zu sagen hat.

Aber sie schweigt jetzt. Lässt mich sie weiterküssen. Beißt dabei leicht in meine Lippen. Und ich kann ihre Zungenspitze dazwischen spüren, wie sie sich immer weiter in meinen Mund schiebt. Und ich beginne, meine Zunge gegen ihre zu pressen, ihre Zunge zurückzupressen, um in ihren Mund zu gelangen, um meine Zunge endlich in sie stecken zu können.

Es ist nicht so schön, wie ich es mir vorgestellt habe, als ich endlich in ihr bin. Aber es ist warm in ihr, und ich beginne, müde zu werden von der Wärme, die durch meine Zunge strömt und von dort in meinen Körper zu gleiten scheint. Und ich falle wieder meinen Kopf hinab, vergesse und vergesse und beginne einzuschlafen in ihr. Von Vögeln umgeben, die in meinem Kopf um das Großhirn schwirren und scheinbar darin nach Essbarem suchen. Aber ihr Schreien verstummt schnell, und lange, glitschige Dunkelheit beginnt, durch die ich mich, mit dem Kopf voran, zu schieben beginne, bis es nicht mehr weitergeht, und ich dazwischen eingezwängt zusammensacke. Und ab da ist dann nichts mehr in mir, in meinem Kopf, außer der Dunkelheit und dem Geschmack ihrer Zunge in meinem Mund, an der ich lutsche und lutsche, bis es hinter meinen Lidern heller zu werden beginnt.

*Sabine Kornbichler*

# Ein Liebesdienst

Ludwig Lensing sah mich gespannt an und wartete auf meine Antwort.

»Sie wollen was?«, fragte ich ungläubig.

Der kleine Mann mit der weißen Haarmähne sah Albert Einstein zum Verwechseln ähnlich. »Nur einen Kuss, Sophie«, wiederholte er seinen Wunsch, »mehr nicht.«

Da ich bereits seit über zwei Monaten für ihn arbeitete, kannte ich seinen ausgeprägten Sinn für Humor. Also gut, ich würde auf dieses Spiel eingehen, denn ich war mir sicher, dass es eines war. »Haben Sie auch schon genaue Vorstellungen?«, fragte ich deshalb entgegenkommend.

Seine buschigen weißen Augenbrauen fuhren fragend in die Höhe.

»Ich meine, soll es ein freundschaftlicher Kuss auf die Wange sein, ein beruhigender Gute-Nacht-Kuss auf die Stirn oder …?«

»Ein leidenschaftlicher«, präzisierte er seine Vorstellungen ohne Zögern, »auf den Mund.«

»Aha.« Ich suchte in seinen von unzähligen Falten umrandeten Augen nach dem üblichen Schalk, konnte ihn jedoch nirgends entdecken. Und das beunruhigte mich. Sollte es ihm tatsächlich ernst damit sein? Dann hatte mein Frühwarnsystem für die unbeabsichtigte Entwicklung erotischer Phantasien bei ihm fürchterlich versagt. Allerdings war bei einem Zweiundachtzigjährigen mit derartigen Regungen auch nicht unbedingt zu rechnen. »Herr Lensing«, begann ich vorsichtig, »als ich anfing, für Sie zu arbeiten, haben wir doch mein Leistungsspektrum genau besprochen. Erinnern Sie sich daran?«

Er nickte ungeduldig, als wisse er nicht, was das eine mit dem anderen zu tun habe.

»Gut. Dann wissen Sie ja auch, dass Küsse nicht in mein Metier fallen. Ich betreibe einen Senioren-Service und keinen Liebesdienst.« Ich lächelte ihn ebenso unmissverständlich wie freundlich an und versuchte dabei die Gratwanderung, eine klare Grenze zu ziehen, ohne ihn dabei jedoch als Kunden zu verlieren. Ich hatte zu lange kämpfen müssen, um mir einen Namen als zuverlässige und kompetente Anlaufstelle für die Altersgruppe Siebzig-plus zu machen. Meine Kunden würden mir unweigerlich irgendwann wegsterben, aber sie sollten mir nicht vorher davonlaufen.

Ludwig Lensing sah mich grimmig an. »Alles gut und schön«, schimpfte er. »Aber auch ein Liebesdienst hilft mir bei meinem Problem nicht weiter. Denn«, dabei beugte er sich mit erhobenem Zeigefinger in meine Richtung, »Liebesdienerinnen küssen nicht.«

»Woher wissen Sie das?« Er hatte es mit so tiefem Ernst gesagt, dass ich schmunzeln musste.

»Das gehört zur Allgemeinbildung, junge Dame.« Endlich hatte der Schalk, den ich so sehr an ihm mochte, in seinen Blick zurückgefunden.

Ich gab mich geschlagen. »Um was für ein Problem handelt es sich denn?«

»Spätpubertärer Gruppenzwang … sozusagen.« Für einen kurzen Moment wich er meinem Blick aus.

Jetzt waren es meine Augenbrauen, die sich beredt nach oben bewegten.

»Jeden Sonntag um elf treffe ich mich mit ein paar alten Freunden zum Frühschoppen«, druckste er herum.

»Hm?«

»Wir machen da so eine Art Erfahrungsaustausch, wenn Sie wissen, was ich meine.«

»Nein, das weiß ich nicht, Herr Lensing, ich habe noch nie an einem Männerstammtisch teilgenommen.«

Hatte er die Bitte um einen Kuss anfangs noch ganz forsch vorgetragen, so schrumpfte er jetzt sichtlich in sich zusammen. »Naja … dort erzählt jeder von seinen Abenteuern.«

»Touristischer Natur?« Obwohl ich bereits ahnte, worauf es hinauslief, wollte ich es ihm nicht zu einfach machen.

»Eher erotischer«, gab er kleinlaut zu.

»Reine Neugierde, Herr Lensing, sind die Herren jünger oder älter als Sie?«

»Ich bin der Jüngste.«

»Und Sie sind alle noch … aktiv?«

»Die anderen schon.«

»Und Sie?«

»Bei mir sind es eher die Erinnerungen, die aktiv sind.«

»Verstehe.« Sehr viel anders würde es sich bei seinen Freunden wahrscheinlich auch nicht verhalten. »Und wozu brauchen Sie nun mich?«

»Zur Dokumentation.«

»Des Abenteuers?«, fragte ich grinsend.

»Gewissermaßen.« Sein flehender Blick war zum Steinerweichen. »Was sagen Sie?«

»Also gut«, antwortete ich mit einem letzten Zögern. »Aber nur, wenn es bei diesem einen Mal bleibt.«

»Keine Angst«, entgegnete er voller Bedauern, »für mehr ist mein Herz viel zu schwach.«

Und nicht nur das, mutmaßte ich insgeheim. »Also gut, wann und wo?«

»Nächsten Sonntag.« Seiner Stimme nach zu urteilen war er ebenso erfreut wie entschlossen. »Sie begleiten mich bis zu dem Café, Sophie, dann küssen Sie mich zum Abschied, so dass es von drinnen alle sehen können, und gehen wieder. Mehr nicht. Werden Sie das schaffen?«

»Ich denke doch«, gab ich mich zuversichtlich. »Und Sie?«

»Ich? Ich werde in den nächsten Tagen auf einer Wolke voller Vorfreude schweben.« Er blinzelte mich vergnügt an.

Pünktlich um Viertel vor elf am Sonntag stand ich vor seiner Tür, um ihn zu seinem Treffen zu begleiten. Die Entschlossenheit, mit der er seinen Gehstock in die eine und meinen Unterarm in die andere Hand nahm, wurde nur noch von seinem Blick übertroffen. Ich konnte seine Aufregung körperlich spüren.

»Wie alt sind denn eigentlich die *Abenteuer* Ihrer Freunde?«

»So in etwa wie Sie, Sophie, Anfang dreißig.«

»Und Sie haben die eine oder andere auch schon zu sehen bekommen?«

»Natürlich, was glauben Sie, warum wir das hier machen?«

»Wegen des spätpubertären Gruppenzwangs«, antwortete ich trocken. Und wenn dem alle seine Freunde frönten, dann lagen den Geschehnissen vor dem Café ohne Zweifel abenteuerliche Verbindungen zu Grunde, aber ganz sicher keine Abenteuer.

»Sie wissen auch noch genau, was Sie zu tun haben?«, überging er meinen Einwurf geflissentlich.

»Bis ins kleinste Detail, Herr Lensing, Sie haben es mir schon fünf Mal erklärt.«

»Ich will doch nur, dass nichts schief geht.«

Was sollte bei einem Kuss schon groß schief gehen? »Keine Sorge«, beruhigte ich ihn.

»Da vorne ist es.« Er stockte kurz, zog mich dann jedoch weiter.

Nach wenigen Schritten hatten wir das Café erreicht. Vor dem großen Fenster bedeutete er mir stehen zu bleiben und sah mich Hilfe suchend an. »Jetzt sind Sie dran, Sophie.« Er stellte sich in Positur, wobei ihm seine Nervosität augenscheinlich schwer zu schaffen machte.

Kaum hatte ich den ersten Schritt auf ihn zu gemacht, schloss er die Augen und neigte mir mit gespitzten Lippen seinen Kopf entgegen. Ich trat noch einen Schritt näher, umfing ihn mit meinen Armen und küsste ihn sanft. Waren seine Lippen anfangs noch völlig verkrampft, so entspannten sie sich mit jeder weiteren Sekunde. Plötzlich seufzte er leise und sank in meinen Armen zusammen. Ludwig Lensing war ohnmächtig geworden.

Obwohl er nicht groß und sehr dünn war, hatte ich alle Mühe, sein Gewicht zu halten. Eine Frau, die gerade das Café verließ, eilte mir spontan zu Hilfe, so dass wir ihn vorsichtig auf den Boden legen konnten.

»Herr Lensing?« In meiner Aufregung hatte ich seinen Namen laut geschrien, aber er rührte sich nicht. Ich riss mein Handy aus der Manteltasche und rief den Notarzt an.

Inzwischen waren wir von einer Traube von Menschen umringt. Allesamt erteilten sie mir gute Ratschläge, die von Mund-zu-Mund-Beatmung bis Herzmassage reichten. Mir erschien es jedoch am sinnvollsten, ihn erst einmal von dem kalten Kopfsteinpflaster auf eine in der Nähe stehende Bank zu tragen, wofür sich zum Glück auch Helfer fanden. Ich hockte mich neben ihn und hielt seine Hand fest in meiner, während ich die Minuten bis zum Eintreffen des Notarztes zählte.

Inzwischen hatte sich die Menschenmenge aufgelöst. Geblieben waren vier von hohem Alter gezeichnete Herren, in denen ich unschwer Ludwig Lensings Stammtischrunde erkannte. Sie kamen in kleinen Schritten näher und sahen besorgt zwischen ihm und mir hin und her.

In diesem Moment ertönte in der Ferne ein Martinshorn, wofür ich dem Himmel dankte. Drei Minuten später beugte sich der Notarzt bereits über meinen Schützling und begann mit der Untersuchung.

Mein Blick wanderte von Ludwig Lensings fahlem Gesicht zu dem konzentrierten über ihm. Trotz meiner inneren Anspannung nahm ich die Ausstrahlung dieses mir völlig fremden Mannes irritiert wahr.

»Was ist passiert?«, wandte er sich an mich.

Bevor ich jedoch Luft holen konnte, um zu antworten, hatte einer von Ludwig Lensings Freunden das Wort ergriffen. »Er ist in ihren Armen zusammengebrochen.«

»Hat er über irgendwelche Beschwerden geklagt?« Wieder sah er mich fragend an.

Seine Augen waren von so einem ungewöhnlichen Blau, dass es mir schwer fiel, mich auf seine Frage zu konzentrieren.

»Sie hat ihn geküsst«, meldete sich nun ein weiterer Stammtischbruder zu Wort.

»Davon wird er wohl kaum kollabiert sein«, wies der Notarzt ihn ungeduldig in die Schranken und sah wieder zu mir.

Ich schüttelte den Kopf. »Nein, keine Beschwerden, jedenfalls hat er nichts davon gesagt.«

In diesem Moment schlug Ludwig Lensing die Augen auf und sah verwirrt um sich. Mir fiel ein Stein vom Herzen. »Sophie?«

»Ja, ich bin hier.« Ich ergriff seine Hand und drückte sie.

»Wir werden Sie zur Sicherheit mit in die Klinik nehmen.« Der Notarzt schloss seinen Koffer, stand auf und winkte die Sanitäter heran, die Ludwig Lensing langsam halfen aufzustehen und ihn zum Notarztwagen führten.

»Darf ich mitfahren?« Ich stand seinem Retter nun direkt gegenüber.

»Wenn Sie mir verraten, in welcher Beziehung Sie zu ihm stehen …«

Mit diesem Blick müsste er ein wildes Tier zähmen können, dachte ich, während mir leichte Schauer über den Rücken liefen. »Ich arbeite für ihn.«

»Was für eine Arbeit ist das?«, kam prompt seine überraschte Frage, während wir gemeinsam Ludwig Lensing und seinen Helfern folgten.

»Ein Senioren-Service.« Ich kletterte in den Wagen, der kurz darauf anfuhr.

»Und da ist Küssen inklusive?«, fragte er ungerührt.

»Das war ein Liebesdienst«, meldete sich nun Ludwig Lensing zu Wort.

»Eine Ausnahme …«, schickte ich hinterher.

»Das sollte es wohl auch besser bleiben, wenn Sie Ihren Kunden das Krankenhaus ersparen wollen.« Sein Blick war undurchdringlich. »Aber vielleicht stimmt Ihre Technik auch nicht.«

»Meine Technik?«, fragte ich aufbrausend.

»Naja, irgendetwas müssen Sie doch falsch machen, sonst hätte ich schließlich gar nicht kommen müssen.«

»Ich mache nichts falsch! Sie haben selbst gesagt, vom Küssen kollabiert man nicht.«

»In der Regel nicht. Aber natürlich gibt es immer Ausnahmen.«

»Sophie küsst ganz wunderbar«, kam es mit zunehmend fester Stimme von der Krankenbahre.

»So?« Sein Blick ruhte auf meinem Mund. »Dann würde ich vorschlagen, sie zeigt es mir kurz.«

»Den Teufel werde ich tun.« In diesem Augenblick gab es nur eine Tatsache, deren ich mir absolut sicher war: Würde ich ihn küssen, wäre ich verloren.

»Es ist doch nur ein Kuss, Sophie.« Ludwig Lensings

Energie schien zurückzukehren. »Er wird schon nicht davon umfallen.«

Er nicht, aber ich … vielleicht.

»Nur einmal«, munterte er mich auf.

»Warum?«, fragte ich schwach.

»Zur Dokumentation, Sophie, nur zur Dokumentation.« Ludwig Lensings Schalk sprang auf mich über.

»Also gut«, wandte ich mich an diesen Halbgott in Weiß, der mich keinen Moment aus den Augen gelassen hatte. Ich beugte mich vor, fixierte seinen Mund und näherte mich ihm langsam. Anders als Ludwig Lensing schloss er jedoch nicht die Augen.

»Nur Mut, Sophie«, hörte ich diesen wie aus weiter Ferne sagen.

In meinem Kopf rauschte es, mein Herzschlag eilte mir voran, und meine Lippen waren wie elektrisiert, als ich nach einer scheinbar ewig währenden Sekunde seine berührte. Gerade hatte ich noch Zeit, einen leisen Seufzer zu hören und ihn als meinen eigenen zu erkennen, als sich alles um mich drehte und mir schwarz vor Augen wurde.

»Sophie?«, drang eine zärtliche Stimme an mein Ohr.

»Mhm?« Ich war immer noch halb in einem betörenden Nebel versunken.

»Es liegt nicht an Ihrer Technik.«

Ich spürte seine Arme, die mich hielten. »Woran dann?«

»Eindeutig an der Chemie.«

»Ist das schlimm?«, hauchte ich, immer noch mit geschlossenen Augen.

»Es ist nicht zu unterschätzen und sollte in jedem Fall behandelt werden.«

Mittlerweile war der Krankenwagen zum Stehen gekommen. Die Sanitäter öffneten die Tür und betrachteten neugierig die Szene, die sich vor ihren Augen abspielte. Der eigentliche Patient saß putzmunter auf der Krankenbahre, während ich, seine Begleitung, immer noch regungslos in den Armen des Notarztes lag.

»Meine Herren«, setzte Ludwig Lensing an, »wenn Sie Ihrem Kollegen einen Liebesdienst erweisen wollen, dann lassen Sie ihn jetzt seine Arbeit tun …«

*Lola Lindberg*

# Ohne Worte

Ein Zittern durchlief ihren schlanken Körper. »Ohhhhh … ja!«, stieß sie mit einer rauchigen Stimme, die man ihr niemals zugetraut hätte, tief aus ihrer Kehle hervor, und warf den Kopf in den Nacken, so dass ihre langen platinblonden Haare den Rücken peitschten. »Mike! Ja! *Ja!*«

Mike grinste zu ihr hinunter und stieß einen dunklen Laut zwischen zusammengekniffenen Lippen hervor. »Du geiles Tier!« Sein untersetzter, stark behaarter Körper stand im krassen Gegensatz zu ihrer hellen, glatten Haut, ihrer Wespentaille und ihren enormen Brüsten, die nur ansatzweise von seinen klobigen Händen bedeckt werden konnten. »Jetzt bist du dran!« Mit einem einzigen harten Stoß drang er von hinten in sie ein und zog sie dabei leidenschaftlich an sich heran.

»Ja! Ja! *Jaaaaaaaaaaa!*« Sie ließ wild ihr Becken kreisen, während er ein ums andere Mal brutal in sie hineinstieß. Seine Hände ließen ihre Brüste los und packten ihren Po, um ihn wieder und wieder an sich zu pressen. Ihre vollen, feuchten Lippen hauchten atemlos: »Mach's mir, o ja, mach's mir du … *Tier?* Tschuldigung, aber sollte es nicht vielleicht eher *Hengst* heißen?«

»Aus!«, brüllte eine Stimme.

Mit einem Mal war der Raum taghell erleuchtet. Auf dem Bildschirm mühten sich »Mike« und das »geile Tier« immer noch heißblütig in Richtung Orgasmus ab, während im Synchronstudio die Temperatur in Sekundenschnelle auf den Nullpunkt zu sinken schien. Die Tür flog auf und Heiner Dollbeck stürmte herein. Er baute sich vor Maria auf, und sein ansonsten so gutmütiges Gesicht schien im Moment nur eins zu fordern: Die Exekution seiner wohl talentiertesten, aber im Moment ungemein anstrengenden Synchronsprecherin.

»Maria, Schatz, wie oft soll ich dir noch sagen, dass es bei diesen Filmen nun wirklich *nicht* darauf ankommt, was die Leute *sagen*!«, knurrte er sein Gegenüber an. »Die Zuschauer wollen sehen, wie gefickt, gefickt, gefickt wird – was sie ganz sicher nicht wollen, sind *Texte*! Und *du* sprichst genau das, was im Drehbuch steht. Ist das jetzt klar?«

Maria zuckte nur die Achseln. »Schon klar, Heini.« Gerade als er sich wieder abwenden wollte, fügte sie aber spitz hinzu: »Ich wollte ja auch nur kurz darauf hinweisen, dass *Hengst* wohl angebrachter wäre. *Sie* ist doch schließlich schon das *Tier*. Mit ein bisschen gutem Willen könnte man das Drehbuch dann sogar ›sprachlich ausgereift‹ nennen. Ist ja ansonsten ganz gelungen – der ›fette Fickriemen‹ im ersten Akt ist wirklich eine tolle Alliteration.«

Dollbecks Gesicht nahm schlagartig die Färbung einer reifen Tomate an. »Leute, wir machen einen Moment Pause. Unsere Diva braucht wohl ein wenig frische Luft!« Dann stürmte er von dannen – fast hatte man das Gefühl, er hinterließe einen Kondensstreifen.

»Komisch«, sagte Maria mit einem Lächeln. »Sieht eher so aus, als würde er selbst eine Auszeit brauchen. Steffen?« Sie spähte durch die Glasscheibe hinter sich in den Technikraum.

Der Tontechniker grinste sie an und drückte eine Taste. Ein kleines Knacken war zu hören, dann seine Stimme: »Maria, muss das sein? Heiner hat Recht, wir sind wirklich schon ziemlich hinterher und müssen hier heute bis Mitternacht fertig werden.«

»Na und, wo ist das Problem?« Maria schaute auf ihre schmale Armbanduhr. »Es ist gerade mal zehn. Was kommt denn noch? Das arme Kind hat dem alten Sack nun schon einen geblasen, ist auf ihm geritten, dann hat er sie von vorne genommen, jetzt von hinten – wir müssten doch bald durch sein?«

Wieder ein Knacken, dann ein Seufzen. »Maria, hast du dir den Text vorher nicht angesehen? Er macht ihr noch einen Tittenfick, dann bläst sie ihn wieder, er nimmt sie noch mal von hinten, bevor er …«

Abwehrend hob Maria die Hände in die Höhe. »Schon gut, schon gut, ich muss das nicht auch noch hören, bevor ich es sehe. Und ich entschuldige mich in aller Form.« Dann streckte sie sich, gähnte herzhaft und ging Richtung Tür, die genau wie die Wände um sie herum dick gepolstert war. Dabei fiel ihr ein, dass sie nicht allein im Raum war. Maria drehte sich um, sah den jungen Mann an, der die ganze Zeit über still vor seinem Mikrofon gesessen hatte, und fragte: »Und? Auch 'nen Kaffee?«

»Äh … gerne.«

»Schwarz?«

»Mit Zucker!«, bat er. »Wenn's geht.«

»Geht alles, Junge.« Und zu sich gewandt: »Mit Zucker. Ein ganz Süßer …« Dann verließ sie den Raum.

Ich bin 22, ich synchronisiere den ersten Porno meines Lebens, und ich habe eine Erektion. Eine ziemliche sogar. Und zwar sicher nicht, weil der Film so besonders gut wäre. Im Gegenteil: Die Abenteuer von Sexy Mandy, wie das blonde Gift in diesem Film heißt, lassen mich so kalt, wie sich ihre enormen Silikonbrüste wahrscheinlich anfühlen. Aber von dem Moment an, als Maria zum ersten Mal den Mund aufmachte, um Mandys Betteln nach Penetration eine Stimme zu verleihen, war es um mich geschehen.

Marias Stimme hatte sich ganz unspektakulär angehört, als sie vor einer Stunde ins Studio gerauscht war und mich knapp mit einem »Hallo, ich bin Maria, freut mich, dich kennen zu lernen, Heini, was ist denn mit Klaus, kann der heute nicht?« begrüßte. Ich hatte nur kurz von meinem Script aufgeschaut; *Sexy Mandy und ihre feuchten Abenteuer* sollte mein erster Porno sein, und auch, wenn sich mein Text größtenteils auf mehr oder weniger grobe Aufforderungen zum Stellungswechsel beschränkten, war ich nervös und wollte so gut vorbereitet sein, wie es nur ging. Leise sprach ich das abschließende »Baby, das war ein geiler Ritt!« wie ein Mantra vor mich hin und versuchte, so viel Brunft und Befriedigung wie möglich in diesen Text zu packen.

Nach dem Soundcheck war das Licht in der Kabine ausgegangen, der Film wurde auf einem großen Bildschirm vor uns gestartet, und nachdem wir uns die erste Szene angesehen hatten, begannen wir mit den Aufnahmen. Die *Sexy Mandy*-Filme zeichneten sich dadurch aus, dass es kein sonderlich langes Vorspiel gab – so jedenfalls hatte es mir Heiner vorher erklärt, und so war es auch: Mein erster Satz, den ich mit aller mir möglichen Autorität formulierte, lautete: »So, Sexy Mandy, nun wird es dir der gute alte Mike besorgen, bis du um Gnade winselst.«

Nichts hatte mich darauf vorbereitet, was dann kommen sollte.

Während sich Sexy Mandy auf dem Bildschirm sichtlich erschreckte, weil sie wohl auf den alten Mike, nicht aber auf sein unglaubliches Gerät vorbereitet war, das nun aus seiner Unterhose zum Vorschein kam, legte Maria neben mir los. Sie sagte nicht viel – ich glaube, es war nicht mehr als »Oh,

Mike, er ist so … so grooooß!« – aber von diesem Moment an fiel es mir mehr als schwer, mich auf meinen Text zu konzentrieren.

Wie oft gibt es Momente im Leben, von denen man denkt: *Das vergesse ich nie!* – wenn man am Abend eines besonders schönen Tages nach Hause kommt und auf dem Balkon, der noch warm ist von der Sommersonne, ein letztes Glas Wein trinkt; wenn man nach langem, ausdauerndem Sex gekommen ist und benommen auf die Frau hinuntersieht, in deren Augen sich plötzlich alles zu spiegeln scheint, was man je im Leben erstrebenswert gefunden hat; wenn man nach einer stundenlangen Wanderung den ersten Schluck Wasser trinkt, der wie flüssiges Silber durch den Mund fließt und sich kühl den Weg durch den Körper bahnt. Wenn einem so etwas passiert, dann ist man sich sicher, dass man dieses Glücksgefühl, diese unglaubliche Ruhe und dieses Einssein mit sich und der Welt niemals vergessen wird. Natürlich aber verblassen die Erinnerungen nach einer Zeit, werden vielleicht noch einmal aus den Untiefen des Gedächtnisses hervorgekramt, um dann irgendwann und unbemerkt auf immer zu verschwinden. So ist das nun mal.

Diesen Moment aber, diesen einen, kurzen Moment, in dem ich Marias Stimme zum ersten Mal gehört habe, den werde ich für den Rest meines Lebens in mir tragen, den werde ich nicht vergessen. Ich bin mir dessen absolut sicher.

Was sich vorher so vollkommen normal angehört hatte, veränderte sich mit einem Schlag. Marias Stimme war plötzlich dunkel und rauchig, und sie schien sich über mich zu legen wie eine warme, weiche Hand, die mich langsam streicheln wollte; in dieser Stimme schwang Verlangen mit und Hingabe und doch auch so etwas wie Überlegenheit, wie eine versteckte Botschaft an den, der ihr zuhörte: *Ja, ich sage, was du hören willst, aber nur ich allein weiß, was ich denke, und nur ich allein weiß, dass ich eigentlich über dich lache.* Marias Stimme füllte den Raum und schien von den schalldichten Wänden nicht geschluckt, sondern auf mich zurückgeworfen zu werden; sie hüllte mich ein, war überall um mich herum und in mir drin, und spätestens, als sie wenig später hauchte: »O Mike, lass mich nicht länger warten!«, schoss sie mir wie ein feuriger Strom direkt in den Schwanz.

Zum ersten Mal seit langer Zeit verstand ich wieder, welche Qual sich hinter der lapidaren Aussage, dass die Hose zu eng wird, verstecken kann. Alles zwischen meinen Beinen schien plötzlich zu drücken, mein Schwanz wurde unbarmherzig härter, länger und dicker, und stemmte sich wütend gegen die dünnen Falten meiner Unterwäsche und den strammen Stoff meiner Jeans. Instinktiv rutschte ich mit dem Hintern auf meinem Stuhl nach hinten, wippte vorsichtig ein wenig mit dem Becken nach vorne und zu den Seiten und spürte endlich das befreiende Gefühl, als mein Quälgeist in die richtige Position rutschte. Aber als habe sich eine höhere Macht gegen mich verschworen, musste Sexy Mandy in diesem Moment »Oh, Mike, was für ein prächtiger Prügel!« hauchen, und während ich spürte, wie sich, von Marias Stimme getrieben, eine einzelne Schweißperle auf den Weg machte, um brennend und kitzelnd einen Weg an meinem rechten Schulterblatt vorbei über den Rücken hinab zu suchen, drückte meine Eichel schmerzhaft gegen das breite Gummi meiner Unterhose. Da wollte etwas eindeutig befreit werden – und ich musste so souverän wie möglich »O ja, *Baby*, das ist so gut!« in das Mikrofon vor mir brummen.

Natürlich bin ich auch schon früher in Situationen erregt worden, in denen es mehr als unpassend gewesen war – in der überfüllten U-Bahn vom Duft einer Frau, die dicht vor mit stand, oder als ich im letzten Urlaub am Strand lag und meine knappe Badehose nicht wirklich verbergen konnte, wie sehr mich der Anblick eines Mädchens irritierte, dass sich neben mir wie in Zeitlupe das T-Shirt über den Kopf zog. Maria aber hatte ich nicht gesehen, nicht gerochen und nicht gespürt; ich hatte noch nicht einmal ihre wirkliche Stimme gehört, sondern war nichts weiter als ein Opfer jenen Samtes geworden, mit der sie ihre Sprechrolle in diesem mittelmäßigen Film ausstattete. Ihr Patzer und Streit mit dem Regisseur waren eine Gnade für mich.

Kaum hat Maria den Aufnahmeraum verlassen, greife ich mir so unauffällig, wie es eben geht, in den Schritt und drücke mein pochendes Ding in eine für mich erträglichere Position.

»Eric? Alles klar bei dir?« Steffen, der Tontechniker, steht in der Tür und grinst mich breit an. »Dein erster Hardcore-Film?« Der Griff zwischen meine Beine ist ihm scheinbar nicht entgangen. Mir schießt das Blut in den Kopf, doch bevor ich irgendetwas sagen kann, trifft Steffen den Nagel verbal auf den Kopf: »Oder stimmfickt dich Maria heute zum ersten Mal?«

»Bitte wie?«

Steffen lacht und kommt nun ganz ins Studio. »Stimmfick. So nenne ich das, was Maria mit uns allen hier macht, wenn sie gut drauf ist.« Er sieht mich prüfend an. »Ist doch so, oder?«

Ich kann nicht behaupten, dass ich gerne über Sex spreche. Und schon gar nicht mit irgendwelchen Kerlen, die ich nicht besonders gut kenne. Trotzdem kann ich nicht verhindern, dass sich ein dümmliches Grinsen auf meine Lippen stielt. »Also … Es ist echt peinlich … Aber so etwas habe ich noch nie erlebt.«

»Mach dir nichts draus – passiert den Besten von uns. Meine Freundin hat sich früher immer gefreut, wenn sie wusste, dass ich bei einer Aufnahme mit Maria zusammenarbeiten würde – sie meinte immer, danach käme sie bei mir dann endlich mal nicht zu kurz.« Steffen lacht wieder und schlägt zweimal schnell mit seiner rechten Hand vor die linke Faust. Obwohl ich auf genau diese Art von Information eigentlich gerne verzichte, höre ich ihm gebannt zu.

»Aber mach dir keine Sorgen, irgendwann hörst du's gar nicht mehr.«

»Nicht?«

»Sicher nicht.« *Marias* Stimme! Ich zucke zusammen – da steht sie, streckt mir einen Plastikbecher entgegen und funkelt mich amüsiert an. Um Gottes willen, sie wird doch nicht alles gehört haben?

»Spätestens, wenn wir zusammen ein Kinderhörspiel aufgenommen haben, findest du nichts Besonderes mehr an meiner Stimme.«

Sie hat alles gehört! Warum, warum, warum kann sich nicht der Erdboden unter mir auftun, um mich aus dieser peinlichen Situation zu befreien? Ein Gutes hat Marias Auftauchen immerhin – meine Erektion verschwindet so schnell, wie sie gekommen ist.

»Kinderhörspiel? Äh, ja, hm, habe ich noch nicht gemacht ...«

»Solltest du mal probieren. Bringt gutes Geld und jede Menge Spaß. Seitdem stehe ich bei den Kindern meiner Schwester ganz hoch im Kurs.« Sie wirft sich in Pose und spricht plötzlich mit einer hellen Kleinmädchenstimme: »Hokus-pokus-zabarab, ich bin Zara Zauberstab!«

Ich bin ehrlich erstaunt. »Die Dinger muss ich immer mit meiner kleinen Schwester hören, wenn ich babysitte! Das bist du? Aber diese Kassetten gibt es doch schon ewig! Die kannst du doch nicht ...«

»O doch, kann ich. Danke für das ... Kompliment?«

Zum ersten Mal sehe ich Maria wirklich bewusst an. Vor mir steht weder das spitzbübisch grinsende Mädchen Zara

Zauberstab, das ich von den Kassettenhüllen kenne, noch finde ich im ersten Moment irgendeinen Hinweis darauf, dass es wirklich Marias Stimme gewesen sein kann, die mich wenige Augenblicke vorher noch so ins Schwitzen gebracht hat. Denn Maria sieht, um es direkt zu sagen, vollkommen normal und nicht unbedingt gut aus: Ihre glatten Haare sind von einem unfähigen Friseur in einen undefinierbaren Rotton verfärbt worden. Ihr Augen-Make-up ist dick und schwarz und wirkt bereits etwas verlaufen. Maria ist nicht besonders groß und nicht besonders schlank; unter ihrem weiten beigefarbenen Pullover mit dem tiefen V-Ausschnitt wogen nicht nur zwei große Brüste, sondern zeichnen sich auch zwei deutliche Rettungsringe ab, die sich um ihre Hüften schmiegen.

Schmiegen? Schmiegen.

Während ich Maria unverhohlen anstarre, während ich ihre Schultern sehe, die etwas müde nach vorne hängen, und ihre schlanken Beine in dem schmalen Rock, die über den ansonsten eher plumpen Körper hinwegtäuschen sollen, habe ich das Gefühl, dass *schmiegen* genau das richtige Wort ist. Alles an Maria scheint weich zu sein, weich und warm, und wenn ich noch länger auf den Ansatz ihrer Brustfalte starre, der durch den V-Ausschnitt freigegeben wird, wird sie es bemerken.

»Lieb von dir, aber ich bin hier schon etwas länger im Rennen.« Maria sieht mich prüfend an. »Wie alt bist du – 25, 26?«

»22. Und du?« Die Frage ist raus, bevor ich sie zurückhalten kann. Aber Maria scheint sie mir nicht übel zu nehmen.

»48. Und ich bin stolz darauf.« Sie lächelt jetzt, und plötzlich sehe ich, wie die kleine Zauberin in ihren Augenfältchen unter dem schwarzen Kajalstift hervorblitzt und sich Marias Mund zu einem sinnlichen Versprechen wölbt, als würde mir die junge Sophia Loren einen großen Teller dampfend heißer Pasta mit sämiger Tomatensoße und grob geraspeltem Parmesan anbieten.

»Kinders, können wir dann?« Heiner steht im Studio und sieht uns an. »Herrje, wer hat mich nur auf die idiotische Idee gebracht, dass wir Zeit und Geld sparen, wenn wir die Sprecher gleichzeitig aufnehmen? Also, weiter geht's.« Er zieht die Tür hinter sich zu, einen Augenblick später sehe ich ihn durch das Glasfenster im Tonraum hinter uns auftauchen. Maria und ich greifen zu unseren Kopfhörern. Es knackt, kaum das wir sie aufgesetzt haben, und Heiners Stimme ist zu hören: »Maria, bitte reiß dich jetzt zusammen. Und du, Eric, lass dich nicht von ihr aus dem Konzept bringen. Wir machen weiter bei Szene 23. Maria, sag *Hengst*, wenn es dich glücklich macht. Und Eric, sei aggressiver. Dieser Mike will das Mädchen ficken und danach vergessen, nicht freundlich um ein zweites Rendezvous bitten. So, wir starten.«

Auf dem Bildschirm flammt kurz ein blaues Testbild auf, dann sind wieder Mike und Sexy Mandys zuckender Körper zu sehen. »Yeah, I shove it up your cunt, you bitch!«, röhrt Mike, und instinktiv beuge ich mich näher ans Mikrofon, kneife die Augen zusammen, und mache so gut wie möglich auf harter Kerl.

Eric hieß er also.

Maria musste sofort an Eric, den Wikinger denken, einen Film, den sie vor ein paar Wochen im Fernsehen gesehen hatte. Nun, wie ein Wikinger sah dieser Eric hier eigentlich nicht aus. Dafür aber gut. Sehr gut sogar: Groß, schlank, unter dem engen T-Shirt zeichneten sich deutlich zwei trainierte Brustmuskeln ab. Dunkle, kurze Haare, einen Hauch von Dreitagebart um den Mund herum; so ein Goatee, wie ihn junge Männer zurzeit eben trugen.

*Jung*, dachte Maria. *Genau das ist er: Unglaublich jung!* Was hatte er gesagt? 22. Sie war mehr als doppelt so alt. Sie könnte seine Mutter sein. Vielleicht sollte sie sich darum auch fühlen wie seine Mutter.

Tat sie aber nicht.

Maria war es gewohnt, mit attraktiven Männern zusammenzuarbeiten. Viele Schauspieler arbeiteten nebenher auch als Synchronsprecher, und so hatte Maria schon einige vermeintliche Prachtexemplare kommen und hochgradige Loser wieder gehen sehen: Den charmanten Grandseigneur mit den grauen Schläfen zum Beispiel, für den all ihre Freundinnen schwärmten, wenn sie ihn in einem Fernsehkrimi sahen und der, wenn er sich unbeobachtet fühlte, rülpste, furzte und in der Nase bohrte wie ein kleiner Junge. Oder die durchtrainierten Jungstars aus den Daily Soaps und Comedy-Shows, deren Stimmen werbewirksam auf Filmplakaten angepriesen wurden und die hinter ihrer jugendlich frischen Fassade kalt waren, arrogant und so vom schnellen Ruhm überrannt, dass sie auf alles herabblickten, was ihrer Meinung nach nicht in ihrer Preisklasse kämpfte. »Prime Meat«, nannte Heiner diese Jungspunde immer, »aber lass diese Lendenfilets mal ein bisschen liegen; die werden nicht mürbe, die werden faulig.« Maria hatte schon einiges erlebt.

Es passierte ihr auch nicht zum ersten Mal, dass ein anderer Synchronsprecher auf ihre Stimme reagierte. Es machte sie weder an noch störte es, und was kümmerte es sie, wenn hinter ihrem Rücken über »die vertrocknete Alte« gelacht wurde, die »einen nur noch mit ihrer Stimme aufgeilen kann«? Beim ersten Mal hatte sie das getroffen. Heute dachte sie nicht einmal mehr darüber nach.

Was also hatte dieser Eric, das ihr gefiel?

Machte es ihr einfach Spaß, Sexy Mandy noch tiefer gurren zu lassen, weil er Mike immer mehr Machismo in die

Stimme legte? Übertrug sich einfach nur ein Teil der Erregung, die sie für diesen Job brauchte und schon allein deswegen harte Arbeit bedeutete, weil der Film alles andere als anregend war, nun doch auch auf sie?

*Maria, du alte Kuh!* Unwirsch schüttelte sie den Kopf. *Er ist 22, und du bist nicht dumm. Also, konzentrier dich auf das, worum es hier wirklich geht!* Und mit einem heftigen Ausatmen stieß sie ein finales »Jaaaaa, jaaaa, oh, ja, ich ko… ko… *komme!*« hervor.

Ich weiß selbst nicht, wie es so weit kommen konnte. Vielleicht lag es daran, dass meine Freundin vor ein paar Monaten mit mir Schluss gemacht hatte und seitdem bei mir nicht viel gelaufen war. Am Film hat es sicher nicht gelegen. Und an Maria selbst? Ich weiß es nicht. Nein, eigentlich stimmt das nicht. Ich weiß es schon.

Ich finde es nur komisch, es zu sagen.

Wer hatte die Idee gehabt, noch etwas trinken zu gehen? Heiner, glaube ich. Aber der ist dann ziemlich schnell abgehauen, und Maria und ich sind in dieser Bar sitzen geblieben und haben uns angeschwiegen. Es war kein Schweigen, das irgendwie peinlich gewirkt hätte; wir waren beide groggy, weil die letzte Stunde im Studio schon ziemlich anstrengend gewesen war, und es reichte uns, bei einem Glas Wein gemeinsam an der Bar zu sitzen, den Rauchkringeln nachzusehen, die von Marias Zigarette aufstiegen, und schweigend durch den Abend zu gleiten.

Irgendwann lehnte ich mich nach hinten, wohl um mich etwas zu strecken. Dabei fiel mein Blick auf Marias Rücken, und ich sah, dass ihr Pullover nicht besonders lang war. Wie sie nun so dasaß, leicht nach vorne gebeugt und die Ellbogen auf die Theke aufgestützt, war das flauschige Material ein paar Millimeter zu weit nach oben gerutscht und offenbarte einen schmalen, hellen Streifen Haut. Natürlich ist das nichts Ungewöhnliches; meine Freundin trug oft kurze Tops, und ich hatte nie etwas dabei gefunden, wenn sie dadurch bauchfrei herumgelaufen war; der schmale Streifen von Marias Rücken aber, der nun vor mir lag, zum Greifen nah und doch auf eine merkwürdige Weise unendlich weit von mir entfernt, zog mich magisch an. Ich konnte nicht wegsehen, immer wieder ließ ich meinen Blick über die wenigen Millimeter wandern, und ich merkte, dass ich einen Kloß im Hals hatte; merkte, wie ich plötzlich alles um mich herum ausblendete, wie die Bar, die Musik, der Rauch von Marias Zigarette, ja selbst Maria verschwanden und nichts anderes übrig blieb als ich und dieser schmale Streifen Haut, der mich anlockte wie ein Köder den Fisch. Ich sah meine Hand, die sich langsam nach vorne streckte, sah, wie ich den Zeigefinger ausstreckte, immer näher heranging, einen Hauch von der Haut entfernt aber innehielt und nicht Maria, sondern die Luft streichelte. Und ich nächsten Moment, gerade als ich das Gefühl hatte, mich nach vorne zu beugen und diese köstliche Stelle mit meinen Lippen schmecken und für mich erobern zu müssen, merkte ich, dass ich mir dies alles nur einbildete, dass es Gedanken waren, die sich verselbstständigten, während ich einfach nur dasaß und auf Marias Rücken starrte.

»Na?« Marias Stimme klang rau. »Gefällt dir das?«

Ich riss mich von dem Anblick los. Und wieder hatte ich das Problem, dass ich das, was meinen Blick und mein Denken gerade noch gefesselt hatte, nicht mit dem zusammenbringen konnte, was ich nun sah: Marias freundliches, aber müdes Gesicht.

»Ich weiß nicht.« Mehr konnte ich nicht sagen.

Maria sah mich lange an, zog dann noch einmal an ihrer Zigarette. Ich sah, wie sie die Kippe im Aschenbecher vor sich ausdrückte, wie sie den Rauch durch ihren geöffneten

Mund ausströmen ließ, so dass er wie ein Schleier über ihr Gesicht glitt und sich über ihrem Kopf in immer dünner werdenden Wirbeln auflöste. Ich hörte, wie sie »Zahlen!« zum Barkeeper sagte. Maria legte einen Schein auf die Theke, stand dann auf und griff nach ihrer Jacke. Ich blieb wie betäubt sitzen.

Maria hatte ihren Mantel angezogen und strich sich mit der Hand eine blassrote Haarsträhne hinter das Ohr. Sie sah mich nicht an, als sie fragte: »Findest du mich attraktiv?«

Hätte ich einfach *Ja* sagen sollen, ohne zu wissen, ob ich es ernst meinte? »Ich … ich weiß nicht.«

Maria nickte. Sie sah nicht beleidigt aus, eher erleichtert, auch wenn ich nicht verstand warum. Dann spielte ein Lächeln um ihre Lippen, und sie sah mir direkt in die Augen. »Möchtest du mitkommen?«

Ohne zu zögern stand ich auf, und wir verließen schweigend die Bar.

Sie gingen ohne ein Wort zu sprechen durch die Nacht. Es dauerte nicht lange, bis sie vor dem Haus standen, in dem Maria wohnte, und wenige Augenblicke später standen sie im Flur ihrer Wohnung.

*Was mache ich hier?* Mehr als eine Frage raste Maria durch den Kopf. *Was soll das? Brauchst du das? Was soll der Junge von dir wollen? Das ist doch noch ein Kind!*

*Oder?*

Die meisten Menschen, die Maria kannten, sagten, dass sie eine selbstbewusste Frau war, und dass sie mit rücksichtsloser Überzeugung realistisch sein konnte. *Und was würden die sagen, wenn sie mich nun sehen – eine alte Schachtel, die sich einen jungen Spund mit in die Wohnung nimmt?*

Maria wusste, dass Eric am nächsten Morgen verschwunden sein würde. Sie wusste, dass er sie, sollten sie sich wieder einmal in einem Synchronstudio treffen, freundlich, aber irgendwie unsicher begrüßen würde. Und sie wusste, das sie sich in diesem Moment dafür verfluchen würde, ihn jemals mit in ihre Wohnung genommen zu haben. All das war ihr vollkommen klar – nur was bis zu dem Moment geschehen würde, an dem er sich im Morgengrauen aus ihrer Wohnung stahl, davon hatte sie nicht die geringste Ahnung. Zum ersten Mal seit langer Zeit wusste Maria nicht, was sie tun sollte. Und das er es offensichtlich auch nicht wusste, half nicht weiter.

Wir stehen ganz nahe beieinander in ihrem engen Flur und haben immer noch unsere Jacken an. Ich kann die Stelle an ihrem Rücken nicht sehen, ich kann ihre Stimme nicht hören, und ich weiß nicht, was ich tun soll. Ich vermeide es, sie anzusehen, und ich merke, dass auch sie einen Punkt an der Wand hinter meiner Schulter fixiert hat.

Dann, plötzlich, weiß ich es. Ohne nachzudenken knipse ich das Licht aus. Dunkelheit umfängt uns. Der Flur hat kein Fenster, nur in das Zimmer nebenan fällt etwas Licht von einer Straßenlaterne in den Raum. Ich sehe Maria nicht mehr, nur noch die Umrisse ihres Körpers. Ich entspanne mich, fühle mich plötzlich nicht mehr fremd. Und dann höre ich wieder ihre Stimme, höre, wie sie einfach meinen Namen sagt, nur einmal und kurz. Es ist nicht sie, die spricht, auch nicht die kleine Zauberin oder das blonde Sexluder; mein Name klingt rau und unsicher, doch in den zwei Silben schwingt auch so etwas wie Hoffnung mit, Spannung, und das *c*, das sie wie ein hartes *k* spricht, ist Aufforderung und Herausforderung zugleich. Ohne nachzudenken beuge ich mich nach vorne und finde mit meinen Lippen ihren Mund.

Zuerst war er über ihr, unter ihr, einfach überall, und Maria, die es kaum fassen konnte, dass sich ein junger, harter, warmer Körper in ihrem Bett an sie drängte, spürte für einen Moment wieder diese Verwirrung, diese Unsicherheit, die sie an diesem Abend schon so oft ergriffen hatte. Sie spürte, wie er ihre Brüste liebkoste, sanft über ihre Spitzen fuhr und sie in seinen Mund saugte; sie spürte, wie er tiefer wanderte, wie seine Zunge ein feuchtes Band über ihren Bauch zeichnete; wie er mit seiner Zunge neugierig in die kleinen Falten unter ihrer Taille fuhr. Es war dunkel im Zimmer, sie konnte ihn nicht sehen; stattdessen hing ihr Blick an der Decke, während ihre Hände seinen Kopf fanden, das kurze, stoppelige Haar spürten und ihn sanft tiefer drückten. Maria spreizte die Beine, spürte, wie er in ihren Schoß glitt und seine Zunge sie langsam, aber bestimmt öffnete.

Hinterher sitze ich lange neben ihr auf dem Bett, das eine Bein angewinkelt, das andere auf dem sicheren Boden, und sehe Maria beim Schlafen zu. Sie liegt auf der Seite, den Rücken mir zugewandt, und ich sehe, wie sich der schöne Schwung, den ihr Körper von der Taille über die Hüften zum breiten Becken hinauf beschreibt, bei jedem Atemzug ein bisschen hebt und dann wieder senkt.

Ich habe meinen Schwanz in der Hand und spüre seine Wärme, aber seltsamerweise habe ich nicht den Wunsch, mich zu befriedigen. Natürlich war ich sicher gewesen, dass es darauf hinauslaufen würde. Ich war sicher gewesen, ihn in ihr spüren zu können, immer wieder in sie hineinzugleiten und dabei ihren zitternden Körper sehen zu können. Dann aber, als ich ihre feuchte Wärme und ihren Geschmack spürte, mein Gesicht in ihr kurzes, krauses Haar drückte und ich für einen Moment nur in meinen Lippen und meiner Zunge zu existieren schien, war mir meine eigene Lust nicht nur sehr weit weg, sondern auch vollkommen unwichtig vorgekommen. Ich schmeckte, ich spürte, und ich hörte eine

Stimme. Es war nicht Maria, es war keine andere Frau. Ich weiß nicht, was ich in diesem Bett erlebt habe. Ich weiß nur, dass ich es nie vergessen werde, selbst dann nicht, wenn alles andere längst aus meiner Erinnerung verschwunden sein wird.

Ich stehe auf und ziehe mich leise an. Als ich schon an der Tür bin, bleibe ich stehen. Ich fühle mich leicht wie schon lange nicht mehr, und mein Kopf ist auf eine angenehme Art vollkommen leer. Noch einmal drehe ich mich um, bin mit zwei Schritten wieder am Bett. Obwohl es vollkommen dunkel ist, bin ich mir sicher, die richtige Stelle zu finden, als ich mich vorbeuge und vorsichtig einen Kuss auf Marias Haut hauche, auf diesen geheimen Ort am Ende ihres Rückens über der schmalen Falte ihres Pos.

*Pedro Almodóvar*

# Ehestreit auf dem Disco-Klo

**Ich habe mir ein Tonerde-Bad gegönnt.** Nachdem die beiden Kerle mich vor ein paar Stunden im Casa de Campo vergewaltigt hatten, war ich zwar auch von Kopf his Fuß mit Lehm voll geschmiert, aber das war etwas anderes. Wenn ihr die Wahl habt, empfehle ich euch Moorbäder; die sind gut für die Haut. Es ist ein Gefühl, als ob du dir am ganzen Körper eine Maske aufträgst. Wenn du nämlich ein SEX-SYMBOL bist wie ICH, reicht es nicht aus, ein VERFÜHRERISCHES GESICHT zu haben. Es ist dein KÖRPER, auf den es ankommt. Ich halte ja wirklich viel aus, aber ich war doch ziemlich erschlagen. Dabei bin ich eigentlich nicht so schnell kleinzukriegen, wenn ich mich jemandem hingebe. Aber wie dem auch sei – meine frischen Erinnerungen hielten mich hellwach. Und dann noch die Dusche nach dem Bad – das bringt einen ziemlich gut drauf, wie ihr ja sicher wisst. Also bin ich noch in eine Disco gegangen.

Es regnete. Als ich auf der Straße stand, dachte ich mir: »Wenigstens hat es nicht geregnet, als sie mich vergewaltigt haben.« Mir fallen immer Gründe ein, optimistisch zu bleiben. Obwohl ich ein Sexsymbol bin, bin ich nämlich ziemlich ausgeglichen.

Es goss in Strömen. Eine Psychologin mit Kindern, die ihren Ehemann liebt, wäre bestimmt zu Hause geblieben. Aber es hat mir noch nie Spaß gemacht, vernünftig zu sein, außer natürlich, wenn sich dadurch eine Menge Geld verdienen ließ. Vor ein paar Tagen habe ich mir einen Videorecorder gekauft, aber ich weiß noch nicht, wie er funktioniert. Wer weiß, wenn ich ihn mal bedienen kann und jede Menge Bänder besitze, wird sich mein Videorecorder vielleicht in meinen wahren EHEMANN verwandeln, zu jenem Wesen also, das deine toten Stunden ausfüllt und dir verbietet, in einer stürmischen Herbstnacht auszugehen, um dich in ein Abenteuer zu stürzen. Aber zurzeit habe ich ja keine Bänder, die mich ans Zuhause fesseln.

Auf der Tanzfläche in der Disco schwoften jede Menge Szenetypen, fünfzehn Jungs glotzten mich ziemlich dreist an. In ihren Augen konnte ich lesen: »Das ist ja Patty Diphusa, der große internationale Star.« Aber keiner von ihnen traute sich, mir näher zu kommen, schließlich ist es ja auch nicht ganz leicht, es mit einem Sexsymbol aufzunehmen. Ein paar Sekunden genügten mir, um die Lage zu peilen. Es war nur ein Typ dabei, der die Glocken bei mir zum Läuten brachte. Er tanzte nicht, aber während er mit einer PUBERTIERENDEN SCHLAMPE sprach, wippten seine Oberschenkel zum Takt der Musik. Das genügte mir schon, um zu wissen, dass er ein guter TÄNZER sein musste. Wenn ich GEIL bin, habe ich ein unheimlich gutes Wahrnehmungsvermögen. In solchen Momenten könnte ich, wenn ich nur wollte, vorhersagen, wie die konservative Alianza Popular bei den nächsten Wahlen abschneidet. Aber um auf diesen Typen zurückzukommen – er hatte irgendetwas an sich, das mich unwiderstehlich anzog, und dabei spreche ich weder von dem Paket zwischen seinen Beinen, das einen guten Teil seiner Hose ausfüllte, noch von seinen ARMEN, die aussahen wie eine Vitaminfabrik. Es war irgendetwas anderes, ich weiß nicht was. Es gefiel mir, den Leuten beim Tanzen zuzusehen. Und vor allem gefiel es mir, ihn zu beobachten. Also ging ich näher an ihn heran. Die Pubertierende Schlampe bat mich um eine Zigarette.

»Ich habe keine, aber ich weiß, wo du welche kaufen

kannst. Hier, nimm die Kohle, und hol mir eine Packung! Eine Kippe kannst du für dich behalten.«

Ich reichte ihr einen Schein. Der Chico und ICH blieben allein zurück. In diesem Moment wurde mir klar, dass mir der Typ irgendwie bekannt vorkam. Er hatte IRGENDETWAS, vielleicht war es sein Geruch oder seine Art, mir »hallo« zu sagen und dabei zu lächeln. Keine Ahnung. Jedenfalls sagte ich zu ihm: »Wenn du für mich tanzt, gebe ich dir, was du willst.«

»Ich tanze, aber du musst mir nichts dafür geben. Ich tanze gerne.«

Tina Turner wäre feucht geworden, wenn sie gesehen hätte, was dieser Typ da auf der Tanzfläche zu ihrem neuesten Hit vorführte. Und als er mit seiner Darbietung zu »Dirty Mind« loslegte, hätte Prince, wenn er das hätte sehen können, mit Sicherheit nicht gezögert, eine Gratistournee durch ganz Spanien zu machen, um dafür jeden Tag mit diesem Typen frühstücken zu dürfen. Jedenfalls zog er eine irre Show ab. Er schien gerade von einem Tanzwettbewerb abgehauen zu sein. Nach einer halben Stunde wäre seine Show vielleicht langweilig geworden (gibt es überhaupt irgendetwas, das einen nicht nach einer halben Stunde langweilt?), aber für fünf Minuten wirkte der Typ wie eine Injektion Anislikör direkt in die Vene gespritzt. Es war wirklich keine schlechte Idee, ihn zu bitten, für mich zu tanzen. Er kam zu mir zurück.

»Ich hab ein paar Amphetamine eingeworfen und könnte die ganze Nacht durchtanzen. Ich könnte einfach alles machen.«

»Komm.« Während ich das zu ihm sagte, nahm ich ihn bei der Hand und bemühte mich, die Pubertierende Schlampe zu ignorieren, die wieder aufgetaucht war und oben an der Treppe stand.

»Du hast noch etwas bei mir gut. Ich möchte dir etwas schenken.«

Dann führte ich ihn zu den Toiletten. Wir gingen ins Männerklo, weil es dort immer ein bisschen liberaler zugeht, und schlossen uns in einer Kabine ein. Er fragte mich:

»Was ist los? Hast du Koks?«

»Ja.«

Dann presste ich schnell meine Lippen auf seinen Mund, damit er nicht nach noch mehr Drogen fragen konnte. Wenn es um Drogen geht, sind die Jugendlichen einfach unersättlich. Während ich ihn mit meinem Mund zum Schweigen brachte, öffnete ich sämtliche Knöpfe an seiner Hose. Das LEBEN ist vergänglich, und wenn man irgendwie auf seine Kosten kommen will, bleibt einem eben nichts anderes übrig, als mehrere Dinge zur gleichen Zeit zu tun.

»Hinterlass bloß keine Spuren an mir«, sagte er.

»Schämst du dich etwa? Du solltest die Spuren als Kriegsverletzungen betrachten, als Auszeichnungen; die ich dir als Gesandte der Lust verleihe. Dafür musst du dich doch nicht schämen. Im Gegenteil.«

»Man muss eben gewisse Rücksichten nehmen.«

»Was du nicht sagst. Für ein freies Mädchen ist es das Schlimmste, dass die anderen nicht frei sind.«

Wie habe ich es bloß geschafft, mir den Rock bis unter die Achselhöhlen hochzuziehen, während ich ihm gleichzeitig derart wichtige Lebensweisheiten verklickerte? Und wie habe ich ihm dann auch noch dabei geholfen, seine Hose bis zu den Knien runterzuzerren? Ich habe keinen blassen Schimmer. Aber Tatsache ist, dass ich es geschafft habe. Und ich werde es niemals bereuen. Intuitiv drängte es uns eigentlich zu einem Neunundsechziger, aber dafür war es auf der Toilette zu eng. Also entschieden uns für eine Alternative. Er ging als Erster auf die Knie. Nachdem er es mir herrlich mit der Zunge besorgt hatte, hob er seinen süßen Kopf und gestand mir:

»Du bist die erste Frau, der ich die Möse geleckt habe.«

»Du auch?«

»Was willst du damit sagen?«

»Diesen Spruch höre ich heute Nacht schon zum zweiten Mal. Und das mit den Spuren auch. Langsam geht mir das ein bisschen auf den Geist.«

Aber in Wahrheit war das natürlich kein Grund, mir die Stimmung verderben zu lassen. Schließlich bin ich ja ein sehr ausgeglichenes Mädchen, und deshalb zog ich es vor, mir einzubilden, dass die Vergewaltiger mir einfach Glück gebracht hatten. Aber wie dem auch sei – es war ohnehin nicht der passende Moment, in Grübeleien zu versinken. Mein angeborener Gerechtigkeitssinn trieb mich ebenfalls auf die Knie, und ich begann gierig an seiner EICHEL zu knabbern. Ihm gefiel das offensichtlich genauso gut wie mir:

»Die Amphetamine sind einfach göttlich«, sagte er. »Nicht nur die Amphetamine, Schätzchen.«

Wir haben alles gemacht, was zwei Leute mit ein bisschen gesundem Menschenverstand und übersprudelndem Lebensgeist auf einem ein Quadratmeter großen Klo so anstellen können. Als wir gerade auf unseren dritten Orgasmus zusteuerten, klopfte jemand an die Tür.

»Besetzt«, brüllte ich.

»Hier läuft gerade ’ne Orgie«, rief mein Partner. »Wenn du mit einsteigen willst, lassen wir dich rein.« Wie ihr seht, war mein Chico ziemlich gut drauf und zu allem bereit. Ich habe dazu gar nichts gesagt, schließlich wollte ich zu später Stunde nicht noch zimperlich werden. Jedenfalls haben wir die Tür aufgemacht. UND WEN SEHEN WIR DA WOHL? Den-Typen-der-mich-im-Casa-de-Campo-aufgegabelt-hat-nachdem-mich-die-beiden-Psychopathen-von-denen-einer-gerade-aus-dem-Knast-entlassen-worden-war-vergewaltigt-hatten. Das folgende Gespräch lief in etwa so ab:

»Du?«, fragte der Neuankömmling.

»Du?«, fragte ICH den Neuankömmling, als ich ihn wieder erkannt hatte.

»Und du?«, fragte ER, als auch er mich erkannt hatte. Immer wenn ich in einer peinlichen Situation stecke, fällt mir nichts Besseres ein, als mich einfach vollkommen natürlich zu verhalten:

»Komm rein und mach's dir bequem«, lud ich ihn ein. »Du kommst gerade rechtzeitig.«

»Danke«, erwiderte er aggressiv. Er schien echt sauer zu sein. Er liebt mich, dachte ich. Und deshalb gefällt es ihm nicht, dass er mich mit einem anderen auf dem Klo erwischt hat.

Obwohl mir das natürlich runterging wie Öl, vergesse ich nie, dass ich eine freie Frau bin. Daher erwiderte ich in einem ziemlich feministischen Ton:

»Was ist los mit dir? Stört es dich etwa, dass ich mit anderen ficke?«

Er ließ sich nicht einschüchtern, ganz im Gegenteil. »Allerdings stört mich das. Vor allem, wenn du es mit meinem Freund treibst.«

»Wie bitte? Warst du nicht angeblich verheiratet?«

»Ja, mit mir«, erklärte der Tänzer, während er seinen Schwanz aus meiner Möse zog und ihn zurück in seine Hose stopfte.

»Woher kennt ihr beiden euch eigentlich?« Jetzt war der Disco-Typ sauer.

»Entschuldigt mich, ihr beiden«, sagte ich. »Mit Ehestreitigkeiten hab' ich nichts am Hut. Für so etwas bin ich viel zu modern.«

»Geh nicht«, entgegnete der Neuankömmling, der, der mich im Casa de Campo aufgegabelt hat. »Wenn hier einer stört, dann ja wohl ich.«

»Nein«, widersprach der Disco-Typ. »Ich bin derjenige, der hier offensichtlich überflüssig ist. Ich könnte genauso gut noch immer zu Hause hocken und auf dich warten. Schließlich hast du gesagt, dass du um zwölf Uhr von deiner Reise zurückkehren würdest.«

»Wenn ihr gestattet, werde ich noch mal Großmut walten lassen«, bat ich sie äußerst würdevoll, jedoch ohne einen Funken Stolz, denn stolze Menschen mag ich nicht. »Ich werde diejenige sein, die jetzt geht. Ihr werdet mich bald vergessen. Ich habe mir die größte Mühe gegeben, bei keinem von euch irgendwelche Spuren zu hinterlassen.«

Dann bin ich aus der Disco abgehauen. Auf der Treppe haben mich ein paar Typen angegafft, aber keiner hat mich angesprochen. Vielleicht haben sie mir angesehen, wie enttäuscht ich war.

Wenigstens hatte es aufgehört zu regnen. Wie ich ja schon am Anfang gesagt habe – ich versuche, allen Dingen möglichst immer die positive Seite abzugewinnen. Es war zwar kalt, aber ich musste unbedingt noch ein bisschen spazieren gehen und nachdenken. Bevor ich mir ein Taxi nahm, zog ich die Bilanz der vergangenen Nacht: sechs Ficks, vier Männer, davon alle verrückt nach mir, und trotzdem ging ich allein nach Hause. Aber das machte mir nichts aus. Da bin ich lieber ein unabhängiges Mädchen, als dass ich mich an einen aus dem Knast entlassenen Mörder binde, geschweige denn an seinen seltsamen Freund oder gar an ein bisexuelles Paar ohne jegliches Improvisationstalent. »Wenn ich zu Hause bin, mache ich mir erst mal eine Ochsenschwanzsuppe von Campbell«, dachte ich mir. »Die wird mich wieder auf Vordermann bringen.« Das Alleinleben kann durchaus seinen Reiz haben, wenn man sich's gut einrichtet.

»Da kommt ja ein Taxi. Das werde ich heranwinken. Was der Taxifahrer wohl für ein Typ ist?«

*Annette Berr*

# Küss mich, ich dich

**In einer Stunde würden wir uns gegenüberstehen.** Unser erstes Date. Was hatte ich mir nur dabei gedacht? Ich hatte ihr die Verabredung abgetrotzt, denn zwischen uns schwang Sinnlichkeit, und ich wollte endlich herausfinden, was es damit auf sich hatte. Eigentlich war sie überhaupt nicht mein Typ: Klein, burschikos und mehr Bär als Dame. Außerdem war stadtbekannt, dass sie im Bett eher eine härtere Gangart bevorzugte und zudem auf Leder stand. Ich hingegen stand auf frauliche Wesen mit gleitenden Bewegungen, milchweißer Haut und schöner, verhüllender Wäsche.

Na denn! Wir hatten beide nichts zu verlieren.

Etwas nervös klingelte ich; tough öffnete sie die Tür. Ich überragte sie um einen halben Kopf. Kleiner Macker, der sie war, bewirtete sie mich und blickte ab und an *tief* in meine Augen. Die Zeit verrann, wir plauderten, ich war unfähig, sie zu berühren. Der erste Schritt schien unmöglich, die ganze Situation war absurd. Was hatte ich denn geglaubt? Dass sie mir im Bademantel öffnen und mich in ihr Schlafzimmer zerren würde?

»Komm, ich zeige dir mein Schlafzimmer«, sagte sie. Ich wurde knallrot und nestelte an meinem Pullover. Sie ging voraus. Ich folgte ihr. Als wäre es selbstverständlich und wir seit Jahren ein Paar, begann sie sich zu entkleiden. Aus ihrem Jeans- und Lederpanzer pellte sie einen milchweißen Leib, so prall und rund, dass es wie ein Traum schien. »Warte«, flüsterte ich rau, als sie ihren schwarzen Spitzen-BH ablegen wollte, »warte, lass mich das machen.« Während ich rasch meine Klamotten auf den Boden warf, ließ ich sie nicht aus dem Blick. Sie lächelte nicht. Sie hatte gar keinen bestimmten Gesichtsausdruck. Ihre Augen lagen im Schatten. Und dann nahm ich sie. Auf meine Art. Und sie ließ mich sie nehmen.

Mit meinen Lippen tastete ich über ihre Brüste, atmete ihre Haut, glitt mit halb offenem Mund über die raue Baumwollspitze ihres Büstenhalters und zurück in ihren warmen, nach Wacholder duftenden Busen. In meinem Mund sammelte sich die Spucke der Vorfreude. Ich umarmte sie und öffnete mit geübten Fingern den Verschluss in ihrem Rücken. Ihre schweren Brüste rieselten über meine Rippen. Sie sank rückwärts aufs Bett, ich über sie. Meine Lippen glitten über ihren Körper, ihren Hals, ganz ruhig atmete ich sie ein, jede Pore nahm ich in mich auf, erkundete mit dem Mund ihren Kieferknochen, die Wölbung ihrer Wangen, drang mit der Zunge unvermittelt tief in ihr Ohr, ganz tief, bis hinein in ihr Hirn, dorthin, wo Sex passiert.

Sie stöhnte auf. »Küss mich«, murmelte ich in ihre Nase. Ich hatte sie einmal tanzen sehen und damals gedacht, dass es wunderbar sein müsste, diese Frau zu küssen. Menschen, die tanzen können, denen ist das Küssen oft mit in die Wiege gelegt worden. Wir küssten uns. Viele köstliche Minuten tanzten unsere geöffneten Lippen sanft aneinander, ehe ich es endlich wagte, in ihren Mund zu dringen. Dort empfing sie mich. Zwischen unseren klirrenden Schneidezähnen berührten wir uns. Aber nicht tief. Noch nicht tief. Aus offenen Augen lachten wir uns an, so nah, dass ihre beiden Augen zu dem Auge eines Zyklonen wurden, der zwar mit Freude, aber auch noch befremdet, auf mich blickte. Ich schielte in das Auge, das auf ihrer Nasenwurzel glühte, und fragte mich ein letztes Mal, was um alles in der Welt ich hier verloren hätte, wo mich jeden Moment Lederfesseln und Kettengeklirr erwarten könnten, dann schob ich alle Bedenken beiseite. Ich hatte es wissen wollen. Es fühlte sich richtig an.

»Hast du keine Angst«, murmelte sie, »dass ich dir furchtbare Dinge antun könnte?«

»Doch, das macht es ja so aufregend.«

Ihr milchweißer Körper bebte von leisem Lachen. In ihrer warmen Nacktheit erschien sie mir vollkommen. Ich begann mich zu verlieben.

»Bin ich dir nicht zu dick?«

»Wenn ich jemals von Schönheit geträumt haben sollte«, antwortete ich ernsthaft, »muss sie der deinen sehr ähnlich gewesen sein.«

Mit festem Griff strich ich über ihre Haut, die sich in meine Handflächen schmiegte. Ihr Atem ging tiefer, wurde von kleinen Seufzern durchwoben. Scheu glitt ich über ihre Scham und stöhnte auf, als ich spürte, wie sehr sie mich dort erwartete. Obwohl doch alles nur eine kleine Verabredung war, begann ich mir zu wünschen, dass das, was hier mit uns passierte, nicht schon nach dem Frühstück wieder enden würde.

Mit den Fingerspitzen in ihren Saft tauchend, beugte ich mich über sie, mit einem weit geöffneten Mund, so weit geöffnet wie ihr bebendes Geschlecht, tauchte ich atmend nach vorn, um die Untiefen ihrer nach Schweiß duftenden Achsel auszuloten, um diesen Geruch von Kraft bis auf den letzten Milliliter getränkter Luft gierig in mich aufzunehmen. Die Liebhaberin unter mir schmeckte intensiv, und es fehlte nicht viel, gleich würde ich sie mit Stumpf und Stiel verzehren, um meinen Genuss zu steigern. Wir keuchten beide. Sie packte mich an den Schultern, stieß mich leicht von sich, staunte mir mit geröteten Wangen in mein von Speichel und Schweiß glänzendes Gesicht und sagte: »Du siehst obszön aus.« Sie zeichnete mit dem Zeigefinger den Schwung meiner geschwollenen Lippen nach. Sie flüsterte: »Andere Frauen haben unter der Nase ein Damenbärtchen. Du hast dort ein riesiges, glühendes Geschlechtsorgan. Ich werde nie wieder einer Frau ins Gesicht blicken können, ohne verlegen zu werden.« Sie lachte, und ich musste mich bezwingen, nicht nach ihren Fingern zu schnappen, nicht dem Impuls nachzugeben, ihre Hand in mich aufnehmen zu wollen, so wie ihr Geschlecht nach meiner Hand verlangte und ihre Hüften sich fordernd hoben und senkten. »Das, was du dort getan hast, tu es hier.« Mit diesen Worten schob sie mein Gesicht zwischen ihre weichen Schenkel, hin zu meiner badenden rechten Hand, presste sie meinen Mund, presste rabiat meine Lippen auf ihre Lippen. Wenn Atem Seelenhauch ist, dann ist Kuss Beseelung. Das Geschlecht mit Zähnen und Lippen umschließen, aber weder beißen noch saugen noch lecken, sondern alles zugleich und verschmelzen. Mund an Mund in Feuchtigkeit ineinander gleiten und eins werden. Der höhlige Geschmack nach rostendem Metall ihrer offenbar erst kurz zurückliegenden Regelblutung, diese verdorrten Reste von Fruchtbarkeit und Erneuerung, vermischten sich mit dem beinah süßen Lockstoff des klaren Saftes ihrer immer heftiger fließenden Erregung. Ich ritt gedankenlos berauscht auf ihrem Schienbein, während ihre Hände, mit welchen sie den Rhythmus vorgegeben hatte, von meinem Kopf geglitten waren und wir in einen anderen Rhythmus fielen, während ihre Hüften stießen und wir ein Marathonläufer wurden, der keine Eile hat, denn der Weg ist noch lang und das Ziel nur ein gedachter Punkt, während wir atmeten und liefen und liefen, war sie mir Duft und Genuss.

Als sie dann kam, überraschte es mich, denn es war ohne lautes Stöhnen herangeglitten, war plötzlich da, zwingend und unaufhaltsam wie das Sprudeln einer Quelle, und ich selber war noch nicht so weit. Ich zitterte zwischen ihren zitternden Beinen. Sie griff in mein Haar und zog mich sanft über ihre verschwitzten Brüste, auf denen sie mich ablegte. Zufrieden lachte sie, zufrieden tätschelte sie unbeholfen meine Schultern mit kraftlosen, matten Händen und lachte minutenlang vor sich hin.

»Komm her, du Saugnapf«, sagte sie endlich, »ich möchte dich küssen.«

Mit geschlossenen Augen küssten wir weich.

»Was ist das«, fragte sie und nahm meine Lippen fest zwischen Daumen und Zeigefinger, »ist das eine Hummel und mein Körper eine honigtriefende Blüte? Du hast mich über und über bespuckt. Meine Haut klebt an deiner.«

»Du redest Unsinn«, murrte ich grinsend, während sich meine Augen mit Tränen füllten.

Um mich zu wappnen, rollte ich von ihr auf den Rücken und zog sie in meine Arme. Ich streichelte den Pelz, der über uns wuchs, wie die fellgewordene Bitte, die Zeit möge innehalten. Kein Arm oder Ellbogen war zu viel. Das fühlte sich gut an.

Während wir still, jede für sich, beieinander lagen, wanderte mein Blick durch ihr Zimmer. Die stählernen Pfosten ihres Bettes ragten Furcht einflößend, wie mahnende Finger, bis fast zur Decke. Hinten ein schwarzer Stahlspind. Schwarze Samtvorhänge vor den französischen Fenstern, schwarzer Teppichboden, schwarze Bettdecke auf schwarzem Laken. Alles schwarz und betont karg. Mittendrin in diesem unwirklichen, Licht absorbierenden Zimmer ihr weißer Körper mit der viel besungenen, hellen Haut der typischen Berlinerin. Ein richtiges Großstadtmädchen, deren Zeit zu schade ist, um sie an Badeseen zu verschwenden. Ein üppiges Mädchen, das anderen Genüssen frönte.

Was wusste ich eigentlich von ihr? Außer, dass sie gerne

dem Alkohol zusprach und doch niemals betrunken wurde, dass sie ihren klapprigen Renault, der ständig repariert werden musste, auf Händen trug (und demzufolge oft mit ölverschmierten Fingern in der Kneipe saß), dass sie Lederbekleidung einem Leinenanzug den Vorzug gab, und noch so unnützes Zeug, wusste ich nichts von ihr.

Der schützende Pelz über uns verflüchtigte sich, die Erde drehte sich weiter. Ich spürte ihre Hand, die sich zielstrebig über meine Hüfte schob und offensichtlich gewillt war, mir Freude zu bereiten. Ich umschloss ihr Handgelenk und schüttelte den Kopf. Noch war ich zu überwältigt, um irgendeinen weiteren Reiz ertragen zu können. »Koch mir lieber einen Kaffee«, murmelte ich satt.

Als hätte ich unwissentlich einen geheimen Schalter berührt, verwandelte sich das süße Wesen in meinem Arm zur fauchenden Furie und zischte kalten Blickes: »Wenn *ich* Damenbesuch habe, pflegen sich die Gäste um *mein* Wohl zu kümmern, und nicht umgekehrt! Wenn du Kaffee willst, bitte! In der Küche findest du alles.« Brüsk schob sie mich aus dem Bett. Ebenso gut hätte sie mich drei Meter weit an die Wand werfen können, die Wirkung hätte nicht ernüchternder sein können. Sie hatte mich »Damenbesuch« genannt! Sie hatte meine köstlichen, einmaligen, besonderen Gefühle in den »Topf der köchelnden Vorgängerinnen« geworfen. Wütend marschierte ich in die Küche. »Für mich schwarz!«, brüllte sie mir hinterher. Während das Wasser durch die Maschine gurgelte, betrachtete ich die Dildos im Gewürzregal.

Immer noch verletzt, kehrte ich zurück. »Hab vergessen, wie du ihn wolltest.« Jetzt war es an ihr, wütend in die Küche zu stürmen. Als sie wiederkam, musste ich gegen meinen Willen lachen: Wie ein aus der Mode gekommenes, schnaubend auf der Stelle tobendes Rumpelstilzchen blickte sie mich an. Der erste, kleine Schlagabtausch. Köstlich. Okay, sie war unübersehbar ein Kotzbrocken, aber leider auch sehr verliebenswert. Immer noch lachend, öffnete ich meine Schenkel weit. Vielleicht würde es ja doch eine Weile mit uns gut gehen? Sie grinste schief, und endlich funkelten wieder kleine, boshafte Sterne in ihren sandfarbenen Tigeraugen, als sie sich duftend über mich beugte und wir uns küssten.

Komm, mein wildes Mädchen, wer will schon heute an morgen denken?

*Annette Berr*

# Oral, den Mund betreffend

**Das Schöne am Oralverkehr ist der Genuss** für beide, denn anders als die Hand, ist der Mund an sich ein außerordentlich komplexes Sinnesorgan, das wie geschaffen fürs Genießen ist. Medizinisch betrachtet ist die Mundhöhle der obere Verdauungsabschnitt, und die Lippen sind der verdickte Rand des Mundschließmuskels; die Lippenhaut bildet den Übergang zwischen der verhornten Gesichtshaut und der unverhornten Mundschleimhaut. Drei Paar läppchenartige Drüsen sind in der Mundhöhle angeordnet, die Speichel produzieren, der vorverdauende Substanzen enthält. Jede kennt den Spruch, dass einem vor Appetit das Wasser im Munde zusammenlaufe – paradoxerweise läuft das Wasser auch beim Küssen und beim aktiv praktizierten Oralverkehr zusammen, obwohl es nichts zu verdauen gibt, was den Rückschluss zulässt, dass bei jedweder sinnlichen Aktivität des Mundes Appetit entsteht und »kulinarischer« Genuss.

Die Nase und ihr Geruchssinn tragen wesentlich zur oralen Freude bei, denn die etwa zweitausend, auf der Zunge angeordneten Geschmacksknospen entscheiden lediglich zwischen süß, sauer, salzig und bitter, und erst durch das Riechen formt unser Gehirn differenziertere Geschmacksnuancen. Ein Geruch öffnet im Unterbewusstsein geheime Türen, die wissentlich nie geöffnet werden könnten. Gerüche sind mit Empfindungen und Erinnerungen verknüpft und abgespeichert, ein Geruch kann also Gefühle wachrufen. Die beiden Sinne Schmecken und Riechen, untrennbar miteinander verbunden, sind geschaffen für sinnliche Wahrnehmungen außerhalb der Verstandeswelt.

Beim Oralverkehr müssen viele Dinge »stimmen«. Eine der Grundvoraussetzungen ist ganz sicher gegenseitiges Vertrauen. Anders als bei manueller Befriedigung, wo es noch die Distanz des Armes gibt, werden die Partnerinnen beim Oralkontakt außerordentlich intim; sämtliche Sinne werden mit einbezogen. Jede Frau wird sich an Begegnungen erinnern, bei denen eine manuelle Stimulation, trotz seelischer Fremdheit und fehlendem Vertrauen, als körperlich befriedigend und lustvoll empfunden wurde. Jedoch die Vorstellung, diese fremde Sexualpartnerin würde das eigene Geschlecht mit Mund und Nase erforschen wollen, hätte Abwehr und unangenehme Gefühle hervorgerufen. Das kann viele Gründe gehabt haben. Vielleicht fühlte sie sich »unsauber«, vielleicht mangelte es an Hingabefähigkeit, vielleicht wollte sie diese Intimität nicht oder noch nicht zulassen. Sich der Partnerin gerochen und geschmeckt auszuliefern und die im Vergleich zu manueller Stimulation doch eher subtileren Reize zu genießen, dazu gehört mehr als nur sexuelles Verlangen. Auch beim Oralverkehr gilt: Hellseherei sollte frau auf der Jahrmarktsbühne erwarten, aber nicht im Bett. Gespräche helfen, Missverständnisse zu vermeiden.

Gehen wir noch einmal in den medizinischen Bereich, stellen wir fest, dass die Lippen des Mundes und die Lippen des weiblichen Geschlechts beide mit dem lateinischen Wort *labien* bezeichnet werden (übrigens heißt Zunge im Lateinischen *lingua* und das männliche Glied im Sanskrit *linga*); beide Labien sind der Übergang zwischen Schleimhaut und verhornter Haut, und beide verschließen die Flüssigkeit produzierenden, weiblichen Körperöffnungen, welche für sinnliche Genüsse prädestiniert sind. Es kann kein Zufall sein, dass diese beiden Öffnungen, die so wunderbar aneinander passen, beim Empfinden von Lust und Appetit gleitfähige Flüssigkeiten produzieren (die Speicheldrüsen finden ihre Entsprechung in den Bartholin-Drüsen). Der folgerichtige Gedanke lautet, dass nirgendwo sonst, allein schon von den körperlichen Voraussetzungen her, ein so tiefes Ineinanderfließen (auch, und gerade, mental) stattfinden kann wie bei oralen Kontakten zwischen Mund und Mund oder Mund und Geschlecht.

Fort von Flüssigkeiten, hin zur Haut, die von Millionen Nervenenden durchsetzt ist. Wir unterscheiden grob zwischen Nerven, die auf Druck, auf Temperatur und auf Schmerz reagieren. Da Schmerz den Reflex zur Flucht auslöst und somit unser Überleben sichert, sind zur arterhaltenden Schutzmaßnahme diese Nerven natürlich in der Überzahl. Aber auch diejenigen, die auf Druck, also Berührung, reagieren und angenehme Empfindungen weiterleiten, gibt es millionenfach. Die meisten sitzen zum Beispiel in den Handballen, den Unterarm-Innenseiten, den Geschlechtsorganen und den Lippen des Mundes. Die wenigsten sitzen am Rücken. Eine einzelne Wimper, über die Lippenhaut geführt, wird vom Gehirn differenziert als Stimulanz wahrgenommen und lokalisiert. Wohingegen dieselbe Wimper, über den Rücken gestrichen, nur als diffuser Reiz registriert wird.

Das erklärt die ungeheure Sensibilität des Mundes und legt den Schluss nahe, dass Lippen auch ein Tastorgan sind, mit dem wir uns durch die Körperwelt unseres Gegenübers bewegen können und sollen. Die Lippen erkennen unterschiedlichste Oberflächenstrukturen und können durch Haupthaar ebenso stimuliert werden wie durch erigierte Brustwarzen, feinste Körperbehaarung, Leder, Gummi, Metall, Wäsche und, und, und. Den Erkundungen sind keine Grenzen gesetzt.

Und nun wieder zurück zum Anfang: Das Schöne an oralen Kontakten jedweder Art ist der Genuss für beide. Denn, sollten alle Umstände »stimmen«, sollte das Gefühl der eigenen Appetitlichkeit gegeben sein, sollte die Freude an der Hingabe vorherrschen und sollte zwischen den Beinen eine im angenehmsten Sinne oral-fixierte Liebhaberin liegen, die sich geräusch- und lustvoll an den dargebotenen Gerüchen, an dem Geschmack ergötzt, die sich erregt und berauscht, einfach nur, weil sich die andere öffnet, weil sie duftet und schmeckt, sollte all das zusammenkommen, dann wird diese Spielart des sexuellen Erlebens, wenn Labien auf Labien treffen und sich in einem ganz besonderen Kuss vereinen, zu einem wahrhaft unvergleichlichen, umfassenden Genuss. Für beide.

Wer über orale Begegnungen schreibt, darf natürlich die im Volksmund als »69« bezeichnete Stellung, bei welcher die Partnerinnen sich Kopf an Schoß und Schoß an Kopf gegenüber oder übereinander liegend zugleich beglücken, nicht unerwähnt lassen. Davon ausgehend, dass es einen oral erregenden und umfassend sinnlichen Genuss bedeutet, die Geliebte intim zu küssen und manuell zu »nehmen«, und anders herum es eine tiefe, sich hingebende Erregung bedeutet, intim geküsst und manuell »genommen« zu werden, müsste »69« ja theoretisch das Nonplusultra der Stimulation und Hingabe bedeuten. Jedoch ist Theorie das eine und praktizierte Sexualität offenbar das andere. Bei der überwiegenden Mehrzahl der insgesamt 37 von mir zum Thema befragten Lesben scheint die Paradoxie eines »Zu viel des Guten« stattzufinden: Anstelle einer Reizsteigerung tritt eine Reizüberflutung ein, die dann oft nicht mehr als Genuss wahrgenommen werden kann. Ich zitiere: »Ist mir zu technisch«, »Überfordert mich«, »Ich weiß dann gar nicht mehr, worauf ich mich konzentrieren soll.«, »Ja, manchmal schon, so als

Spiel.«, »Plötzlich fange ich an, zu denken.«, »Ich würde gerne öfter, aber ich finde selten eine, die es auch will.«, »Meine Freundin mit dem Mund zu nehmen, macht mich tierisch an, tut sie es auch, gibt mir das einen zusätzlichen Kick.« Von den befragten Lesben, die zwischen 28 und 48 Jahre alt sind, gaben 31 an, es nie zu praktizieren, 4 manchmal und 2 oft.

Die praktizierte lesbische Sexualität scheint vom wechselseitigen Spiel des *entweder* Gebens *oder* Nehmens geprägt zu sein. Was nicht heißen soll, dass dies *nur so* sein darf oder muss.

Erlaubt ist, was gefällt.

*Claudia Thesenfitz*

# Kuss-Geschichten

»Ich hätte nie gedacht, dass ein Kuss so anders sein könnte ...!« Susanne steht bei mir in der Küche und guckt mich mit glasigem Blick an. Sie lächelt verträumt. »Wie anders? Was meinst du denn damit?«, stelle ich mich bewusst blöd. Ich habe schlechte Laune. Heute Morgen kam eine absurd hohe Steuernachzahlung ins Haus geflattert, und danach ist die Kaffeemaschine übergelaufen. Der ganze Boden voll nassem Kaffeepulver. Eindeutig ein Scheißtag. Als ich gerade alles aufgewischt hatte, klingelte das Telefon. Susanne. Ob sie schnell mal vorbeikommen könne, es wäre dringend. »Na klar«, habe ich ins Telefon geknurrt. Und jetzt sitzen wir seit zehn Minuten an meinem Küchentisch. Bislang hat Susanne nur wirres Zeug gestottert. Und statt endlich mit der Sprache rauszurücken, grenzdebil in ihre Tasse gelächelt. »Es war so WHOOOM!! Sterne. Einfach mega. Kribbeln überall. So aufregend, dass ich fast gekotzt hätte!« »Ist ja gut«, brummle ich, »jetzt beruhig dich mal! Und erzähl verdammt noch mal endlich, was passiert ist!« Allmählich bin ich doch ein bisschen neugierig. Susanne guckt mich verschreckt an. Durch meinen harschen Ton aus ihrem Knutsch-Koma wachgerüttelt. »Na ja, von Stefan habe ich dir ja schon erzählt. Dass wir uns in letzter Zeit öfter getroffen haben und so ...« »Ja«, gebe ich zu. Susanne hat Stefan vor etwa zwei Wochen auf einer Party kennen gelernt. Seitdem macht er ihr verliebt den Hof. Blumensträuße, Cabrio-Fahrten, Picknick auf Blumenwiesen – das ganze Programm halt. Alles toll und wunderschön. Die Sache hat nur einen Haken. Und der heißt Tom – seit drei Jahren Susannes fester Freund!

»Gestern Abend hat er mich spontan besucht. Wir saßen so auf dem Sofa, na ja, und dann ist es halt passiert ...!« Mit einem merkwürdigen Cocktail aus Glückseligkeit und Schuldbewusstsein in den Augen, guckt mich Susanne an. »Und wie gesagt, das war ein Kuss – so was hab ich noch nicht erlebt!« »Mmmmh«, mache ich. Was soll ich denn jetzt dazu sagen? »Hast du überhaupt eine Ahnung, wovon ich rede? Hast du so was schon mal erlebt?«, fragt sie mich. »Dass ein simpler Kuss dir den Himmel öffnet? Dich fast verbrennt?« »O Manno«, denke ich. Gerade erst aufgestanden und schon voll die Emotional-Dröhnung. »Nein«, sage ich. Und das ist voll gelogen. Natürlich habe ich so was schon mal erlebt. Einmal. Und das ist eines meiner bestgehüteten Geheimnisse: Das war bei mir in der Küche, leicht betrunken, und zu einem Zeitpunkt, wo es keiner von uns beiden erwartet hätte. Weil beide in festen Beziehungen steckten – vor allem aber, weil wir schon ewig »gute Freunde« waren. Und plötzlich brach sie auf, die seit Jahren gut versteckte Leidenschaft füreinander. Unendlich vorsichtig, unendlich lang und unendlich zärtlich war der Kuss, der schon so lange fällig war und den wir als Einzige körperliche Annäherung gerade noch ertragen konnten. In diesem Kuss steckte alles, was wir uns jemals sagen wollten. Es musste alles drinstecken – denn keiner von uns beiden wusste, ob wir uns jemals wieder küssen würden. Es war ein phantastischer Kuss. So phantastisch, dass wir uns noch Minuten danach wie unter Schock aneinander klammerten. Haaaach ...

»Hallo?? Jemand zu Hause?« Susanne fuchtelt mit ihrer Hand vor meinen Augen herum. »Sorry, bin noch nicht ganz wach«, entschuldige ich mich. »Warum war es denn nun so anders?«, frage ich sie. »Hat er besonders tolle Lippen?« Die Frage ist völlig ernst gemeint. Es gibt viele Menschen, die ich gerne mal küssen würde, weil mich ihre Lippenform interessiert. »Oder hatte er eine mörderisch-innovative Technik drauf?« Susanne zieht genervt die Augenbrauen hoch und rührt verächtlich in ihrem Kaffee. »Als wenn es darauf ankäme«, sagt sie, »und das weißt du auch ganz genau!« »Weiß ich nicht! Es gibt so viele Dilettanten. So unwichtig ist die richtige Technik nun auch wieder nicht!« Fast boshaft umschiffe ich Susannes Emotions-Welle und versuche das Thema auf einen weniger klebrigen Level zu kriegen. Auf Wolke-Sieben-Gelaber habe ich jetzt nämlich echt keinen Bock. Ratio statt Emotio. Erst guckt Susanne ziemlich beleidigt. Sie ist ja nicht blöd. Merkt natürlich, dass ich ihrem Drama nicht genug Tribut zolle. Aber dann fängt sie plötzlich an zu lachen. »Weißt du noch, Olli damals?« »Klar! Das klassische Modell ›Waschtrommel‹. Knutschen nach dem Mixer-Prinzip«, kichere ich. »Zunge rein und rühren«, ergänzt Susanne. »Ist der Mechanismus einmal angeworfen, ist er durch nichts mehr zu stoppen. Technische Variationen: Keine!«, führe ich weiter aus. Susanne hält sich den Bauch vor Lachen. »Halt! Abhängig vom Grad der Leidenschaft gibt es aber verschiedene Geschwindigkeitsstufen«, prustet sie. »Ja, und ab Stufe 3 trägt deine Zunge ein schweres Schleudertrauma davon!« Wir lachen beide. Und dann kommen wir so richtig in Fahrt. Und hecheln sie alle durch – die Knutsch-Katastrophen unseres Lebens:

»Hattest du auch mal so einen, der deine Mundhöhle durchwühlt hat, als wäre er auf einer wissenschaftlichen Forschungsreise?«, frage ich sie. »Ja, als wäre irgendwo ein Schatz versteckt«, lacht Susanne. »Zahnfleisch,

Zahnlücken, lose Kronen – nichts ist vor ihm sicher. Der entdeckt Orte in deinem Mund, von denen du gar nicht wusstest, dass sie existieren! Eigentlich bräuchte er eine Mikro-Kamera auf der Zunge!« »Iiiiiih, schrecklich!« Susanne schüttelt sich. Jetzt ist sie voll da. Stefans, Toms oder irgendwelche Liebes-Dramen sind vergessen. Puuuh, zum Glück! Aufgeregt setzt sie sich ganz gerade an den Tisch. Erzählt von ihren Erfahrungen mit einem »Rachen-Ringer«. Ein Typ, der kampflustig ihre Zunge umschlungen und niedergekämpft hat, bis Susanne sich widerstandslos ergeben musste. Das Einzige, was dieser Knutsch-Spezies beim Küssen noch fehlen würde, meint Susanne, wäre der Punktrichter. Ich kontere mit dem »Mandel-Killer«, dessen Zunge wie eine Flutwelle in meinen Rachen rauschte, um erst in der Mitte der Speiseröhre wieder zu stoppen. Was – für die Dauer des Kusses dort geparkt – für schwere Erstickungsanfälle meinerseits sorgte. »Was auch überhaupt nicht rockt, sind Aseptiker«, sagt Susanne. »Typen, die sich bis zum Anschlag mit Odol, Smint und Atemspray voll pumpen. Da kann ich ja gleich 'ne Packung Kleenex-Tücher kauen!« »Oooch, auf jeden Fall besser als Mundgeruch«, sage ich. »Hast Recht, Mundgeruch geht gar nicht«, gibt Susanne zu. Ich schenke noch mal Kaffee nach. »Erinnerst du dich noch an Frank«, fragt sie mich. Ich nicke. »Schmale Lippen, hart wie Stahl. Hat mich immer ganz unvermittelt an sich gerissen und mir ruckartig seinen Mund aufgepresst!« »Schauder«, kommentiere ich. »Der Kuss als Frontalzusammenstoß! Stoßstange knallt an Stoßstange«, sagt Susanne. »Kenn ich, kenn ich!«, schreie ich begeistert. »Press-Küsser sind meistens asketische Männlichkeits-Fanatiker, für die Sinnlichkeit ein asiatisches Getränk ist. Die haben noch nie kapiert, was küssen eigentlich soll und würden am liebsten nur mit der Stirnplatte aneinander knallen!« Triumphierend ob meines psychologischen Sezier-Vermögens gucke ich Susanne an. Die verdreht nur die Augen. »Aber genauso schlimm sind die ›Sauger‹«, fährt sie unbeirrt mit ihren Ausführungen fort. »Weißt du, diese Kerle, die sich an deine Unterlippe hängen und den ausgewählten Abschnitt rhythmisch aus- und einsaugen. Wie Spagetti!« »Brrrrr …!« Mich schüttelt es. »Ganz krasse Fälle saugen die Zunge ein«, toppt Susanne. Und die Therapeutin in mir meldet sich wieder zu Wort: »Frühkindliche Oral-Frustration! Die sollten sich lieber einen Lolli kaufen, statt anderer Leute Münder zu belästigen!« »Allerdings gibt es eine geniale Möglichkeit, solche Typen luststeigernd einzusetzen«, lächelt Susanne verschmitzt. »Man muss sie an Ohrläppchen oder Brustwarzen koppeln! Das kann ganz geil sein!« Huuuch?? Susannes so unerwartete Offenheit in Intimfragen macht mich plötzlich verlegen. Übers Küssen zu reden ist ja okay. Aber ich habe bestimmt nicht vor, meine beste Freundin jetzt unvermittelt in meine bevorzugten Oral-Techniken einzuweisen. »Kennst du diese ›Planscher‹-Typen«, lenke ich ab. »Die mit ihrer Zunge großräumig in deinem Gesicht rumfeudeln, bis dir zwischen Nase und Kinn alles so vor Nässe tropft, als kämst du gerade aus der Dusche?« »Iiiiih! Ja!«, schreit Susanne. »Ein Gefühl, als würde dich ein Bernhardiner wiederbeleben!« »Wo wir gerade bei Tier-Imitatoren sind: Klasse sind auch diese Typen, die ihrer wahren Bestimmung als Kaninchen irgendwie entgangen sind!« Susanne guckt mich fragend an. Also führe ich weiter aus: »Na ja, die Lippen und Zunge wie Mohrrüben beknabbern.« »Lecker«, schüttelt sich Susanne. »Genauso nervtötend wie die Züngler, die ihre Zungenspitze immer nur für Sekundenbruchteile in deinen Mund schnellen lassen. Als würden sie irgendeiner mysteriösen Choreografie folgen …! Aber vielleicht haben die ja auch einfach Angst, dass man ihnen die Zunge abbeißt«, überlegt sie. »Noch nerviger sind die ›Schneidezahn-Terminatoren‹«, lache ich. »Dieses dumpfe Scheppern, wenn Frontzahn an Frontzahn kracht. Schrecklich!« »Ich hab's, ich hab's!«, brüllt Susanne. Vor Lachen kriegt sie kaum noch Luft. »Am allerallerschlimmsten sind die ›Quasselstrippen‹!!! Diese Verbal-Terroristen, die permanent reden müssen. Sogar beim Knutschen. Und dabei völlig ignorieren, dass sich die Mundhöhle nicht besonders als akustischer Verstärker eignet. Und dass es ein furchtbares Gefühl ist, wenn *seine* Stimme plötzlich aus *deinem* Rachen ertönt!« Ich kann nicht mehr. »Hihi …«, ich krümme mich lachend auf meinem Stuhl. »Diagnose: Orale Diarrhö«, sagt Susanne. »Nein, nein, nein«, kreische ich, »am allerschlimmsten sind die ›Mund-zu-Mund-Beatmer‹! Die die Sache mit dem ›Durch-die-Nase-Atmen‹ nicht auf die Reihe kriegen und deshalb dauernd die Luft hin und her blasen. Effekt: Du siehst aus wie ein Blasebalg und schwankst ständig zwischen vakuumartigem Sauerstoffmangel und dem Gefühl, ein Luftballon kurz vorm Platzen zu sein.« Jetzt hab ich's geschafft: Susanne liegt unterm Tisch. Bingo! Wir können beide nicht mehr. Japsen kichernd nach Luft.

»Und was ist nun ein richtig guter Kuss?«, frage ich sie, nachdem wir uns wieder beruhigt haben. Das war ein Fehler. Mist! Sofort kriegt sie wieder diesen verklärten Ausdruck in den Augen. Pause. »Mein erster richtig, richtig guter Kuss war gestern«, seufzt sie. Pause. Ich schlürfe an meiner Kaffee-Tasse. »Findest du eigentlich, dass Knutschen schon Betrug ist?«, fragt sie mich. Sie sieht aus wie ein Schaf auf der Schlachtbank. Geduldig schaue ich ihr in die Augen. »Du kennst die Antwort, Baby! Ab dem Moment, wo du Sterne siehst, ist alles Betrug. Weil mehr nicht mehr geht!« Sie nickt betreten. »Und sind die Sterne es wert, eine verlässliche, bewährte, gute Beziehung wegzuschmeißen?« »Tja, ich weiß nicht genau, Süße. Sterne kriegt man im Leben nicht so oft. Ich glaube nicht, dass man die so einfach wegschmeißen sollte!« Was zählt auf der Erde schon mehr als ein Kuss, bei dem du im Himmel bist?

*Markus Seidel*

# Nocturne

Horst und Iris Gardener waren im neunten Jahr ihrer Ehe, und ihre Zweisamkeit wäre vermutlich ebenso unaufgeregt und ohne wirklich nennenswerte Zwischenfälle – im Guten wie im Schlechten – auch die nächsten neun Jahre verlaufen, wäre es nicht zu jener folgenreichen Begegnung zwischen Iris Gardener und Marius Berg, Verfasser von Kurzgeschichten und Reiseromanen, gekommen. Von dieser Begegnung, dem Anfang und dem Ende ihres Verhältnisses, sowie den durchaus kuriosen Folgen soll hier die Rede sein.

Ihr erstes Zusammentreffen ereignete sich vergangenen Sommer während des samstäglichen Spazierganges, den Frau Gardener und ihr Mann, Buchhalter eines großen Kaufhauses, wie immer an diesem Tag der Woche absolvierten. Ganz gleich, welche Witterungsverhältnisse herrschten – die Eheleute trotzten Wind und Wetter, und ebenso pünktlich, wie sie um sechzehn Uhr das Haus verließen, standen sie eine Stunde später wieder vor der heimischen Tür. Ja, ihre Nachbarn konnten in der Tat die Uhr nach ihnen stellen! Das ging bereits einige Jahre so, und es gab nicht den geringsten Anlass zu der Annahme, dass sich das irgendwann ändern würde. Doch das sollte es durchaus.

Herr Marius Berg bearbeitete an jenem Samstag seine Rotdornhecke. Hier und dort wucherte sie schon recht ordentlich, und seine Frau fand es an der Zeit, dass sie gestutzt werden müsse. Die beiden führten im Übrigen eine nunmehr elf Jahre andauernde kinderlose Ehe; Frau Berg, Musiklehrerin am städtischen Gymnasium, war es zufrieden, während ihr Gatte in jüngster Zeit mehr und mehr den Wunsch und Drang nach Veränderung und Ende des täglichen Einerleis verspürte.

Berg stand also an jenem Tag an der Hecke, setzte fachmännisch die Schere an den entsprechenden Stellen an, und im selben Moment, als er für eine Erfrischung zurück ins Haus zu gehen gedachte, spazierte das Ehepaar Gardener vorbei. Das freilich war schon des Öfteren vorgekommen, wohnte man doch keine zehn Gehminuten voneinander entfernt. Diesmal aber war alles anders. Man grüßte sich und hielt einen kurzen nachbarschaftlichen Schwatz. Im nächsten Moment war es um Marius Berg geschehen, und ihm war zweierlei sofort klar: Diese Frau war eine Königin im grauen Kleid, eine ahnungslose Schönheit, ihr Gatte dagegen nichts weiter als ein rechter Langweiler und Biedermann – eine Tatsache, die ihm den Umstand, dass die beiden immerhin ein angetrautes Paar waren, zu einem wirklichen Rätsel machte. Wieso bloß hatte er, Marius Berg, das nie zuvor bemerkt?

Seine Frau blickte einigermaßen verdutzt, als sie ihn in seinem Kittel und noch mit der Schere in der Hand minutenlang regungslos und offenbar gedankenverloren im Garten stehen sah. Sie hatte inzwischen den Tisch für das Abendessen gedeckt, rief ihn durch das Küchenfenster herein und hieß ihn dann ungeduldig Platz zu nehmen, denn sie wartete bereits auf ihn.

Ein Wort zur Ehe der Bergs sei an dieser Stelle erlaubt: Er war ein phantasievoller Mann und einstmals mit einer gehörigen Portion Leidenschaft und feurigem Temperament ausgestattet (was indes schon einige Jahre zurücklag). Doch wie man weiß – was nicht gebraucht wird, das verkümmert, und irgendwann wird es welk wie eine Blume ohne Wasser. Denn man muss wissen: Frau Berg war nicht unbedingt das, was einem in den Sinn kommt, wenn man an Dinge wie *Leidenschaft* oder *Sinnlichkeit* denkt. O nein, sie war so ziemlich das genaue Gegenteil davon. Langweilig und fade war sie und hatte nichts weiter als ihre Musik im Kopf. Ihr beider Geschlechtsleben wurde nur einmal im Monat rege, immer kurz bevor es endgültig zu Grabe getragen wurde.

Als Mann mit Phantasie fiel es Berg nicht unbedingt schwer, sich zahlreiche Gelegenheiten einfallen zu lassen, alsbald wie zufällig auf Frau Gardener zu treffen: Im Supermarkt stießen sie mit dem Einkaufswagen zusammen, und später an der Kasse stand er, gleichsam wie vom Schicksal platziert, unmittelbar vor ihr. Bergs tägliche Spaziergänge führten ihn neuerdings geradewegs zu ihrem Haus, und er lief so oft daran vorbei, bis er sie endlich im Küchenfenster stehen sah und freudig überrascht über die Gartenhecke zu ihr hinüberwinkte.

Indes – allen Bemühungen zum Trotz blieb der ersehnte Erfolg zunächst aus, und nichts anderes als Ungeduld und Leidenschaft, zu der sich die nötige Portion Kühnheit gesellte, waren es, die Berg schließlich die Geldbörse der Frau Gardener entwenden ließen: Er hatte das Portemonnaie während des Einkaufs im Supermarkt in ihrem Einkaufswagen liegen sehen und dann, als sich Iris Gardener geradezu einladend lange am Kühlregal aufgehalten hatte, beherzt und behände zugegriffen. Selbstverständlich war es kein anderer als Berg selbst, der später an der Kasse sofort zur Stelle war und großzügig die Bezahlung ihres Einkaufs übernahm. Ihre heillose Aufregung angesichts der verschwundenen Geldbörse fand ein jähes Ende, als Berg, von ihr aus Dankbarkeit nach Hause gefahren, im Fußbereich des Beifahrersitzes die Börse wiederfand, die er wenige Augenblicke vorher unauffällig dort platziert hatte. Kurz und gut: Man lernte sich näher kennen, und man lernte sich schätzen. Ein günstiger Umstand kam ihnen dabei übrigens zugute: Herr Gardener, der Kaufhausbuchhalter, hatte es sich neuerdings zur Gewohnheit gemacht, mittwochs mit zwei Arbeitskollegen zu kegeln, und der glückliche Zufall wollte es, dass Frau Berg an diesem Tag der Woche einen Volkshochschulkurs besuchte. Das heimliche Paar war also ungestört.

Es zeigte sich, dass Frau Gardener von außerordentlichem Einfallsreichtum war, was ihr Liebesleben anbetraf. Und zwar verfügte sie – neben allerlei anderer Talente in dieser Hinsicht – über eine Zungenfertigkeit, die Berg in pure Sprachlosigkeit und schieres Erstaunen versetzte: Sie fuhr mit ihrer Zunge, der mal sanften, vorsichtigen und zärtlichen, dann wieder ungestümen und leidenschaftlichen, über ganz beliebige Stellen seines Körpers – und er schmolz dahin. Ganz gleich, ob sie ihn am Rücken, am Fuß oder am Hals berührte, an der Handinnenfläche, am Oberschenkel oder sonst wo – Berg stand jedes Mal kurz vor dem Wahnsinn! Es schien eine geradezu magische Kraft von ihrer Zunge auszugehen, so viel stand fest, doch er konnte sich nicht erklären, was genau es war. Ja, Berg war überzeugt, dass hier Magie im Spiel war!

Im Wohnzimmer der Frau Gardener stand ein Flügel, ein Erbstück von ihrer Mutter. Berg, der leidlich Klavier zu spielen verstand, hatte namentlich dann das dringende Bedürfnis, ihr etwas vorzuspielen, wenn sie vorher mit ihrer Zunge ausgiebig seine Hände und Finger verwöhnt hatte. Mozart schätzte Frau Gardener ganz besonders, und wenn er den zweiten Satz des Klavierkonzerts Nr. 21, Elvira Madigan, spielte – diese, wie sie einmal zu Bergs Erstaunen überaus kenntnisreich meinte, »wunderbare Kantilene, mit ihrer sich durch verschiedene Gemütsstimmungen ziehenden Melodie« –, schmolz sie dahin, und das Zungenspiel begann erneut – leidenschaftlicher, magischer noch als zuvor!

Was niemand wusste, war, dass Berg seit seiner Jugend ein wenig komponierte, schon so manches Stück hatte er seiner Frau, der Musiklehrerin, vorgetragen, ohne indes je zu verraten, dass kein anderer als er selbst der Urheber jener Kompositionen war. Marius Berg wollte aus seiner Passion nicht länger ein Geheimnis machen, doch nicht etwa seine Frau, sondern Iris Gardener sollte die Erste sein, die es erführe – eigens für sie nämlich schrieb er allabendlich Note um Note, und nach kaum mehr als zwei Wochen war seine Komposition fertig, eine hübsche, kleine Nocturne mit einer gleichmäßig fließenden, etwas melancholischen Melodie, die sich durch die verschiedenen Tonarten schlängelte. Er ahnte die Leidenschaft, mit der Iris Gardener ihre flinke Zunge einsetzen würde, wenn sie das Stück erst einmal gehört hatte, und konnte es kaum noch erwarten, ihr das selbst komponierte Stück vorzuspielen! Ein großer Augenblick, als er es das erste Mal – freilich in Abwesenheit seiner Frau – auf seinem Piano daheim spielte!

Es war, wie üblich, ein Mittwoch, an dem sie sich trafen, und an dem Berg ihr das Stück zu präsentieren gedachte. Er fuhr also zu ihr, sein Notenbuch legte er auf die Kommode in der Diele, man setzte sich ins Wohnzimmer und trank ein Glas Wein. Anschließend stand Berg auf und kündigte mit feierlicher Geste eine kleine Überraschung an. Er war gerade im Begriff, seine Noten aus der Diele zu holen, als im nächsten Moment ein Wagen vor dem Haus hielt. Kein anderer als Herr Gardener war es, der da heimkehrte. Für eine Flucht durch die Haustür war es nun viel zu spät, Berg entwischte in buchstäblich letzter Sekunde durch die Terrassentür, die Noten aber ließ er auf der Kommode liegen. Dem aufmerksamen Blick des Herrn Gardener entgingen freilich jene Blätter nicht, er erkundigte sich bei seiner Frau nach ihrer Herkunft, und sie antwortete, ebenso verdutzt wie geistesgegenwärtig, diese Noten seien ein Geschenk ihrer Mutter, denn sie, Iris Gardener, beabsichtige, künftig wieder öfter zu spielen. Man sprach an diesem Abend nicht mehr darüber, und als sich Berg tags darauf nach seinem Notenbuch erkundigte, war es verschwunden und nirgendwo zu finden; es war ihr unmöglich, auszumachen, wo ihr Mann die Noten aufbewahrte, obschon sie fast das ganze Haus durchsuchte.

Berg indes war nicht beunruhigt, irgendwann würden sie schon wieder auftauchen, was sollte ein dröger Buchhalter wie Horst Gardener schon mit Derartigem anfangen? Doch es kam alles anders.

Es verging eine Woche, wieder war Mittwoch, und man traf sich wie üblich an diesem Tag. Noch immer waren die Noten nicht aufgetaucht, und Frau Gardener hatte es nicht gewagt, ihren Mann danach zu fragen. Früher als sonst trennte man sich an jenem Abend wieder, Berg war nicht wohl, außerdem hatte er das Gefühl, seine Frau käme ihnen allmählich auf die Schliche. Auf dem Heimweg begegnete er Horst Gardener, man hielt einen kurzen Schwatz, und Berg wunderte sich über dessen ungewöhnlich frühe Heimkehr.

Irgendetwas stimmte nicht, doch er hatte keine Ahnung, was es war. Vielleicht war es auch das eigenartige Leuchten in Horst Gardeners Augen, das ihn verwirrte.

Seine Frau saß an diesem Abend zum ersten Mal seit langem wieder im Klavierzimmer, er hörte sie schon von draußen spielen. Früher als sonst war sie heute zurückgekehrt, und wieder hatte Berg ein ungutes Gefühl. Zweifellos, sie hatte nichts verlernt und spielte noch immer wunderbar – ihr weicher Anschlag war ganz und gar einzigartig, und Berg stand eine Weile vor ihrem Zimmer und lauschte. Er war gerade im Begriff, sich das Abendbrot zuzubereiten, da hörte er ein Stück, das er sie noch nie hatte spielen hören – niemand außer ihm hatte es bisher je gespielt. Es war eine hübsche, kleine Nocturne, mit einer gleichmäßig fließenden, etwas melancholischen Melodie, die sich durch die Tonarten schlängelte.

Er fragte sie, woher sie die Noten zu dieser wunderbaren unbekannten Nocturne habe, und seine Frau antwortete, ihre Mutter habe sie ihr geschenkt, denn fortan wolle sie wieder regelmäßiger spielen.

In den nächsten Tagen hörte er es häufig, und manchmal bat sie Marius Berg, ihm das Notenbuch umzublättern, während sie spielte.

*Olivier Michael*

# Silvester in der Tatra

Vor Jahren, als ich noch Student in Köln war, befand ich mich gegen Neujahr in einem Liebesdilemma. Ich stand zwischen zwei Frauen, die ich beide mochte. Beide wollten mit mir am Rhein Silvester feiern, und da ich mich im alten Jahr nicht festlegen wollte – die Wahl zwischen zwei Feiern wäre der Wahl zwischen den beiden Frauen gleichgekommen –, sah ich mich nach einer Alternative um.

Diese fand ich in Form eines internationalen Studententreffens, das in der oberen Tatra stattfand und mit der unmittelbar bevorstehenden Gründung der Slowakei zusammenfiel, die sich gerade von der tschechischen Republik unabhängig machte. An der Uni entdeckte ich einen Aushang, der eine »New State Party« im Hochgebirge ankündigte. Sofort fing ich Feuer. Erstens befand sich die Tatra weit genug vom Schuss, um nicht zufällig Friederike oder Sonja zu begegnen. Zweitens gefiel mir die Vorstellung, Silvester inmitten von Schnee und Eis zu feiern, was im Rheinland nicht zu erwarten war. Drittens versprach ich mir auch in erotischer Hinsicht Abwechslung, Zerstreuung. Sogar eine symbolische Bedeutung maß ich dem Ereignis bei: Die Slowakei trennte sich von der Tschechei – und ich würde mich im neuen Jahr von einer Frau trennen müssen …

Die lange Anreise hatte etwas Abenteuerliches. Mit dem Zug gelangte ich vom Rhein an die Elbe ins winterliche Dresden, von wo ich mit dem Nachtzug bis Wien fuhr. Von dort erreichte ich mit einer weiteren Bahn das alte Pressburg, wo ich mich an der Universität einzufinden hatte. Dort stand ein Bus bereit, der mich mit rund fünfzig weitern Studenten in unser Silvesterquartier in die Hohe Tatra bringen sollte. Mit maximal zwei Stunden Fahrt hatte ich gerechnet – gut fünf Stunden waren wir unterwegs. Über kurvenreiche Bergstraßen ging es tief ins slowakische Hinterland, das kaum bewohnt ist und mit seinem Schneereichtum etwas von einer Märchenlandschaft hat.

Im Bus ließ ich mich ganz vorne auf einem Platz nieder, um freien Blick auf die Straße zu haben. Kurz bevor wir starteten, setzte sich eine Frau neben mich, vielleicht zwanzig Jahre alt, nicht ohne vorher zu fragen, ob der Sitz noch frei sei. Ich freute mich auf Gesellschaft, zumal auf weibliche, und hatte nichts dagegen einzuwenden. Meine Nachbarin stellte sich als Französin namens Muriel vor und stammte aus Marseille. Da ich einige Zeit in Frankreich gelebt hatte, fiel mir die Kommunikation mit der schlanken Studentin zum Glück nicht schwer, die mit ihrem dunklen Teint, ihren braunen Augen und dem dazu passenden kastanienfarbenen Haar dem gängigen mediterranen Typus entsprach. Ihr Aussehen gefiel mir, und ich mochte besonders ihren sprachlichen Singsang, der am Mittelmeer gesprochen wird.

Wir kamen ins Gespräch, und im Nu stellte sich eine ungewohnte Vertrautheit zwischen uns ein. Während der langen Fahrt erzählten wir uns mehr oder weniger unser ganzes Leben im Stenostil und stellten uns gegenseitig die persönlichsten Fragen über Liebe, Träume und Sehnsüchte. Bei einer kurzen Rast, irgendwo an einem Waldrand, rauchten wir zusammen eine Zigarette, eine französische, versteht sich, und als wir uns wieder in den Bus setzten, fanden unsere Hände wie von selbst zueinander. Fast bedauerte ich, dass wir uns von Anfang an geduzt hatten, sonst wäre jetzt der Moment gewesen, sich das Du anzubieten.

In den Bergen erwartete uns ein einsam gelegener, hässlicher Hotelkasten aus Beton und Glas im sozialistischen Baustil. Im Inneren war er nicht weniger marode, als es von außen den Anschein hatte, und mir fiel sofort unangenehm auf, dass er schlecht beheizt war. Bei der Verteilung der Zimmer wurde großzügig verfahren, nicht nach Männlein und Weiblein getrennt, und so kam es, dass ich zusammen mit Muriel und ihrer Freundin Nadine ein Appartement teilen durfte. Wir hatten beide spontan Ja gesagt, als man uns beim Empfang ein gemeinsames Zimmer inmitten der gewaltigen Betonburg anbot, deren abseitige Lage etwas Verwunschenes an sich hatte. Nadine schien die Vorstellung, ihr Zimmer mit ihrer Freundin und einem unbekannten Mann zu teilen, nicht zu stören, und als wir oben im fünften oder sechsten Stock angelangt waren, verteilten wir die Schlafplätze: Das große Bett für die beiden Frauen, das Sofa für mich. Dann rauchten wir zu dritt eine Zigarette, als Einstimmung auf den Abend und um uns aufzuwärmen. Es war der Abend des 30. Dezember.

Kurz nach der Ankunft gab es ein Abendessen im kargen Speisesaal des Erdgeschosses, einem hallenähnlichen Raum mit fahlem Licht, der unzureichend geheizt und lieblos eingerichtet war. Vor der politischen Wende, das heißt dem Fall des Eisernen Vorhangs, werden hier parteitreue Kommunisten gesessen und das gegessen, getrunken und geraucht haben, was dem Gros der Bevölkerung vorenthalten worden war. Ähnliche Betonburgen habe ich in zahlreichen anderen Staaten des so genannten Ostblocks kennen gelernt. Stimmung kommt in derartigen Räumlichkeiten schwer auf, vor allem, wenn die Zimmertemperatur empfindlich unterhalb dessen liegt, was man im Westen gewohnt ist, und sich zudem nach der langen Anreise Müdigkeit in den Gesichtern und Gliedern breit macht.

Irgendetwas musste geschehen, um den Abend nicht in Tristesse enden zu lassen. Zum Glück waren wir lauter junge Leute, die mehrheitlich keine Kinder von Traurigkeit waren und wild entschlossen, ihren Aufenthalt zu genießen, Kälte hin, fehlendes Ambiente her. Wo die Atmosphäre fehlt, muss man sie eben schaffen, darin waren sich alle einig.

Das Essen trug nicht eben zur Verbesserung der Stimmung bei – es waren keine Delikatessen, die uns serviert wurden. Die blieben wohl, falls es sie überhaupt geben sollte, für die Silvesternacht aufgespart. Dafür wurden Getränke in großzügigem Ausmaß ausgeschenkt, auch alkoholische. Außerdem standen vereinzelt Kerzen herum, die der Reihe nach angezündet und in der Mitte der Tische aufgestellt wurden. Man saß an langen Tischen zu Gruppen von rund zehn Leuten zusammen, die Nationen vermischten sich, man verständigte sich in einem Kauderwelsch aus verschiedenen Sprachen.

Zunächst blieb die Stimmung dennoch verhalten, die Atmosphäre gedämpft. Man musste sich erst mit den neuen Nachbarn und den Lokalitäten vertraut machen, außerdem im Laufe der Mahlzeit die reisebedingte Mattigkeit loswerden. Die wenigsten hatten mit einer derart langen Anreise gerechnet, und nach den vielen im Bus verbrachten Stunden fühlten sich die meisten träge. Das Eis im Saal brach, als die Polen am Nachbartisch ihren eigens mitgebrachten Wodka öffneten und sich fröhlich zuprosteten. Laute Trinksprüche sprachen sie dabei aus, die zwar sonst niemand verstand, deren Inhalt aber leicht zu erraten war. Irgendwann stand einer von ihnen auf, sprach in gebrochenem Englisch einen Toast auf die versammelte Runde aus, grüßte Europa im Namen seiner Heimat und verteilte seinen Kartoffelschnaps an alle, die ihn probieren wollten. Es stellte sich heraus, dass die Polen raue Mengen von ihrem wärmenden Wässerchen mitgebracht hatten, und ich war nicht der Einzige, der davon profitieren durfte. Offenbar hatten sie mit den eisigen Minusgraden hier gerechnet und waren auch auf das wenig gemütliche Aussehen des Raumes vorbereitet. »Wer den Wodka liebt, muss Polen lieben – und umgekehrt!«, rief unser zunehmend angeheiterter Gönner in die Runde, die allmählich aus ihrem Winterschlaf erwachte. Seine Kameraden versuchten mit entsprechend heiteren Sprüchen, uns zum unbekümmerten Trinken zu animieren. Um die kreisenden Wodkaflaschen herum hellten sich die Gesichter merklich auf, dazu flammten Feuerzeuge auf, mit denen Zigaretten angesteckt wurden, es wurde langsam gemütlich und warm. Einer der Polen brachte uns bei, was in seiner Sprache »Auf die Freundschaft!« heißt, und die meisten an meinem Tisch sprachen die Worte so gut es ging nach. Nach einer Weile ließ ein Kollege aus Österreich eine Schachtel mit feinen Zigarillos herumgehen und meinte, dazu fehle ihm jetzt nur noch ein Wiener Kaffee, am besten mit Schuss.

Es stellte sich bald heraus, dass so ziemlich jeder im Saal irgendeine Delikatesse aus seiner Heimat mitgebracht hatte. Schließlich wollte man die europäische Gemeinsamkeit in ihrer kulturellen Vielfalt feiern, und zu dieser Kultur haben Küche und Keller nun einmal einiges beizusteuern. Viele der Anwesenden hatten wohl auch gefürchtet, man würde in der Hohen Tatra unter Umständen nicht satt werden, und so hatten die meisten eine Notreserve eingepackt, eine Art Überlebenspaket. Auch für die Anreise aus den jeweiligen Herkunftsländern hatten sich alle einiges zu essen und zu trinken eingepackt, und vieles von dem Reiseproviant war übrig geblieben. Der größte Teil des Mitgebrachten war eigentlich für die Silvesternacht bestimmt gewesen, aber es war offenbar mehr als genug vorhanden, um davon spontan mindestens zwei zusätzliche Mahlzeiten zu veranstalten. Ich selbst konnte wenigstens noch etwas Schokolade zum Gelingen des Abends beisteuern und wollte sie gerade aus meinem Zimmer holen gehen, da kamen zwei charmante Italienerinnen an unseren Tisch und verteilten üppige Portionen von Pannetone, der nach der kompletten Mahlzeit, die wir alle eingenommen hatten, mehr als sättigend wirkte. Also blieb ich vorerst sitzen und genoss Kuchen, Kaffee – wenn auch nicht nach Wiener Art – und neben dem polnischen Wodka auch italienischen Cognac von einem Venezianer, der seinen sizilianischen Landsleuten an Großzügigkeit nicht nachstehen wollte.

Meine beiden Französinnen becherten ordentlich mit, rauchten dazu eine Gauloise nach der anderen und blieben dabei überraschend standhaft, obwohl sie mit ihrem zierlichen Körperbau recht zerbrechlich wirkten. »Wir Südfranzösinnen sind zäh!«, erklärte mir Muriel, als ich sie darauf ansprach, und Nadine ergänzte: »Wer regelmäßig Pastis trinkt, der fällt bei Wodka auch nicht um!« Hinter den eher zarten Gesichtszügen der beiden schimmerte tatsächlich etwas Herbes durch, das viele mediterrane Frauen charakterisiert, und ich fragte mich, ob die beiden Dunkelhaarigen nicht etwas Zigeunerblut in ihren Adern fließen hatten. In der Camargue treffen sich bekanntlich alljährlich die Gypsies aus dem gesamten südwestmediterranen Raum, um tagelang ausgiebig zu feiern, zu singen, zu tanzen und freilich auch zu zechen und in exstatischen Prozessionen die schwarze Madonna der Saintes-Maries-de-la-Mer bis ins Meer und zurück zu tragen. Das ganze Spektakel, dem ich gerne einmal beiwohnen würde, stelle ich mir äußerst anregend vor, ebenso wie die berühmte Feria, eine Art Karneval, der jeden Sommer in Nîmes stattfindet, oder auch der Fasching von Nizza mit seinem Blumenkorso. Als ich sie darauf ansprach, waren Muriel und Nadine sofort begeistert. Gypsie-Musik fanden sie sehr erotisch, nicht weniger als spanischen Flamenco, und dann schwärmten sie mir von der Feierfreude der Südfranzosen vor, von der bisweilen brodelnden Atmosphäre des Hafens von Marseille. Auch für maghrebinische Musik hatten sie einiges übrig, und vielleicht besaß zumindest eine von ihnen algerische oder marokkanische Wurzeln. »Auf den Süden!«, rief Muriel aus und forderte mich zum weiteren Trinken auf. »Wenn es dir nicht mehr schmeckt, musst du dir vorstellen, du hast fruchtigen Rotwein aus dem Languedoc oder einen edlen Tropfen aus der Provence auf der Zunge!«

Nach einer Weile legte ein Spanier eine bunt zusammengestellte Kassette mit feurigem Tango, brasilianischem Marenge und karibischen Trommelrhythmen auf, einige standen auf, um zu tanzen, die meisten, so auch meine Begleiterinnen und ich, blieben aber vorerst sitzen. Irgendwann, für unseren Geschmack viel zu früh, wurden wir vom Personal aufgefordert, unsere Zimmer aufzusuchen. Der Saal müsse nun geräumt und abgeschlossen werden, Vorschrift sei Vorschrift, in der werdenden Slowakei wie in den übrigen europäischen Ländern, eine Ausnahme werde lediglich in der Nacht zu Neujahr gemacht. Einige schimpften und beschwerten sich, schließlich gaben aber alle nach. Man beschloss stattdessen, in den jeweiligen Zimmern weiterzufeiern. Muriel gestand, schon recht müde zu sein, Nadine stimmte ihr zu, und ich schloss mich den beiden auf dem Weg in unser gemeinsames Quartier an. Nadine legte sich, kaum war die Tür aufgeschlossen, in das große Bett und schlief im nächsten Moment auch schon ein. Muriel hingegen gab mir zu verstehen, dass sie noch Lust auf einen Schlaftrunk oder ein Betthupferl hatte und folgte mir in das kleine Separee, ein nischenähnlicher Raum ohne Tür, in dem mein kleines Bett stand, vom anderen Bett aus gut sichtbar.

»Wir können ruhig reden – wenn Nadine schläft, schläft sie fest«, beruhigte mich Muriel, zog ihre Schuhe aus, deren Absätze nicht eben gebirgstauglich waren, setzte sich auf das Klappbett und reichte mir ungefragt eine Zigarette. Mir war klar, dass sie mit »reden« auch alles Mögliche andere meinte, das Rauchen eingeschlossen. Ihre nächste Frage war direkt genug, um mir unmissverständlich ihr Interesse zu bekunden: »So – und was machen wir jetzt?« Normalerweise bin ich nicht gerade auf den Mund gefallen, schon gar nicht nach Wodka, Cognac und spanischem Brandy, in diesem Fall aber war ich um eine spontane Antwort verlegen. Dabei brauchte ich mir gar nichts aus den Fingern zu saugen, denn Muriel wollte sofort wissen: »Wenn es dich interessiert weiterzutrinken, habe ich noch eine Flasche Rotwein dabei – du musst sie nur aus unserem Schrank holen! Allerdings habe ich hier keinen Korkenzieher.« Das war das kleinste Problem, ich habe auf Reisen stets ein Schweizer Taschenmesser dabei, selbstverständlich mit verschiedenen Flaschenöffnern versehen. »Ich sehe, du bist gut ausgerüstet!«, lobte sie mich und sah mir beim Öffnen des Bordeaux amüsiert zu. »Du bist im Entkorken geübt – das gefällt mir! Wenn es dir nichts ausmacht, trinken wir zusammen aus der Flasche, sonst können wir auch die Zahnputzbecher aus dem Bad nehmen.« Natürlich machte es mir nichts aus, obwohl das Anstoßen mit Trinkgläsern den Genuss immer steigert. Die Vorstellung, meine Lippen an das gleiche Gefäß zu setzen wie meine provenzalische Gönnerin die ihren, gefiel mir aber mindestens ebenso gut.

Muriel saß ausgestreckt auf dem Bett, ich nahm zunächst auf dem Teppichboden Platz, zu ihren Füßen, den Blick meist auf sie gerichtet. Der Wein, nach Waldbeeren schmeckend, steigerte mein Wohlbefinden. »Ich kann dir leider nur Schokolade zum Wein bieten – das passt nicht so gut. Oder ein altes Schinken- und Käsebrot. Auch eine Gurke habe ich noch dabei, aber das ist wohl nicht das Wahre«, meinte ich. »Gegessen habe ich genug, mehr als genug – sieh mich an, wo soll das Ganze denn hin?«, gab Muriel zurück und fuhr sich über Brust und Bauch, wobei sie für einen Moment den schwarzen Pullover und ihr gleichfarbiges Unterhemd hochzog, so dass mein Blick auf ihren entblößten Körper fiel. Da erst erkannte ich, dass Muriel unter ihrer schlank machenden dunklen Kleidung durchaus ansehnliche Rundungen aufwies, die mich in dem angenehm angeheiterten Zustand, in dem ich mich befand, überdurchschnittlich erregten. »Vielleicht passt noch eine Orange hinein – oder ein Apfel …?«, erwiderte ich beim Anblick ihres wohl geformten Busens und der samten weichen Bauchdecke, ohne nachzudenken, und tatsächlich hatte ich noch Obst in meinem Reisegepäck, wie mir im nächsten Moment einfiel. »Gegessen habe ich genug, wirklich, getrunken mittlerweile auch, aber es gibt ja noch andere Dinge, die man mit dem Mund anstellen kann …« Abermals verblüffte mich ihre Direktheit, ich war ein wenig verlegen, streichelte ihr aber unterdessen die Füße, was sie mit einem wohligen Schnurren quittierte. »Massagen sind immer gut – vor allem im Winter, und meine Füße werden selten genug verwöhnt!«

Vom Nebenraum drang ein kurzes Stöhnen zu uns herüber, Nadine hatte sich im Schlaf von einer Seite auf die andere geworfen; wir lachten und fragten uns, wovon sie wohl eben träumte. »Stöhnen oder seufzen, zum Beispiel, außerdem sprechen«, entfuhr es mir. »Was meinst du?« – »Das kann man mit dem Mund anfangen, wollte ich nur sagen«, entgegnete ich grinsend. »Ja – und lachen! Lachen auch!«, gab sie gut gelaunt zurück. »Und sonst?« – »Mir fällt nichts mehr ein«, behauptete ich, während ich mich mit den Händen über Muriels Füßen zu ihren straffen Waden und weiter zu ihren Knien vorarbeitete. »Nichts? Ich dachte, ihr Deutschen seid alle so gebildet und klug!« – »Lass mir etwas Zeit, dann fällt mir vielleicht etwas ein …«, versuchte ich die Spannung noch etwas zu steigern und ließ meine Hände weiter zu ihren Oberschenkeln gleiten, was Muriel gefiel: »Du kannst dir ruhig Zeit nehmen mit dem Nachdenken – wenn es sich weiterhin so angenehm anfühlt wie im Augenblick!«

Hin und wieder ließ ich kurz von ihrem geschmeidigen Körper ab, um von der Flasche zu nippen. Meine Sinne waren schon etwas benebelt, ich nahm daher jeweils nur einen kleinen Schluck zu mir und behielt die rötliche Flüssigkeit lange zwischen Zähnen und Gaumen, um das ganze Volumen des gegorenen Saftes auszukosten, aus dem ich neben Waldbeeren das Eichenfass und einen Hauch Vanille herauszuschmecken glaubte. »Du bist ein Feinschmecker, ein wahrer Gourmet!«, freute sich Muriel. »Das ist mir schon beim Essen aufgefallen, als du mir mit Worten dein Lieblingsmenü zusammengestellt hast. Was gab es noch als Vorspeise? Austern? Dazu einen Chablis?« – »Ja, Austern, Loirewein und dann eine Currycremesuppe mit Mandelraspeln und einem Schuss Armagnac!« – »Wäre ich nicht schon gesättigt, mir liefe das Wasser im Munde zusammen. Auch die Hauptspeise muss ich leider überspringen, obwohl Seelachs schön leicht und bekömmlich ist, nicht wahr? Der Nachtisch hingegen wäre mir in jedem Fall zu üppig: Mohr im Hemd, auch noch lauwarm serviert … Der würde mir jetzt wie ein Stein im Magen liegen, so ausgezeichnet er sein mag!« – »Wie wäre es alternativ dazu mit einem Cassis-Sorbet oder einem Stück Zitronentarte? Eigentlich habe ich ja gar keine bestimmte Leibspeise, sondern eine ganze Menge.« – »Das wundert mich nicht bei dir – dein Sinn für das Kulinarische ist offenbar sehr stark ausgeprägt, auf sehr französische Weise!«, suchte mir Muriel zu schmeicheln und blitzte mich mit ihren rehbraunen Augen und geöffneten Zähnen herausfordernd an, ehe sie hinzufügte: »Wer einen so ausgeprägten Geschmack besitzt, die Gaumenfreuden betreffend, wird auch andere Genüsse zu schätzen wissen.« Mittlerweile war ich bei ihren wohl geformten Hüften angelangt, die noch vom schwarzen Baumwollstoff der eng anliegenden Hose umflossen waren. »Wohlig warm wird mir bei deiner Behandlung«, ließ sie mich wissen. »Ich fürchte fast, zu warm ... Dabei habe ich vorhin in der Halle noch richtig gefroren.« – »Zu warm? Dem kann man Abhilfe verschaffen«, meinte ich. Sie richtete sich kurz auf, schlüpfte aus ihrem Pullover und ließ sich wieder der Länge nach aufs Sofa fallen. »So. Für den Rest bin ich schon zu müde, oder zu bequem.«

Darauf streifte ich ihr behutsam die Socken von den Füßen, die ich nun noch einmal massierte, mit gesteigerter Intensität, und dann öffnete ich ihre Hose, die ich langsam über die entblößten Füße zog. Ihr sanftes Brummen verriet Zustimmung. Ich war gerade dabei, ihre Schenkel zu streicheln, da äußerte sie: »Ich habe Durst, verdurste fast!« Ich wollte ihr die Flasche reichen, doch sie lehnte ab: »Meine Hände ruhen so ruhig auf der Matratze, sie sind ganz entspannt, wie der übrige Körper, wohlig warm und voller Gefühl. Kannst du mir nicht auf andere Weise zu trinken geben? Stelle dir vor, ich wäre bewusstlos!« Ich wollte ihr die Flasche an den Mund führen, ihre Augen aber verrieten, dass sie etwas anderes meinte, außerdem sagte sie: »Das geht schief, nämlich aufs Polster.« Da verstand ich, nahm selbst einen Schluck und näherte mich mit geschlossenem Mund ihren Lippen, die sich bei der Berührung automatisch einen Spalt breit öffneten, wie auch die meinen, denen tropfenweise der Wein entwich. Als ich ihr den gesamten Inhalt meiner Mundhöhle übereignet hatte, saugte sie sich an meinen Lippen fest, stieß mit der Zunge so weit wie möglich vor und ließ sie kreisen, als tastete sie jeden Winkel nach verbliebenen Weintropfen ab. Erst nach einer gründlichen Verköstigung ließ sie von mir ab. »Selten hat mir Wein so gut geschmeckt wie jetzt – ich glaube, ich sollte dich als Mundschenk engagieren und mich nur noch von dem ernähren, was du mir auf diese Art anbietest!« Darauf neigte sie ihren Oberkörper zu mir und streckte die Arme aus, um sich von mir das Unterhemd ausziehen zu lassen. Ich sah ihre Brust sich unter dem ebenfalls schwarzen Halter entgegenwölben und kam nicht umhin, sie zu umfassen und gleichzeitig den Kopf nach vorne zu beugen, um ihr erst zärtlich in die Schulter zu beißen, und mich dann mit dem Mund an ihren rasierten Achseln zu schaffen zu machen, die einen leichten Veilchenduft ausströmten. Muriel begann schwerer zu atmen, dann entfuhr ihr: »Ich spüre, du weißt doch einiges mehr mit dem Mund anzufangen, als du zugibst – und bin gespannt, was noch folgt!« Als sie ihr Kreuz einen Augenblick lang streckte, auf dem Rücken liegend, umfasste ich sie rasch mit den Armen, grub meine Hände zwischen sie und die Matratze und löste das Häkchen des BH, der beinahe von allein von ihr abfiel, während ich noch immer auf dem Fußboden kniete. Darauf stieg ich zu ihr aufs Sofa, kniete mich über sie und saugte mich an ihren Brüsten fest. Muriel schloss die Augen, ließ es mit sichtlichem Wohlgefallen über sich ergehen. Nach einer Weile nahm ich noch einen Schluck aus der Flasche, träufelte mit dem Mund roten Wein über ihre Brustwarzen, kleine Rinnsale schlängelten sich über ihren gebräunten Leib, flossen in verschiedene Richtungen, denen ich mit Lippen und Zunge folgte, um sie nach und nach aufzusaugen.

»Ist dein Durst noch nicht gestillt …?«, fragte sie mich, als ich ihren Körper wieder trocken geleckt hatte. »Noch lange nicht – der Durst kommt beim Trinken, vor allem, wenn das Getränk in einem derart sinnlichen Gefäß gereicht wird!« – »Danke für die Blumen, dabei kennst du die edelsten Trinkgefäße ja noch gar nicht, die ich zu bieten habe.« Einmal mehr versetzte mich ihre unverblümte Art in Erstaunen, brachte aber zugleich verstärkt mein Blut in Wallung. »Ich erahne sie allenfalls«, erwiderte ich und legte meine Hände an den Gummizug ihres Schlüpfers, unter dem sich erste Spuren von Feuchtigkeit abzeichneten. »Halt, ich möchte, dass du es mit dem Mund tust …«, befahl sie mir. »Du bist so zungenfertig! Aber vorher möchte ich noch einmal von dir trinken.« Ich gehorchte wortlos, dann zog ich ihr die Unterhose mit den Zähnen herunter, sie half mir dabei, indem sie ihr Gesäß hob und mir ihren Venushügel entgegenstreckte. Er lud zur eingehenden Betrachtung ein, ich musste mich, am Oberkörper mittlerweile selbst frei, erst einmal über ihr kniend aufrichten, einen weiteren Schluck Wein zu mir nehmen und meine Augen über ihren ungemein appetitlichen Unterleib gleiten lassen, dann auch die Hände, mit denen ich mich vorsichtig bis zu ihrem Innersten vortastete. Sie war nahezu unbehaart, was mich zusätzlich erregte: »Man vergleicht die Scheide einer Frau gerne mit einer Auster – in deinem Fall trifft dies vollauf zu!« – »Meinst du das Aussehen oder den Geschmack?«, wollte sie sogleich wissen. »Beides, nehme ich an, aber von Letzterem muss ich mich erst noch überzeugen!« – »Dann wirst du dich vergewissern müssen. Ich hoffe, du wirst nicht enttäuscht sein, Austern sind doch deine Leibspeise, nicht wahr …?«

Ehe sie mich von ihr kosten ließ, wollte sie noch einmal Wein von mir. »Zu Muscheln bräuchten wir ja eigentlich Weißwein«, gab ich belustigt zurück. »Aber vielleicht schmeckst du zwischen den Schenkeln ja nach Trüffeln oder nach Mohn – dazu passt auch roter Wein!« Darauf strandete ich mit den Lippen an ihrem Geschlecht, das ich mit Lippen und Zunge behutsam erkundete und in das ich neben den Fingern auch die Nase tauchte, um tief ihren Duft einatmen zu können und die Nuancen ihres intimen Geruchs herauszuschmecken. Als sie wieder zu Atem kam, wollte sie wissen, wonach sie schmecke. »Vollmundig, leicht salzig, eine Spur herb. Ich würde sagen: Jakobsmuschel!« – »Und wie schmeckt Jakobsmuschel?« – »Mir fällt nichts Feineres ein! Wenn die Auster die Königin der Meere verkörpert, ist sie die Prinzessin – oder umgekehrt!« – »Muschel bleibt Muschel, eine Frucht des Meeres, und zu deren Genuss verlangt der Gourmet im Grunde Weißwein, da hilft alles nichts ...«, gab sie mit gespielter Trauer von sich, als ich mich mit dem Mund, der eben noch an ihrer Vulva gesogen hatte, dem ihren näherte, um ihr etwas von ihrem eigenen Geschmack zu vermitteln. »Oder Champagner! Aber über den verfügen wir leider auch nicht«, äußerte ich. »Zu Rotwein bräuchten wir etwas wie einen Hirschbraten oder Rehrücken, um bei den hochwertigen Speisen zu bleiben ...«

Beim Wort »Rehrücken« trafen sich unsere Blicke wie Blitze. Sie deutete ohne Worte noch Gesten an, ich verstand, drehte sie auf den Bauch und beugte mich über sie, um bequem über ihren Rücken gleiten zu können, den Po eingeschlossen, erst mit den Händen, dann mit der Zunge, mit der ich zuvor auch ihre Ohren be- und versucht hatte. Sie stöhnte, als ich ihren Hintern auseinander stemmte und einen guten Schluck Wein, den ich im Munde führte, Tropfen für Tropfen in sie träufeln ließ, um sie anschließend aus ihrer Furche aufzusaugen. Immer wieder musste ich auf der Suche nach dem schmackhaften Wein Luft holen, ehe ich die rasch versiegende Quelle trockengelegt hatte. »Und – wie war er, der zweite Hauptgang? Oder war es nur ein Happen für zwischendurch ...?«, erkundigte sie sich schmunzelnd, als sie wieder zu Worten fand. »Ein delikater Festtagsschmaus war das! Ich würde sagen: mit Prädikat. Der rote Wein war dazu so passend wie zu würzigem Käse oder einem saftigen Braten. Exzellent!«

Darauf tauschten wir erneut lange Zungenküsse, mit und ohne Zugabe von Wein. »Wir sind zwar schon gut bedient, aber ich würde sagen, allenfalls bei der Käseplatte angelangt. Noch fehlt der Nachtisch ...« – »Und wie mag es aussehen, das Dessert?« – »Nur Geduld, du darfst dich darauf freuen, aber jetzt bin erst einmal ich dran!«, sagte sie selbstbewusst und machte sich an meinem Reißverschluss zu schaffen. Mit geschickten, katzenhaften Gesten streifte sie mir die Hose vom Leib, dann folgten die Shorts. »Ich bin nun mit einer Zwischenmahlzeit an der Reihe – und ich wähle frischen Spargel! Den genieße ich notfalls auch ohne dazu gehörenden Weißwein ...« In normalem Zustand hätte ich über unsere verspielte Ausdrucksweise lachen müssen, aber wir waren schon lange nicht mehr nüchtern, und Muriel verfuhr mit einem fabelhaften Gemisch aus Zärtlichkeit und Leidenschaft, die nun meinen Atem stocken ließ. Sie saugte lange an mir, ließ aber vor dem Höhepunkt ab, um mir die Möglichkeit zu geben, nicht nur mit dem Mund in sie zu dringen und mich in ihr zu ergießen.

»Der Mund hat genug genossen, jetzt dürfen auch einmal andere Körperteile zum Zug kommen ...«, äußerte sie lächelnd, als ich mich mit ihr vereinigte. Mit pochenden Herzen lagen wir aufeinander, machten wohl auch entsprechend Lärm, zumindest Muriel, die einmal einen derart hellen Schrei ausstieß, dass Nadine im Nachbarbett kurz die Augen aufschlug, wie entgeistert zu uns hinüberblickte, irgendetwas schwer Verständliches murmelte und dann wieder in tiefen Schlaf sank. Nach dem Beischlaf wollte sie noch einmal meinen Mund auf ihrer Scheide fühlen, ich nahm dies zum willkommenen Anlass, den letzten Schluck Wein aus ihr zu trinken, mit ihrem und meinem Saft vermischt. Darauf küssten und umarmten wir uns noch einmal heftig, und dann fragte sie: »Und was trinken wir jetzt?« – »Die Flasche ist leer, leider …«, gab ich zur Antwort. »So leer wie ich.« Doch dann kam mir der Flachmann in den Sinn, eine Geschenk von Freunden aus dem Rheinland, den ich in die kalte Winterwelt mitgenommen hatte, gefüllt mit deutschem Mirabellenschnaps.

»Mirabellenschnaps!« Muriel war begeistert, wollte, obwohl inzwischen todmüde, wie auch ich, noch einen Schluck davon als Digestif, und ehe wir uns endlich, gegen halb vier Uhr in der Frühe, auf dem etwas engen Sofa halb auf- oder in-, halb nebeneinander schlafen legten, reichte sie mir noch eine letzte Zigarette, die sie mit der ihren ansteckte. »Ich rauche viel und oft, um aufzuwachen, wenn ich nervös bin, zum Kaffee, aus Langeweile, mal so zwischendurch, beim Tratschen mit einer Freundin … Aber wirklich gut schmeckt sie mir eigentlich nur nach dem Sex, da rundet sie den Geschmack auf betörend schöne Weise ab …!« Dem konnte ich nicht widersprechen, wir hatten eine doppelte Mahlzeit genossen, üppig und ausladend, und nach diesem exquisiten Nachtmahl sogen wir den Rauch mit Lust durch die Lungen und bliesen ihn uns gegenseitig ins Gesicht, ehe wir erschöpft, aber vollauf befriedigt einschliefen und erst zu einem sehr späten Silvesterfrühstück wieder aufwachten.

*Tobsha Learner*

# Die zweite Haut

**Candy Perkins schließt einen Moment** die Augen, als der riesige schwarze, etwas klebrige Penis an ihre Wange stößt. Sie kniet, ihre Hände sind hinter ihrem Rücken zusammengekettet, und ihr Haar ist kunstvoll auf »zerwühlt« frisiert worden. Der Penis schwebt einen Augenblick lang vor ihrem Gesicht, dann zwängt er sich behutsam zwischen ihre Lippen. Sie lutscht begeistert und flattert aufgeregt mit den Augenlidern, um Ekstase zu simulieren. Dabei überlegt sie, was sie heute Abend kochen soll.

Steak mit Pilzsahnesoße. Doug, ihr Mann, mag ein anständiges Stück Fleisch – und das ist, anders als zu Hause, hier in L.A. nicht leicht zu bekommen. Der Penis wird aus ihrem Mund herausgezogen, streift ihre beiden Brustwarzen und wandert herum, um sich zwischen ihre Arschbacken zu schieben. Sie hofft, dass sie diesmal daran gedacht haben, ausreichend Gleitmittel zu nehmen. Sie wird auf das imitierte Leopardenfell geschubst, während sich zwei Finger in sie bohren.

Sie kann Doug direkt hinter den Scheinwerfern stehen sehen. Er starrt sie an, mit glühendem Gesicht. Seit kurzem sieht er immer öfter so aus. Er wirkt für ihren Geschmack zu erregt. Und das bereitet ihr Sorgen.

»Schnitt! Verdammt! Ständerproblem!« Winston, ein großer, schüchterner Medizinstudent, der wegen der horrenden Studiengebühren und aufgrund seines athletischen Körpers in der Branche gelandet ist, hat Schwierigkeiten, seine Erektion zu halten. Die Make-up-Assistentin hüllt Candy in einen weißen Morgenrock, während der *Fluffer* sich alle Mühe gibt, Winstons Schwanz wenigstens annähernd in die Waagerechte zu bekommen. Candy langweilt sich. Die Besetzung, die an launische Glieder gewöhnt ist, zieht sich hinter die Kameras zurück und beschwert sich über die Tariflöhne.

Doug vergewissert sich, dass die Klappe richtig beschriftet ist, dann hastet er zu seiner Frau. »Du bist toll, Liebling, echt scharf.«

»Haben wir noch Pilze im Tiefkühlfach?«, fragt sie, um nicht von ihrer Arbeit auf dem Set sprechen zu müssen.

Es ist erst drei Jahre her, seit sie Tocumwal verlassen haben. Exotische Tänzerin sei sie, hat sie ihrer Mutter erzählt, die verständig genug war, die Schecks einzureichen und keine Fragen zu stellen. Schließlich war Cheryl alias Candy mit Doug zusammen, und Doug war zwar nicht gerade der Hellste, aber loyal und verlässlich wie eine Bulldogge. Ihrer Cheryl konnte also nichts passieren.

Erst hatte sie in Canberra ein paar Filme gemacht, hauptsächlich Low-Budget-Produktionen. Man hatte in leer stehenden Bürohäusern mit einem provisorischen Set und dem obligatorischen Bett gedreht. Ihr zweiter Film, *Gone with the Whip*, war in Amerika plötzlich in die Charts gekommen und hatte ihr einen Titel als zweitbester Hintern der Branche eingebracht. Das war ihre Fahrkarte in die Staaten gewesen. Außerdem hatte ihr ihr amerikanischer Co-Star erzählt, dass man in den USA nicht nur mehr verdienen könne, sondern auch besser angesehen sei. Und das fand Candy überaus erstrebenswert. Sie war eine überzeugende Darstellerin, die stolz auf die kleinen Tricks und die Feinheiten ihrer Gestik war, die sie im Laufe der letzten Jahre herausgearbeitet hatte. Doug hatte das nie gekümmert. Dabei war er derjenige gewesen, der ihr den Vorschlag gemacht hatte, zu den Castings zu gehen. Beide waren zu Beginn ihrer Ehe begeisterte Pornofilm-Konsumenten gewesen, und Candy hatte sich immer damit gebrüstet, dass sie es besser machen könne als diese schmollenden, drallen Blondinen, die immer ein wenig gelangweilt wirkten. Mit dieser Einschätzung hatte sie Recht gehabt.

»Okay, lasst uns das Meisterwerk in den Kasten kriegen!«, verkündet der Regisseur, ein gescheiterter Dokumentarfilmer, während er – vergeblich – mit den Armen wedelt, um der sinkenden Moral seiner Mitarbeiter neuen Auftrieb zu geben. Alle schlendern wieder an ihre Plätze; und Candy legt sich auf das niedrige Sofa.

Schwanz gleitet anmutig in Arsch. Nahaufnahme Gesicht, Schweißperlen auf der Stirn, volle Lippen geschürzt, Mund halb geöffnet, Zunge herausgestreckt, Schwenk, Schamlippen gespreizt. Nahaufnahme der anderen Frau. Blond, große Brüste, glänzend, unnatürlich gerundet, anscheinend Silikon, perfektes Stöhnen. Ton lauter. Das ist es. Das ist gut. Stöhn lauter.

»Kommst du ins Bett?«

Doug sieht sich in dem kleinen Wohnzimmer ihrer Behausung Videos an. Candy steht im Türrahmen, in der Hand die benutzten Teller, auf denen noch die Reste der Pilzrahmsoße zu sehen sind. Doug macht sich nicht die Mühe, sich vom Bildschirm abzuwenden.

»Später«, murmelt er geistesabwesend. Candy sieht sich selbst, wie sie die Blonde leckt, während sie von zwei Männern gefickt wird – von einem in den Arsch, von dem anderen in die Vagina. Sie erinnert sich noch daran, dass sie in dem Moment an das Meer gedacht hat. An einen Traum, in dem das Meer um sie herum ausgetrocknet war. Und am seltsamsten war, dass sie ihr Hochzeitskleid trug. Sie blickt auf das

Plakat an der Wand. Sie hatten es in letzter Minute auf dem Flughafen gekauft, als Gag. »Entdecken Sie die Wunder von Tocumwal«, lautet die Headline. Darunter ist ein Schnabeltier zu sehen, das an einem Flussufer hockt. Manchmal vermisst sie ihr altes Zuhause. Sogar die langweiligen Stunden um den einzigen Billardtisch des Ortes an der Tankstelle, wo die Kids immer herumhingen. Dort hatte sie auch Doug zum ersten Mal getroffen. Er war den Highway hinaufgefahren, um für seinen Onkel eine Lieferung zu erledigen, und er sah gut aus. Sie würde heute nicht mehr behaupten, dass es Liebe auf den ersten Blick war, aber damals hatte sie es dafür gehalten. Ein Hubschrauber, der über ihre Wohnanlage fliegt, holt Candy wieder in die Realität zurück.

Doug rutscht von der Couch und kriecht auf den Bildschirm des Fernsehers zu, ohne seine Frau einen Moment aus den Augen zu lassen. Auf dem Video zieht die Blonde gerade ihre Hinterbacken auseinander, so dass der Schwanz zu sehen ist, der heftig in ihr Arschloch stößt, während der zweite zwischen ihren Beinen verschwunden ist. Doug betätigt die Fernbedienung und spult den Film zurück, während der Lärm von Candys vorgespieltem Orgasmus von der niedrigen Zimmerdecke widerhallt.

»Du weckst noch die Nachbarn auf.«

Er gibt keine Antwort. Candy zuckt die Achseln, bringt die Teller in die winzige Küche und stellt sie in die Spülmaschine. Die Spülmaschine. Ihre Mutter hatte sich immer eine gewünscht, und dieses Gerät war das Erste gewesen, das sich Candy von ihrer Gage für ihren ersten US-Film, *Candy does Randy*, gekauft hatte. Bescheuerter Titel, aber Randy, ein Veteran der Branche, Ende Vierzig und berühmt für seine oralen Künste, war ein netter, lustiger Typ. Er hatte Candy zum Lachen gebracht, wenn er den jungen, frisch von der Akademie kommenden Regisseur, der so verzweifelt bemüht war, einen Hauch von Kunst in sein Machwerk einzubringen, verspottet hatte.

»Candy, verdien, so viel du kannst, und steig dann rasch aus. Werd nicht wie ich – in erster Linie ein Schwanz und erst dann auch ein Mann. In dieser Branche kannst du existieren, aber nicht leben.«

Randy war auch derjenige gewesen, der ihr Interesse für Wörterbücher geweckt hatte. Zwischen den Aufnahmen vertiefte er sich immer in ein Wörterbuch. »Um mein Vokabular zu vergrößern«, hatte er ihr mit einem Augenzwinkern erklärt. Dann hatte er ihr Fremdwörter wie »hexagonal« oder »delektabel« an den Kopf geworfen, die er genüsslich artikulierte. Candy hatte fasziniert zugesehen, wie er, splitternackt, jeden Vokal mit einem kurzen Hüftkick illustrierte, wobei sein Schwanz auf und ab wippte und seine Hände in der Luft gestikulierten. Randy hatte sie süchtig gemacht.

»Mumifizierung.«

»Nicht jetzt, Liebes, ich sehe fern.« Er dreht sich nicht einmal um. Doug ist nie ein großer Redner gewesen. Jahrelang hat Candy einen kompletten Wortschatz in seine Grunzlaute interpretiert. Und jahrelang hat sie sich damit zufrieden gegeben. Bis jetzt. Das Wort »Depravation« schießt ihr durch den Sinn. In den letzten sechs Monaten hat sie sich vom Webster, der Büroausgabe in zwei Bänden, bis zum ungekürzten Oxford-Wörterbuch vorgearbeitet. Doch es ist ihr nie gelungen, Doug für die Sprache zu begeistern, nicht mal für die knappsten, prosaischsten Adjektive. Die Möglichkeit, ihr neu gelerntes Vokabular auch zu verwenden, erregt sie. Erregt sie sexuell.

Sie schaltet die Geschirrspülmaschine an und lauscht einen Moment auf das Wasser, das durch die Rohre rauscht. Ihre Füße schmerzen von den hohen Pumps, ihre Möse ist wund, und sie vermisst ihre Mutter. Das Knallen einer Peitsche dringt aus dem Wohnzimmer. Doug ist offenbar bei der S/M-Szene angekommen. Eine naive junge Gräfin heiratet einen grausamen Adligen, der sie zwingt, bizarre sexuelle Spiele mitzumachen. Oder war es der Streifen mit dem weiblichen Vampir? Candy kann sich nicht mehr erinnern. Es war ihr vierter oder fünfter Film; und da die meisten in nur einer Woche abgedreht wurden, gelang es ihr recht gut, die Einzelheiten nach getaner Arbeit zu verdrängen und nicht mehr an die Geschichte zu denken. Im Übrigen brauchte sie nur Doug zu fragen, falls sie Szenen durcheinander werfen sollte. Er hatte jeden ihrer Filme mindestens zehn Mal gesehen, was Candy überraschte, da er bei allen Streifen auch beim Dreh dabei gewesen war. Doug Perkins: Assistent/Klappe. Eine Klausel, auf der sie in jedem ihrer Verträge bestand. Aber in letzter Zeit … Voluminös, metamorphosieren, Deprivation – sie lässt die Vokale über ihre Zunge rollen. Allein die Wörter stumm zu artikulieren macht sie geil.

Sie stellt den Kessel auf den Herd und wirft einen Blick durch die offene Tür ins Wohnzimmer. Doug sieht zu, wie seine Frau an metallenen Fesseln baumelt. Ihr langes braunes Haar fällt wie ein Wasserfall auf das Tierfell herab. Ein großer Mann mit einer Henkerskapuze, dessen Bauch über seinen erigierten Penis quillt, hebt die Hand und schlägt Candy mit einer kleinen Peitsche auf den Hintern. Doug stöhnt, ohne es zu bemerken. Candy setzt sich auf die Couch und wühlt ihm liebevoll durchs Haar.

»Eugenik«, flüstert sie verführerisch in der tiefen Stimmlage, die sie eigentlich für Filmszenen reserviert. Deutlich verärgert, kriecht er auf den Bildschirm zu. Sie versucht, ihre Zehen über seinen Rücken gleiten zu lassen. »Inguinal, Synergie, pianissimo.« Doug dreht sich nicht einmal um. Auf dem Video wippen ihre Brüste.

In dem kleinen Wohnzimmer schmiegt sich Candy, die

längst abgeschminkt ist und ihr bequemstes Hauskleid trägt, in die Kissen auf der Couch und fragt sich, wann sie sich zum letzten Mal richtig unterhalten haben. Sie kann sich nicht erinnern. Er sieht sich dauernd die Videos an.

Sie starrt auf seinen Hinterkopf, Ein kurzer Dialog wäre nett; etwas wie »Sonorität«, »oskulieren« oder »Viskosität« würde schon ausreichen, damit sie kommt. Danach ein bisschen kuscheln. Das ist eigentlich am schönsten, findet sie, einfach nur in den Armen gehalten zu werden. Seit kurzem braucht sie es wirklich dringend. Sie streckt sich, dann steht sie auf.

»Bis später.«

Er grunzt und sucht im schnellen Vorlauf den filmischen Höhepunkt, bei dem Candy von einem Mann gefickt wird, während sie einem anderen einen bläst. Sperma spritzt über ihre Brüste und ihr Gesicht. Das bringt Geld.

Viel später, als Candy immer noch wach und allein in ihrem Wasserbett liegt, das Doug als Sonderangebot gekauft hat, stellt sie fest, dass sie sich nicht einmal daran erinnern kann, wann Doug sie zum letzten Mal geküsst, geschweige denn mit ihr geschlafen hat.

Durch die Wand hört sie ihn stöhnen, als sich Candy und Randy miteinander und mit der Peitsche beschäftigen und schließlich ihr gespielter Orgasmus erklingt. »Hyperhedonismus«, flüstert sie in die Stille hinein und wiegt sich, das Kissen an ihre Brust gepresst, leicht vor und zurück.

*Ulrich Hoffmann*

# Liebe nach dem Unterricht

Ich war ein paar Tage zu früh gekommen. Erst übermorgen würde das große Treffen steigen – 50 Jahre Gymnasium Alstertal, und mein Abi war ja nun auch schon gut acht Jahre her. Was sich wohl an der Schule getan hatte? Ob auch Lehrer kamen, die ich noch kannte? Ich hatte bloß irgendwann mal gehört, dass Heiland aufgehört hatte, und Heyse. Naja, man würde sehen.

Acht Jahre nach dem Abi – das bedeutete in meinem Fall auch: Acht Jahre weg von zu Hause. Gleich nach den Prüfungen hatte ich beim Bund angefangen, zwei Jahre Marine. Naja, würde ich heute vielleicht nicht mehr machen. Aber damals war's das, was ich brauchte: Klare Vorgaben, wenig Denkarbeit, überschaubare Feindbilder. Hat mir schon gut getan. Dann hab ich rumgejobbt, 'n bisschen studiert. Politologie. Irgendwie ist nix Richtiges aus mir geworden dabei. In Poppenbüttel war ich bloß alleweil mal auf Anstandsbesuch. Elterngeburtstag, Schwesterheirat, Onkelbegräbnis, was halt so passiert.

Ich ging die Straße zum Bahnhof entlang. Komisch, schon früher hatte ich mir nie merken können, wie die heißt. Jedenfalls gab's da ein gutes Eiscafé. War auch schon in der Ferne zu sehen. Der Schweiß lief mir über die Stirn. Es war heißer Spätsommer. Wurde ich auch schon senil, oder war es früher nicht so heiß gewesen?

Ein kleiner blauer Corsa dröhnte an mir vorbei, klang wie ein Mähdrescher. Zehn Meter von mir blieb er stehen, dampfte. Die Warnblinkleuchte ging an. Ich spazierte einfach weiter.

Eine Frau stieg aus. Blond. Pagenkopf. Lächelmund.

Ich hatte sie schon mal gesehen. Mir wurde heiß im Bauch, und etwas tiefer auch.

Steffi.

Millionen Frauen auf der Welt, en paar zehntausend allein in diesem Stadtteil – und ausgerechnet sie lief mir über den Weg.

Dabei hatte ich eigentlich darauf gehofft. Nur ihretwegen war ich nach all den Jahren zurückgekehrt. Die Schule, die Lehrer, die Klassenkameraden. Ach was. Keine Sehnsucht. Nur Steffi, nach der hatte ich mich gesehnt.

Nicht jeden Tag, nicht jedes Jahr. Aber immer wieder mal. Ich war total verknallt in sie gewesen, von der achten Klasse an. Aber irgendwie waren wir nie mehr geworden als gute Freunde. Sie war gertenschlank und sportlich, ich eher ein Pummel. Sie ging gern aus, ich las gern Bücher. Sie liebte Wildkirschtee, ich Cappuccino. Damals unüberwindbare Hindernisse.

Ich hatte es wissen wollen. Hatte immer wieder mal an sie gedacht. Ob es mit etwas Mut vielleicht doch hätte klappen können? Hatte sie fragen wollen, ob sie mal mit mir essen geht. Falls sie überhaupt kommt. Ich hatte extra nicht gefragt, ob sie sich angesagt hatte. Sonst wäre mein Mut vielleicht mit der Antwort verschwunden.

Das alles schoss mir durch den Kopf. Und nun stand sie vor mir. Der dunkelblaue Minirock spannte sich über ihren Hintern, die Beine waren braun gebrannt und glatt rasiert. Sie trug ein weißes Top, stemmte die Hände in die Hüften, starrte wütend das Auto an. Stöhnte, schlug sich mit der Hand auf den Oberschenkel, sah sich um. Sah mich.

Acht Jahre lösten sich in Nichts auf. Es war, als hätten wir uns gestern das letzte Mal gesehen. Als hätte ich sie wieder den ganzen Schultag lang von gegenüber angehimmelt. Ich war wieder der kleine Junge, der schüchterne Abiturient, der nicht mal Mumm genug hatte zu einem Abschiedskuss. Der sich einfach klammheimlich verdrückt. Acht Jahre lang.

»Hallo, Tom«, sagt sie und grinst.

»Steffi«, sage ich. Zeige auf das Auto. »Kaputt?«

»Sieht so aus.«

»Und jetzt?«

»Hilfst du mir, es auf den Parkplatz zu schieben?« Sie deutet auf eine Lücke fünfzig Meter weiter. Ich nicke. Wir klappen beide Türen auf, stemmen uns gegen das Armaturenbrett. Der Schweiß läuft mir über die Stirn, in die Augen. Ich kneife sie zu, es brennt. Kein Traum, alles Wirklichkeit. Ich schaue zu ihr hinüber. Konzentriert hält sie das Lenkrad mit einer Hand, steuert, stemmt sich mit der linken Schulter gegen die Tür. Ich grinse hinüber. Sie merkt es nicht einmal.

Wir stellen die Kiste ab, sie zieht ein Handy raus und ruft den ADAC. Halbe Stunde, sagt der Typ am Telefon, dann wäre der Pannendienst da.

Im Eiscafé sagt sie: »Du bist wahrscheinlich der einzige Mann auf der Welt, der keinen dummen Kommentar abgelassen hat, was an der Kiste kaputt ist.« Sie lächelt.

Ich zucke mit den Achseln. »Ich hab auch keine Ahnung. Autos sind für mich noch rätselhafter als Frauen.«

Sie lehnt sich über den Tisch. Setzt den Ellenbogen auf, stützt das Kinn auf die Fingerspitzen. Wenn ich den Hals reckte, könnte ich in ihr Top hineinschielen. Sie grinst. »Bin ich dir auch ein Rätsel?«

»Immer gewesen«, sage ich. Was soll's. Ich kann alles riskieren. In drei Tagen sind wir wieder an verschiedenen Enden der Welt. »Ich meine, was erwartest du zum Beispiel von einem Typen, der dich gut findet?«, frage ich.

Sie hebt das Kinn von den Fingern ab, berührt mit Zeige- und Mittelfinger meinen Unterarm. Grinst. Mir wird ganz komisch. Sie wundert sich nicht über meine Frage. Sie sagt: »Etwas Ungewöhnliches. Mut. Kampfgeist. Das Tier im Mann. Ich möchte, dass er mir zeigt, wie über alle Maßen er in mich verknallt ist. Als ob nichts anderes auf der Welt zählt.« Sie lächelt, nachdenklich. Nimmt einen Schluck Eistee. »Manchmal glaube ich, die ganze Emanzipation ist bloß kalter Kaffee. Okay, ich bin jetzt stellvertretende Art Direktorin in einer Werbeagentur. Aber tief in mir drin ...«, sie zieht die Augenbrauen hoch und tippt sich auf die Brust, »... bin ich einfach bloß ein Weibchen.«

Ich grinse. Ich muss jetzt was Witziges sagen. So war das schon immer. »Auf der Suche nach einem schweißstinkenden Tarzan, alles klar.«

Die Stimmung ist kaputt. Dumme Bemerkung. Aber in ihrer Nähe kann ich einfach nicht cool bleiben.

Steffi lehnt sich zurück, fährt sich mit den schlanken Fingern durch das goldene Haar. Es ist natürlich blond. Ich bekomme eine Gänsehaut. Für mich ist sie die schönste Frau der Welt. Immer schon gewesen.

Ich frage mich, wie ich acht Jahre ohne sie ausgehalten habe. Nachdem ich sie neun Jahre lang praktisch jeden Tag angehimmelt hatte. Heimlich. Erfolglos.

»Du hast abgenommen«, sagt sie und betrachtet mich kritisch. »Sieht gut aus. Überhaupt, du siehst gut aus. Geht's dir auch gut?« Ich nicke. Meine es aber nicht so. Keine Ahnung, wie's mir geht.

Sie beugt sich vor, guckt mir genau in die Augen und fragt: »Warst du eigentlich früher mal in mich verliebt? Ich nämlich schon in dich.«

Mein Herz setzt aus. In meinen Ohren rauscht es. Ihr Handy klingelt. Der »gelbe Engel« ist da. Sie steht auf und geht. Ich schaue ihr nach. Sie ist mein blonder Engel. Ganz selbstverständlich ist sie davon ausgegangen, dass ich zahle.

Kurz vor acht. Ich renne durchs Einkaufszentrum. Wo kriege ich jetzt bloß Farbe her? Sprayfarbe. Rot. Kaufhof, Karstadt, Baumarkt?

Und Rosen. Ich brauche Rosen.

Am Morgen schaut sie aus dem Küchenfenster. Sie wohnt bei ihrer Mutter, das hat sie mir gestern noch erzählt. Auf der Straße steht irgendetwas. Das stand da gestern Abend noch nicht. In flammenroter Schrift. Sie kneift die Augen zusammen, reibt sich den Schlaf weg.

»War verliebt und bin verliebt!«, steht da. Daneben ein Herz.

Sie macht die Haustür auf, und davor sitzt ein Typ, klein zusammengekauert gegen die Kälte.

Es ist acht Uhr morgens, ich sitze hier seit fünf. Den großen Rosenstrauß quer über die Knie gelegt. Bin eingeschlafen.

Sie schließt leise die Tür, kocht Kaffee, gießt zwei Becher voll und kommt wieder raus. Hält mir einen Becher unter die Nase. Das duftet! Lecker! Schwarz wie die Sünde. Ich werde wach, nehme dankbar den Becher.

Wie oft bin ich hier früher mit dem Rad entlanggefahren – in der Hoffnung, sie würde zufällig gerade rauskommen, wenn ich vorbeigondele. Hat nie geklappt.

Ich lege die Hände um den Becher, schaue sie irgendwie umnachtet an. Ich hab noch nicht recht kapiert, wo ich bin, und warum. Die Nacht war zu kurz, zu aufregend für einen Saubermann wie mich.

Außerdem ist mir kalt. Es ist zwar Sommer, aber trotzdem ist es morgens kühl.

Sie stellt den Becher ab, legt beide Hände an meine Wangen, beugt sich zu mir herunter und küsst mich. Hitze wallt in mir auf. Zärtlich berührt ihre Zunge meine Lippen. Ihr Nasenatmen warm auf meiner Haut.

Wir frühstücken gemeinsam, haben das Haus für uns. Ihre Mutter ist im Urlaub.

Das erste Mal in ihrem kleinen Bett. Wie oft habe ich mir das vorgestellt? Irgendwann habe ich damit aufgehört. Zu frustrierend. Kam mir albern vor. Ist es auch. Wir kichern, lachen, freuen uns. »Tom«, sagt sie und schaut mir in die Augen. Ich versinke, will ertrinken.

Zum Schultreffen zwei Tage später kommen wir Hand in Hand. Ich bin stolz, froh, aufgeregt. Verliebt. Neun Jahre habe ich jeden Tag davon geträumt, sie hier zu küssen. Acht Jahre habe ich versucht, nicht mehr davon zu träumen.

Nun bin ich endlich am Ziel.

*Angelika Joval*

# Warum? Warum nicht?

**Ellen winkte dem Wagen nach**, mit dem ihr Mann und die Zwillinge in den Skiurlaub fuhren, und blieb noch einen Augenblick unschlüssig in der Haustür stehen. Die Urlauber hatten ein Chaos hinterlassen. Sollte sie gleich an die Aufräumarbeit gehen oder sollte sie sich erst ein zweites Frühstück gönnen?

Ihrem ausgeprägten Pflichtbewusstsein gehorchend, hatte sie sich schon für die Arbeit entschieden, als plötzlich die Frage »Warum« im Raum stand. Deutlich hörbar und sozusagen auch sichtbar, verkörpert in der Gestalt eines uralten Hutzelmännchens. Weniger erschrocken als erstaunt sah sie auf seinen kahlen, von einem grauen Haarkranz umgebenen Schädel herab.

»Warum, warum, warum«, wiederholte das Männchen griesgrämig.

Stimmt eigentlich, dachte Ellen, warum sollte ich nicht zuerst eine Pause machen.

»Trinken Sie eine Tasse Kaffee mit mir?«, fragte sie.

Der Alte nickte, legte den Kopf in den Nacken und musterte sie aus erstaunlich jungen, stahlblauen Augen. Seinem Blick schien nichts zu entgehen – weder der alte Bademantel noch die ungekämmten Haare noch die ausgetretenen Schlappen.

Sie wurde rot und murmelte etwas von »keine Zeit gehabt … letzte Reisevorbereitungen …«

»Jetzt koche ich erst mal Kaffee«, lenkte sie ab.

Als der Alte ihr in die Küche folgen wollte, verfingen sich seine Füße in den Kleidungsstücken, die verstreut im Flur herumlagen. Es waren Sachen, die die Söhne im letzten Moment aus dem Koffer gezerrt hatten, weil die Mutter keinen blassen Dunst hatte, was sie wirklich brauchten und was nicht.

Das Männchen rappelte sich auf, noch bevor sie ihm die Hand hinstrecken konnte.

»Es tut mir Leid«, sagte sie, und wieder stieg ihr die Röte ins Gesicht. »Wissen Sie, ich packe immer die Koffer für meine Familie, aber es kommt vor, dass ihnen am Schluss irgendwas nicht gefällt.«

»Warum, zum Teufel, packen sie ihre Sachen nicht gleich selbst?«, zischte das Männchen und rieb sich die Knie. »Das ist einem erwachsenen Mann und zwei dreizehnjährigen Jungen doch wohl zuzumuten.«

Ellen mochte nicht darüber nachdenken, ob er Recht hatte, und tat, als habe sie die Bemerkung nicht gehört. Sie setzte den Kaffee auf und bat ihn, einen Augenblick zu warten. Als sie wiederkam, trug sie Jeans und eins ihrer neueren T-Shirts und hatte die Haare gebürstet.

In den Augen des Männchens zeigte sich ein Schimmer von Anerkennung. Es kletterte auf einen Stuhl, und seine Miene verdüsterte sich sofort wieder. Der Frühstückstisch sah aus wie ein Schlachtfeld.

Erneut fühlte Ellen sich in die Defensive gedrängt.

»Sie hatten es so eilig«, erklärte sie und beeilte sich, alles abzuräumen und sauber zu wischen.

Sie stellte zwei Becher mit Kaffee auf den Tisch, das Männchen nahm einen vorsichtigen Schluck und fragte beiläufig: »Wo sind die drei denn hingefahren?«

»Nach Österreich, zum Skiurlaub.«

»Und warum bist du nicht mitgefahren?«

Sie stürzte sich in wortreiche Erklärungen: Dass sie doch nicht Ski fahren könne und sie dann doch so wenig gemeinsam hätten unternehmen können, und zu Hause könne sie sich richtig von der Familie erholen, hatte Christian gemeint, und er selbst hätte dann endlich mal Zeit, sich intensiv um die Kinder zu kümmern.

Ihr Gegenüber zog die Mundwinkel herab.

»So, so – mal intensiv Vater sein. Da würdest du natürlich stören.«

Der ironische Tonfall ärgerte sie, mehr aber noch die Fragen, die er provozierte. Waren das alles wirklich gewichtige Gründe? Warum hatte sie sich eigentlich so einfach von der Reise ausschließen lassen?

Sie schüttelte unwillkürlich den Kopf. Nein, sie wollte und konnte sich auf solche unerfreulichen Überlegungen nicht einlassen.

»Genug geplaudert«, sagte sie energisch. »Jetzt muss ich mich an die Arbeit machen, sonst ist es Mittag, und das Haus sieht immer noch so chaotisch aus.«

Das Männchen hob die Augenbrauen. Ellen befürchtete schon ein weiteres »Warum«, aber es kündigte nur an, dass es später wiederkommen würde, und verschwand.

Flüchtig ging ihr durch den Kopf, dass der merkwürdige Besucher bei seinem Abgang nicht mehr ganz so klein, hutzlig und runzlig ausgesehen hatte wie bei seinem Auftauchen.

Dann holte sie tief Luft und begann mit der Arbeit. Sie räumte auf, schaffte Ordnung, füllte Geschirrspül- und Waschmaschine und fuhr mit dem Staubsauger durchs Haus.

Doch die Fragen, die das Männchen aufgeworfen hatte, ließen sie nicht los. Wie ein Schwarm zorniger Bienen verfolgten sie sie durch alle Räume hindurch, zuletzt ins Badezimmer. Auch dort hatten die Benutzer deutliche Spuren hinterlassen. Wütend fuhr Ellen mit der Bürste in der Kloschüssel umher.

»Verdammte Scheiße!«, entfuhr es ihr. »Warum können diese Bengel nicht das Klo hinter sich sauber machen!«

»Ganz recht!«, ertönte es plötzlich von der Tür her, in deren Rahmen das Männchen lehnte, das in der Zwischenzeit gewachsen zu sein schien. Die Falten im Gesicht waren nicht mehr so tief, auch das Haar war voller geworden und bedeckte die vorher kahle Mitte des Kopfes – das war nicht mehr ein Greis, sondern ein älterer Herr.

»Und wie oft hast du sie gebeten, nicht über den Rand zu pinkeln«, sagte er, »aber da scheren sie sich nicht drum, du putzt ja auch immer hinter ihnen her!«

»Ich kann das Klo doch nicht so dreckig lassen, und ich habe immer gehofft, dass Christian sie in solchen Dingen erzieht. Aber er meint nur, dass ich mir eine Putzfrau nehmen soll.«

»Und warum tust du das nicht?«

Dieses letzte Warum brachte sie endgültig aus der Fassung. Statt einer Antwort ließ sie den Klodeckel achtlos zuknallen und wusch sich mit abgewandtem Gesicht die Hände. Der Besucher musste die Stimme heben, um gegen das Wasserplätschern anzukommen.

»Weil du dich dann noch nutzloser und überflüssiger fühlen würdest als sowieso schon, ist es nicht so?«

Ellen stürzte an ihm vorbei und flüchtete sich ins Schlafzimmer. Blind vor Tränen riss sie eine Schublade auf, aber da stand er schon neben ihr und reichte ihr ein Papiertaschentuch nach dem anderen, bis ihr Schluchzen verebbt, ihr Gesicht getrocknet und ihre Nase geputzt war.

Und mit einem Mal befand sie sich mitten in einem erbitterten Monolog, den er sich, neben ihr auf der Kante des Bettes sitzend, geduldig anhörte.

… dass die Zwillinge sie gar nicht mehr brauchten, obwohl sie sich so bemüht hatte, eine gute Mutter zu sein, Christian hatte ihr oft genug gesagt, dass die Erziehung der Kinder ihre Sache sei, er war ausgelastet mit seiner Karriere, für wen rackerte er sich schließlich ab, doch für die Familie, damit er ihnen das schöne, große Haus bieten konnte, das so viel Arbeit machte, aber ihre Arbeit nahm niemand zur Kenntnis, im Gegenteil. Sie hatte sich nicht eingestehen wollen, dass Mann und Kinder längst ihr eigenes Leben führten und sich zu dritt zusammenfanden auf den Gebieten, auf denen sie nicht mithalten konnte, beim Tennis und Fußball und Skifahren nämlich, und sie hatte immer und überall anstandslos zurückgestanden, bis ihre Freundin eine giftige Bemerkung gemacht hatte, dass sie sich nicht wundern solle, wenn Christian die ihm großzügig gebotene Freiheit nutzen würde, um Urlaub von der Ehe zu machen, und dass sie, Ellen, viel zu vertrauensselig sei, auch in Bezug auf Überstunden und Geschäftsreisen ihres Mannes. Sie hatte es nicht wahrhaben wollen, dabei gab es genügend Anzeichen, nach der letzten Reise hatte sein Jackett eindeutig nach fremdem Parfüm gerochen …

Sie hob den Kopf und begegnete einem Blick, der diesmal keine Kritik enthielt, sondern liebevolles Verständnis.

Sie schluchzte noch einmal auf.

»Was soll ich denn tun?«

»Tu etwas für dich! Geh zum Friseur, zur Kosmetikerin, kauf dir was Schönes zum Anziehen.«

Das löst meine Probleme nicht, wollte sie sagen, aber heraus kam: »Na gut, probier ich's mal, warum auch nicht.«

Der Besucher nickte beifällig.

Irrte sie sich, war es der Tränenschleier, durch den sie ihn nur undeutlich erkannte, oder sah er schon wieder jünger aus? Das Haar nur noch an den Schläfen grau und die vorher strichartigen Lippen voll und gut durchblutet. Ellen wurde sich plötzlich bewusst, wo sie sich befanden, und errötete.

Gleichzeitig erinnerte das Doppelbett sie daran, dass die Zeit fröhlicher Liebesspiele lange vorbei war, dass Christian ihre vorsichtigen Annäherungsversuche immer öfter abgewehrt hatte; er war müde und erschöpft und erwartete Rücksichtnahme. Aber diese Rücksichtnahme hatte sich längst in bittere Frustration verwandelt, die ihr das Herz zerfraß, wenn sie neben ihrem sorglos schnarchenden Mann lag.

Dies war der eigentliche Dreh- und Angelpunkt ihrer ganzen Ehemisere, aber sie konnte es ihrem Besucher unmöglich erzählen.

Er schien jedoch Gedanken lesen zu können und legte tröstend den Arm um sie. Aus nächster Nähe sah sie, wie er sich mit feucht glänzender Zungenspitze über die Lippen fuhr. Gleich darauf spürte sie diese Zungenspitze erst auf ihrem Ohrläppchen, dann in der Ohrmuschel – eine eindeutige Aufforderung, die eine ebenso eindeutige Hitzewelle über ihre Haut jagte.

… Geht doch nicht, darf ich nicht, kann ich nicht … Hatte sie das nur gedacht oder hatte sie es ausgesprochen?

… Warum denn nicht, dein Mann betrügt dich, vernachlässigt dich … Hatte er so geantwortet oder hatte sie es sich eingebildet?

Auf jeden Fall hatte er etwas von Wiederkommen gesagt, bevor er verschwunden war.

Ellen blieb noch eine Weile auf der Bettkante sitzen und kostete das Gefühl nach, das seine Zungenspitze in ihr erzeugt hatte. Dann stand sie auf, um in die Stadt zu fahren.

Sie war gerade dabei, das Ergebnis der Bemühungen von Frisör (eine modische Kurzhaarfrisur), Kosmetikerin (ein

dezentes Make-up) und Boutiquenverkäuferin (ein schicker Hosenanzug) im Flurspiegel zu begutachten, als es klingelte.

Erwartungsvoll lächelnd öffnete sie die Tür und sah in ein Paar stahlblaue Augen, die aber nicht einem älteren Herrn, sondern einem jungen Mann gehörten.

Erst nach ein paar Sekunden erkannte sie in ihm den Nachbarn Schmitt, der vor einem halben Jahr mit seiner Frau oder Freundin (so genau wusste das niemand) in das Haus nebenan gezogen war. Sie hatte den beiden damals nachbarschaftliche Hilfe angeboten, für den Fall der Fälle, was aber nicht in Anspruch genommen worden war.

Jetzt allerdings wirkte Herr Schmitt ausgesprochen hilfsbedürftig, und sie bat ihn herein. Verlegen und etwas verworren erklärte er sein Anliegen: Es ging um ein Hemd, das er für eine wichtige Sitzung in der Firma morgen anziehen müsse und das nicht gebügelt sei und ein Knopf fehle auch, und er konnte leider weder bügeln noch Knöpfe annähen, und ob sie nicht vielleicht so nett sein könnte …

Bevor Ellen eine nahe liegende Frage stellen konnte, fügte er stockend hinzu: »Susanne – meine Frau – das heißt, meine Lebensgefährtin – sie ist weg! Knall auf Fall ausgezogen! Nicht mal einen Zettel hat sie mir hingelegt!«

Seine Stimme schwankte.

Daraufhin führte Ellen ihn ins Wohnzimmer, erwähnte beiläufig, dass ihre Familie verreist sei, und schenkte ihm und sich selbst einen großen Kognak ein. Aus der Flasche, die Christian für irgendeine ganz besondere Gelegenheit aufgespart hatte.

Neben Herrn Schmitt auf der Couch sitzend, hörte sie sich voller Anteilnahme die Geschichte seiner unglücklich zu Ende gegangenen Beziehung an und reichte ihm diskret ein Taschentuch, als er sich die Nase putzen musste.

»Sie sind sehr freundlich«, murmelte er.

»Als gute Nachbarn können wir uns ruhig duzen«, erwiderte sie und goss Kognak nach.

»Ich heiße Ellen.«

»Ich heiße Lutz.«

Sie verschränkten die Arme mit den Gläsern, um Brüderschaft zu trinken, aber es folgte nicht der erhoffte heiße Kuss, sondern der Gast berührte Ellens Lippen so vorsichtig wie die einer mütterlichen Freundin. War er schüchtern, brauchte er deutlichere Ermunterung?

Entschlossen tauchte Ellen ihre Zungenspitze in den Kognak, ließ sie über ihre Lippen gleiten, einmal links herum, einmal rechts herum, und hielt dabei seinen Blick fest. Endlich begann es in der stahlblauen Tiefe zu funkeln, und er neigte seinen Kopf zu ihr.

Als sei es ein verabredetes Begrüßungsritual, so trafen und umkreisten sich jetzt ihre Zungenspitzen, um gleich darauf in einem langen Kuss zu verschmelzen. Keine Spur von Schüchternheit mehr bei Ellens Gast. Im Gegenteil – er übernahm die Führung jetzt so souverän, dass sie sich in kürzester Zeit nackt auf dem Teppichboden wiederfand. Wie gut, dass sie ihn am Vormittag gründlich gereinigt hatte, war das Letzte, was sie dachte.

Ebenfalls nackt, kniete der junge Mann über ihr und begann, ihren Körper zu erforschen, genauer gesagt leckte, knabberte und saugte er sich von den Ohrläppchen über die Innenseite der Handgelenke, die Brustwarzen und den Bauchnabel bis zu den Einbuchtungen seitlich des blond gelockten Dreiecks, wo er eine kurze Pause einlegte.

Seine Liebkosungen entfachten ein Feuer, das sich wie ein Buschbrand in Ellens Körper ausbreitete. Sie stöhnte und krallte die Hände in sein Haar, als wolle sie ihn kurz vor dem Ziel aufhalten. Aber er ließ sich nicht beirren, teilte das Gewirr der Schamhaare mit den Fingern und holte nur einmal

Luft, bevor er ungehindert ins Zentrum ihrer Lust vorstieß und seine Zunge spielen ließ.

Keuchend bäumte Ellen sich auf und verlor für einen Augenblick das Bewusstsein. Als sie die Augen wieder öffnete, kniete er noch immer über ihr. Er lächelte.

»Küss mich«, flüsterte sie, »ich möchte wissen, wie so ein Zungenkuss schmeckt.«

Danach bot sie ihm an, die Rollen zu tauschen.

Es war weit nach Mitternacht, als Lutz Schmitt sich verabschiedete und sie für den nächsten Abend in sein Haus und sein Bett einlud.

Erst da begannen ihre Gedanken wieder in die gewohnten Bahnen einzuschwenken.

»Dein Hemd!«, fiel ihr ein. »Ich sollte es doch bügeln und den Knopf annähen!«

Er grinste.

»Mach dir keine Sorgen, ich ziehe einfach ein anderes an.«

Die Skifahrer kehrten überraschend zwei Tage früher als geplant zurück. Das Wetter war zu Beginn des Urlaubs nur mäßig gewesen, zum Schluss hin aber immer schlechter geworden, was sowohl ihre Erholung wie ihre Laune stark beeinträchtigt hatte.

»Im Gegensatz zu uns scheint dir der Urlaub ja wunderbar bekommen zu sein«, bemerkte Ellens Mann, fast ein wenig missgünstig.

»Ich habe die Zeit ohne euch sehr genossen«, sagte sie. Nur schade, dass sie so verkürzt worden ist, fügte sie in Gedanken hinzu.

Nach einem unergründlichen Blick auf das sich schnell verbreitende Chaos – Berge von dreckiger Wäsche, Teile der Skiausrüstung in unterschiedlichen Nässe- und Verschmutzungsgraden, halb geleerte Taschen – verschwand Ellen im Schlafzimmer. Sie erneuerte die Bettwäsche, nicht ohne genüsslich an den gebrauchten Laken zu riechen, die noch Spuren der letzten Nacht aufwiesen.

Ihr Mann fand sie nach einer Weile am Fenster stehend und gedankenvoll zum Nachbarhaus hinüberschauend.

»Was ist denn mit dir los?«, fragte er verblüfft, »bist du krank? Das ganze Zeug liegt noch rum, und außerdem warten wir aufs Essen.«

»Warum räumt ihr eure Sachen nicht selbst weg?«, fragte sie freundlich. »Ich erkläre euch auch gern, wie die Waschmaschine funktioniert. Und was das Abendbrot betrifft – macht euch doch bitte alleine etwas, ich bin nämlich zum Essen eingeladen. Von Herrn – hm – von den Schmitts, unseren Nachbarn. Als Dankeschön für nachbarschaftliche Hilfe.«

*Philippa Martinson*

# Frau in Not

**Verzweifelt kämpft sie gegen** die starke Strömung an. Immer wieder droht das Wasser, sie hinunterzuziehen, kalt und hart schlagen ihr die Wellen ins Gesicht. In ihren langen blonden Haaren verfangen sich stinkende Algen.

Nicht aufgeben, denkt Viviane. Du musst weiterkämpfen. Halt durch. Du schaffst es.

Wie hatte sie nur auf diesen Kerl hereinfallen können? Kaltblütig hatte er sie auf das offene Meer und damit in die Falle gelockt. Hier würde sie niemand hören.

Natürlich war es seine Stimme gewesen, die sie in jener verhängnisvollen Nacht gehört hatte. Wenn auch verzerrt. Warum hatte sie das nicht gleich gemerkt? Wie hatte sie nur einen Moment lang glauben können, dass John hinter der Sache steckte? John, mit seinen grauen Augen … So grau wie das Meer, dass sie jetzt gefangen hielt. Sie war ihm vom ersten Moment an verfallen gewesen, und gerade das hatte ihr Angst gemacht. Sie wollte auf keinen Fall Schwäche zeigen. Aber die magische Ausstrahlung, die von seinem Blick ausging, hatte ihre Gedanken gelähmt. Nein. Sie hatte es nicht glauben wollen. Aber die Beweise, die Adrian gegen ihn in der Hand gehabt hatte … Sie schienen echt, sie waren so erdrückend. Was für eine dumme Gans war sie nur gewesen! Alles Lüge. Adrian hatte John von Anfang an nur benutzt. Und sie auch.

Ja, jetzt versteht sie. Jetzt! In dem Moment, als Adrian sich drohend vor ihr aufgerichtet hatte, hatte man es in ihren Augen aufflackern sehen.

Wasser schwappt ihr in den Mund. Sie ring nach Luft, hustet. Das Meer muss eisig sein! Sie strampelt mit den Armen und Beinen, um sich über der Oberfläche zu halten. Sie ist blass, ihre Bewegungen werden langsamer.

Wo bleibt er nur, denkt Viviane angespannt. Er muss doch jetzt langsam mal auftauchen. Sie kneift die Augen zusammen und starrt angestrengt. Als das Gesicht der Frau unter der Wasseroberfläche verschwindet, lässt sie einen leisen Schrei los, und ihre Hände verkrampfen sich. Leblos treibt die Schöne im Meer ...

Da! Viviane hört den Motorenlärm, und im nächsten Moment sieht sie, wie aus der Ferne ein winziger Punkt auf der Bildfläche erscheint. Ein Boot. Den Mann darin erkennt sie sofort. John! Seine braunen Locken wehen im Fahrtwind, sein Gesicht ist angespannt, seine stahlgrauen Augen suchen jeden Zentimeter Wasser ab.

Vivianes Herz schlägt schneller. Das Boot kommt näher. Unwillkürlich streicht sie sich beim Anblick des braun gebrannten Mannes über die Brust. Sie verspürt ein leises Ziehen. Sein weißes Hemd ist gischtbespritzt, die Ärmel sind bis zu den Ellenbogen hochgekrempelt und entblößen seine kräftigen Unterarme. Mit einer Hand hält er die Ruderpinne so fest umklammert, dass seine Adern deutlich hervortreten. Durch den dünnen, durchnässten Stoff schimmert sein muskulöser Oberkörper.

Ein verzücktes Lächeln breitet sich über Vivianes Gesicht aus. Dieser Körper! Wie hatte die Blonde im Wasser nur einen Moment an so einem Mann zweifeln können! Viviane würde sich ihm sofort hingeben. Sie schließt die Augen, ruft sein Bild auf ihre Netzhaut. Mit den Fingern fährt sie langsam die Konturen seiner breiten Schultern nach, gleitet weiter zur Brust und zum festen Bauch hinab ... Die Haut ist warm und samten.

Erschrocken reißt sie die Augen auf, als sie ein lautes Geräusch hört. John hat die Frau entdeckt, die noch immer auf dem kalten Wasser dahintreibt. Kurz lässt er den Motor aufheulen, bevor er in einer gekonnten Drehung direkt neben ihr zum Stehen kommt.

»Nora!«

Mit entsetztem Gesicht richtet er sich im Boot auf, dann beugt er sich zu der blonden Schönheit – auch halb tot sieht sie wirklich noch umwerfend aus – hinunter. Das Boot schwankt.

Viviane schaut fasziniert zu, als Johns kräftige Arme sich um den Leib der Frau legen und er sie scheinbar mühelos zu sich ins Boot zieht. Das T-Shirt der Frau klebt eng an ihrem Körper und lässt die erigierten Nippel der wohl geformten Brüste deutlich hervortreten.

Viviane hat das Gefühl, sie selbst würde von zwei starken Armen gepackt und umschlungen. Sie spürt die Wärme und den männlichen Geruch, die von seinem Körper ausgehen, spürt seine Hände, die ihr sanft über das Gesicht streichen. Viviane hält den Atem an und legt die Hände in ihren Schoß, als sie sieht, wie der Mann die Frau vorsichtig zu massieren beginnt.

Mit einem Ruck zieht er sich plötzlich das Hemd über den Kopf. Viviane stöhnt leise auf und starrt gebannt auf die nackte Haut des Mannes. Einzelne Tropfen laufen ihm von seinen nassen Haaren auf den Oberkörper, finden ihren Weg zwischen den schweißglänzenden Brustmuskeln hindurch zum Bauchnabel. Dort müsste man sie weglecken dürfen! Viviane widersteht nur schwer der Versuchung, dieses Bild anzuhalten.

Jetzt legt der Mann der bewusstlosen Frau sein Hemd um die Schultern. – Wie das nach ihm duften muss! Schnell besinnt er sich eines anderen, reißt ihr das nasse Shirt vom

Leib – Ja! Mir auch! –, schaut sich suchend um und schlingt dann seine Arme um sie.

Viviane durchfährt es wie ein Blitz. Sie lässt ihre rechte Hand vorsichtig in ihre Hose gleiten. Mit halb geschlossenen Augen liegt sie da, fühlt, wie die Wärme in ihren Körper schießt.

Auch die andere Frau scheint wieder zum Leben zu erwachen. Sie stöhnt leicht unter den kräftigen Händen, mit denen der Mann ihren Körper reibt. Langsam öffnet sie die Augen, während Viviane ihre ganz schließt: Sie weiß, was jetzt kommt.

»Nora!« – »John, ich …« – »Nicht jetzt, Liebling.« Einen endlosen Moment lang sieht er ihr tief in die Augen. Dann nimmt er zärtlich ihr Gesicht zwischen seine Hände, und sehnsuchtvoll und erregt drückt er hart seine vollen dunklen Lippen auf ihre blassen. So verharren sie. Der Kuss wird nie zu Ende gehen.

Viviane spürt die Feuchtigkeit in ihren Schoß fließen. Fast reglos liegt sie auf dem Sofa, lässt nur sanft, dann härter die Finger im Rhythmus der heulenden Geigen kreisen.

Minuten später hört sie das Knacken des Videorecorders, seufzt auf, fummelt mit der freien Hand, die Augen noch immer geschlossen, nach der Fernbedienung neben sich und drückt auf STOPP. Morgen schau ich den zweiten Teil an, denkt sie. Wenn Stefan beim Fußball ist.

*Karen Moline*

# Lip Service

»Austern.«

»Was?«, fragte Ginevra.

»So hab ich sie kennen gelernt. Auf einem Austernfest. Und wisst ihr was? Ich hatte nicht mal vor, da hinzugehen«, antwortete Sean.

»So was würde man sich auch wohl kaum vornehmen, oder?«, sagte Parker, verdrehte dabei die Augen und nahm sich noch ein Bier.

»Austern essen schon, Austernfeste nicht«, erwiderte seine Freundin Gil.

»Ich ging grade nach Hause, und plötzlich war es da. Ziemlicher Lärm und 'n Haufen Leute«, erklärte Sean. »Auf der Division Street. Die ganze Straße war abgesperrt.«

»Ich war noch nie bei einem Austernfest«, bemerkte Rachel.

»Ich auch nicht«, meinte Ginevra. »Und ich werd's auch bestimmt nie sein. Austern bringen's irgendwie nicht für mich. Obwohl meine Eltern sie so oft es ging gegessen und jedes Mal versucht haben, sie mir schmackhaft zu machen. Die Dinger sind mir einfach zu glibberig.«

»Wenn ich schon an die Farbe dieser angeblichen Delikatesse denke«, fügte Rachel hinzu und schüttelte sich. »Oder die Konsistenz. Igitt.«

»Wenn man sie schnell schluckt, merkt man's nicht so. Das Glibberige, meine ich«, warf Gil heiter ein, »umso besser rutschen sie runter.«

»Klar, ich bin sicher, du kennst dich bestens damit aus, wie man glibberiges Zeug runterbringt«, höhnte Parker.

»An Austern findet eben nur der feinste Gaumen Geschmack«, gab Gil zurück.

»Sprichst du mal wieder von dir?«, fragte Parker, nahm einen Schluck Bier und fuhr sich mit der Zunge über die Lippen. »Ha, hättest du wohl gern, was?«

»Uh, schau an, er ist ganz hitzig und verärgert«, neckte Rachel.

»Es war heiß«, sagte Sean.

»Wann war es heiß?«, wollte Ginevra wissen.

»Als ich ihr begegnet bin«, erwiderte er. »Auf dem Austernfest.«

»War es die Hitze, die dich so mitgenommen hat?«, erkundigte sich Ginevra, runzelte leicht die Stirn und sah ihn prüfend an. »Oder waren ein paar schlechte Austern dabei?«

»Nein, die Austern waren nicht schlecht.«

»Scheinst nicht mehr ganz derselbe alte Penner zu sein«, meinte Parker.

»Na ja, nur ein bisschen abgespannt«, dämpfte Rachel, immer bemüht, pragmatisch zu sein.

»Wenn man's recht überlegt, bist du wirklich ein bisschen blass um die Nase«, bestätigte Gil.

»Aber nicht ganz so, wie wir dich die letzten paar Monate erlebt haben. Du hast uns zwar erzählt, du würdest für einen deiner Aufträge in unbekannte Gefilde aufbrechen. Aber so bist du noch nie zurückgekommen. Irgendwas scheint dich von innen aufzufressen«, mutmaßte Parker.

»Wir waren grade dabei, dass er Austern isst«, erinnerte ihn Ginevra.

»Hm, ja, aber in welchem Monat soll das gewesen sein?«, überlegte Gil laut. »Austern kann man nur in Monaten mit R essen, das weiß doch jeder.«

»Du denkst immer, dass die Leute alles wissen«, meinte Ginevra augenzwinkernd. »Ist aber nicht so.«

»Wenigstens sollte jeder darüber Bescheid wissen, wann man Austern isst, ob man sie nun mag oder nicht«, verteidigte sich Gil. »Das sollte man unbedingt gelernt haben. Eine lebenswichtige Lektion.«

»Für jemanden, der sein Leben mit Austern essen verbringt, meinst du wohl«, widersprach Rachel. »Ich glaube kaum, dass die vielen hungernden Menschen in Bangladesch die Frage, wann man Austern isst, für lebenswichtig halten.«

»O Mann, musst du eigentlich immer so ernst werden und sterbenslangweilig daherreden?«, beschwerte sich Parker. »Hier geht's doch nur um Austern, Mensch.«

»Es war im September«, unterbrach Sean, um sich eine weitere Kabbelei zwischen Rachel und Parker zu ersparen, die sich allmählich von einem Liebespaar zu zwei Streithähnen entwickelten und kurz davor schienen, sich gegenseitig in der Luft zu zerreißen. Und der Gedanke jagte ihm unwillkürlich Schauer über den Rücken. »Am Labor-Day-Wochenende. Darum auch das Fest, schätze ich, Und es war heiß, verdammt heiß.«

»Wie du schon sagtest«, bemerkte Gil. »Aber ich kann mich an das Wochenende erinnern. Auch an die Hitze.«

»Er meint, *sie* war richtig heiß«, entgegnete Parker. »Diese *Sie*, der er begegnet ist. *Er* traf *sie*. Auf dem berüchtigten Labor-Day-Austernfest.«

»An einem strahlend blauen Sommertag«, fuhr Sean mit einem plötzlichen und so verzückten Lächeln fort, dass er für einen Augenblick fast wieder der Alte zu sein schien, weniger blass und abgespannt und nicht so dünn, dass ihm die Jeans beinahe von den schmalen Hüften rutschten. »Es war schwer vorstellbar, dass der Herbst überhaupt existiert, oder Windböen vom See oder Schnee, geschweige denn Matsch und eisige Kälte. Nur diese Hitze und Sonne und ein völlig wolkenloser Himmel. Höchstens ein winziger Hauch von Brise. So ein Tag, an dem man einfach glücklich ist, dass man lebt.«

»Nicht der kleinste Hinweis auf Schneebälle und Graupelschauer und blaugefrorene Zehen«, sinnierte Rachel und schüttelte sich bei dem Gedanken an einen weiteren Winter in Chicago.

»Kein Hinweis, nein«, erwiderte Sean. »Ich wünschte beinahe, es hätte einen gegeben. Aber es kam mir vor wie ein Tag im Mai, als ob der ganze Sommer und alles, was mit ihm kommt und wächst, noch vor uns läge. Echt verrückt. An der einen Seite war ein Musikpavillon aufgebaut, in dem eine Band einen irischen Folksong spielte, und dann all die tanzenden Leute und die Tische, an denen die Austern verkauft wurden, und der Geruch ... Der feuchte Meeresgeruch, ihr wisst schon: Pikant. Und salzig.«

»Stinkig, meinst du wohl«, versetzte Ginevra.

»Vereint mit dem Guinness-Geruch. Guinness hat das Fest gesponsert, müsst ihr wissen«, erklärte Sean. »Und so war die Luft erfüllt von Hitze und Austern und Algen und Stout.«

»M-mm, lecker«, bemerkte Parker. »Werd mir auch noch mal ein Kühles genehmigen.«

»Ich stand so in der Gegend rum, hörte der Musik zu, reihte mich in die Schlange ein, um eine Portion Austern zu kaufen, einfach so, weil sich grade die Möglichkeit bot«, erzählte Sean, »... und schaute mich ziellos in der Menge um. Und dann sah ich sie plötzlich.«

»Und eure Blicke trafen sich«, sinnierte Ginevra.

»Vorbei an all den Köpfen in dem überfüllten Raum«, spann Rachel den Faden weiter.

»Es war kein Raum, Dummchen«, berichtigte Parker. »Sie

waren draußen auf der Straße. Also: Ihr saht euch über die überfüllte Division Street hinweg in die Augen.«

»Sie stand da und aß Austern«, fuhr Sean fort. »Ja, unsere Blicke trafen sich. Ich habe noch nie jemanden gesehen, der so wie sie Austern isst, und ich habe noch nie jemanden gesehen, der so aussieht wie sie.«

»Was meinst du?«, fragte Gil.

»Ich wette, es waren ihre Lippen«, warf Parker ein und fuhr sich mit der Zunge über die eigenen. »Passt auf, jetzt kommt bestimmt der Part mit den Kusslippen.«

»Ja, es waren Kusslippen«, bestätigte Sean. »Irrsinnig leuchtende, perfekt rosarote Lippen. Ich stand da und schaute sie an und konnte nichts anderes denken als: Wie können ihre Lippen nur so perfekt rosarot bleiben, während sie all diese Austern schlürft? Ich schwöre, es war beinahe, als würden sie mit jeder Auster eine Spur rosaroter.«

»Rosa und Grau«, meinte Parker sarkastisch, »genau meine Farben.«

»Ach, wen kümmern schon die Farben?«, fiel Rachel ein, »Ich find's einfach furchtbar romantisch.«

»Das war es auch«, erzählte Sean weiter. »Sie merkte, wie ich sie ansah, und dann konnte ich meine Augen einfach nicht mehr von ihr abwenden.«

»Wie sah sie aus?«, fragte Rachel gespannt.

»Ganz normal, das war ja das Komische«, erwiderte Sean. »Hübsch, aber nicht so, dass einem auf den ersten Blick gleich die Luft wegbleibt. Mittelgroß, nicht zu dünn, nicht zu dick. Langes, glattes braunes Haar, zu einem Pferdeschwanz zusammengebunden. Abgeschnittene Jeans und ein weißes T-Shirt.«

»Und tierisch rosarote Lippen«, ergänzte Parker.

Sean nickte bestätigend. »So was ist mir noch nie passiert«, fuhr er fort, »niemals. Ich konnte mich nicht von der

Stelle bewegen, ich war nicht mal fähig zu atmen. Als ob mir sämtliche anderen Sinne lahm gelegt wären, so dass ich nur noch sehen konnte.«

»Wie in der Szene von *West Side Story*, als Tony Maria beim Tanz in der Sporthalle erblickt«, sagte Ginevra.

»Und alles um sie herum verschwimmt und die Tänzer zwar noch da sind, aber irgendwie zu beweglichen Farbflecken im Hintergrund werden«, fügte Rachel hinzu.

»Und dann tanzen sie – Tony und Maria.«

»Ich fand ihr Kleid so schön. Dieses schaumige weiße Ding mit der Schärpe.«

»Und das, obwohl sie noch wenige Minuten vorher mit Chino Händchen gehalten hat.«

»Und als sie so tun, als ob sie heiraten, wird dieses wunderschöne Lied gespielt«, sagte Rachel verträumt. *»One Hand, One Heart* – so geht es, genau.«

»Du hast die Aufmerksamkeit einer Stechmücke, weißt du das?«, rügte Parker sie. »Wie wär's, wenn du Sean seine Geschichte zu Ende erzählen lässt? Wenn ich mich recht erinnere, sind wir bis dahin gelangt, dass die holde Maid Austern in der Hand hielt und sie mit perfekt rosaroten Lippen aus der Schale schlürfte.«

»Ich konnte an nichts anderes denken, als sie zu küssen«, nahm Sean den Faden auf.

»Obwohl ihr Atem nach Austern roch«, lachte Gil.

»Was für eine Vorstellung«, meinte Parker. »Man müsste schon selbst jede Menge Austern gegessen haben, um davon nichts zu bemerken. Dann riecht der eigene Atem genauso, und es ist egal.«

»Aber du hattest deine Austern noch gar nicht bekommen«, wandte Ginevra sich an Sean. »Du standst noch immer in der Schlange, stimmt's?«

»Ja, aber ich hatte keinen Hunger mehr, nur noch das

überwältigende Bedürfnis, diese Frau zu berühren und zu küssen. Im nächsten Augenblick. Ich musste es einfach tun.«

»Du wusstest absolut nichts von ihr«, vergewisserte sich Gil.

»Nein.«

»Und hast sie nie im Leben gesehen.«

»Nein.«

»Und warst noch nie zuvor von dem Wunsch besessen, ein Austern schlürfendes Wesen zu küssen.«

»Nein. Und genau das war sie: ein Wesen.«

»Keine Frau«, sagte Gil tonlos.

»Nein«, erwiderte Sean nach einer langen, unbehaglichen Pause. »Ein Wesen. Eine Erscheinung.«

»Du meinst, wie eine Meerjungfrau?«, wollte Ginevra wissen.

»Glaubst du, Meerjungfrauen mögen Austern?«, fragte Rachel im Bemühen, die düstere Stimmung aufzuhellen, die sich mit einem Mal im Zimmer breit machte. »Ich meine, warum sollten sie nicht?«

»Ich wette, sie mögen Perlen noch viel lieber«, sagte Ginevra und lächelte Rachel zu.

»Sie trug tatsächlich Perlen«, fuhr Sean fort.

»Deine Meerjungfrau«, ergänzte Gil.

»Ja.«

»Hat die Meerjungfrau auch einen Namen?«

»Maria?«, schlug Parker unbeschwert vor. *»One Hand, One Heart.«*

»Sie sagte, sie heißt Amanda«, erwiderte Sean. »Amanda Walker.«

»Wann hat sie dir das verraten?«, wollte Ginevra wissen. »Als sie endlich mit dem Essen fertig war?«

»Mit dem Schlürfen, meinst du«, verbesserte Parker sie.

»Ja.«

»Und wer hat den ersten Schritt getan – du oder Amanda?«, fragte Gil.

»Sie, glaube ich. Nur – das Verrückteste war, dass sie sich eigentlich gar nicht bewegt hat, das heißt, ich kann mich beim besten Willen nicht erinnern, dass sie wirklich auf mich zugegangen ist«, erklärte Sean und fixierte den Blick auf seine Schnürsenkel. »Ich hab' einmal kurz geblinzelt, und schon war sie da, direkt neben mir, und lächelte.«

»Mit ihren perfekt rosaroten Lippen«, fügte Parker hinzu. »Das wird ja immer abgedrehter.«

»Und dann hast du sie geküsst, ja?«, fragte Gil behutsam.

»Ja«, antwortete Sean und schloss – nur für einen Moment – die Augen, so dass seine Gesichtsmuskeln sich entspannten und er erneut fast wieder der Alte zu sein schien.

»He, Mann, sieht fast so aus, als würdest du sie noch immer küssen«, meinte Gil, als eine Minute verstrichen war.

»Tue ich aber nicht«, erwiderte Sean, und sein Blick nahm wieder den gleichen düsteren Ausdruck an. »Ich werde sie nie wieder küssen. Nie wieder.«

»Das geht in eine Richtung, die mir gar nicht gefällt«, bemerkte Rachel. »Sie hat dir doch nicht wehgetan, oder?«

»Eine Fischvergiftung vielleicht?«, mutmaßte Parker.

»Moment, warte mal – du bist noch immer auf dem Austernfest«, ging Gil dazwischen.

»Und da steht sie. Eine Frau, ein Nixenwesen, was auch immer. Vor deiner Nase. Und küsst dich.«

»Obwohl ihr Atem nach Austern stinkt«, warf Parker ein. »Und sie lacht, weil dir das völlig egal ist.«

»Aber sie roch gar nicht nach Austern«, erklärte Sean, »nicht die Spur.«

»Das kann nicht sein«, meinte Gil. »Na ja – die ganze Geschichte ist natürlich unglaublich.«

»Sie sollte sich ihr Mundspray patentieren lassen, könnte

glatt ein Vermögen damit machen. Instant-Oyster-Stink-Away-Spray – beseitigt Ihren Austerngeruch im Handumdrehen«, kommentierte Parker und lachte über seine absurde Idee.

»Du solltest lieber mal anfangen, richtig zu leben«, versetzte Rachel, »statt immer nur an Geld zu denken. Ewig dasselbe Spießergerede, wie langweilig.«

»Aber ich möchte wissen, was nach eurem Kuss passiert ist«, sagte Ginevra.

»Daran kann ich mich nicht erinnern«, antwortete Sean. »Ich weiß nur, dass wir uns plötzlich bei mir zu Hause wiederfanden. In meinem Bett.«

»Wie – im Bett? Etwa richtig nackt und so weiter?«, fragte Parker mit leuchtenden Augen.

»Ja – aber ich kann mich nicht erinnern, wie wir dahin gelangten. Sind wir gelaufen? Haben wir ein Taxi genommen? Hatte sie ein Auto? Ich hab x-mal darüber nachgedacht, aber ich kann mich einfach nicht erinnern. Ich weiß nur, dass wir irgendwie mit dem nächsten Wimpernschlag in meinem Bett gelandet sind.«

»Und natürlich hat sich's gelohnt.«

»Ja, eine Zeit lang. Sie war unglaublich.«

»Irgendwas verschweigst du uns doch«, vermutete Gil. »Irgendwas Wichtiges. Etwas, das nichts mit Austern zu tun hat.«

»Oder mit Mundgeruch«, fügte Parker hinzu, »und auch nicht mit Atemspray.«

»Stimmt.«

»Was ist – erzählst du's uns oder nicht?«

»Wenn es was Peinliches ist, brauchst du's nicht zu tun, weißt du«, beeilte sich Ginevra zu sagen.

»Nein, ich möchte, dass es jeder von euch weiß«, erwiderte Sean und drehte langsam den Kopf, um alle nacheinander anzublicken. »Irgendjemand muss mir einfach glauben, wo ich es schon selbst nicht glauben kann, das heißt, nicht glauben würde, wenn es mir nicht eigenhändig passiert wäre.«

»Bin ich froh, dass ich keine Austern mag«, murmelte Ginevra gepresst.

»Also, wie ich schon sagte, eine Zeit lang hat es sich wirklich gelohnt«, fuhr Sean fort und seufzte tief. »Sie war phantastisch. Witzig, charmant, anbetungswürdig. Hatte einen tollen Job bei *Grey Advertising* und war, wir ihr schon bemerkt habt, absolut unglaublich im Bett. Sie hat Sachen mit mir angestellt … ich meine … als sie dabei war, dachte ich, ich würde vor Lust vergehen. Wirklich. Manchmal lag ich nachher nur da, in ihren Armen, lauschte ihrem Atem, während sie schlief, und dachte, wenn ich jetzt sterbe, dann werde ich wenigstens glücklich abtreten. Als glückliches, vollkommen befriedigtes Sexmonster.«

»Sozusagen auf rosaroten Wolken schwebend«, kicherte Gil.

»Waren ihre Lippen auch im Bett noch rosarot?«, wollte Parker wissen.

»Musst du so schrecklich plump sein?«, tadelte Ginevra.

»Nein, die Frage ist schon berechtigt«, erwiderte Sean nüchtern. »Ja, sie blieben tatsächlich rosarot. Noch so eine komische Sache, eine von vielen. Als hätte sie sich den rosa Lippenstift eintätowieren lassen oder so. Hatte sie aber nicht.«

»Aber eigentlich geht's hier nicht um unvergesslich rosarote Lippen, oder?«, begann Ginevra. »Irgendetwas war mit ihr, stimmt's? Etwas, das du nicht sofort beim Namen nennen konntest.«

»Genau«, bestätigte Sean und warf Ginevra einen verwunderten Blick zu. Wie konnte sie das jetzt schon wissen?

»Schon ziemlich am Anfang hatte ich so eine Ahnung, dass irgendetwas mit ihr nicht stimmte. Und das hatte nichts mit dem zu tun, was sie tat. Es war einfach das Gefühl, das ich manchmal bei ihr hatte. Als ob ich nur bei ihr war, weil sie es mir gnädig erlaubte, und dass sie, selbst, wenn wir nachts wach lagen und über Gott und die Welt redeten, wie es Verliebte tun, nicht zuhörte. Nicht *wirklich* zuhörte. Sie war da und doch irgendwie abwesend. Sie hatte bekommen, was sie wollte, das genügte ihr. Der Rest war nichts weiter als Lippenbekenntnisse.«

»Bekenntnisse unvergesslich dienstbarer Lippen«, witzelte Parker.

»Genau«, bekräftigte Sean trübselig. »Aber allmählich fragte ich mich, ob sie real war. Ich meine, ob sie die war, die sie behauptete zu sein. Wir unterhielten uns, unternahmen manchmal was und sahen uns praktisch jede Nacht, aber nach fast sechs Wochen hatte ich noch immer keine Ahnung, was sie für ein Mensch war. Aus ihrem Apartment konnte man kaum Schlüsse ziehen. Es war sehr hübsch, aber …«

»Aber es hatte nicht den üblichen Mädchencharakter«, ergänzte Ginevra. »Fotos an den Wänden, Krimskrams, Unordnung im Bad und so weiter. Keine persönliche Note.«

»Ganz genau«, sagte Sean. »Sie war zwanghaft ordentlich. Alles war säuberlich in kleine Kisten verpackt. Keine Schnörkel. Nicht zu vergleichen mit dem Apartment irgendeiner anderen Frau, das ich je betreten habe. Es war, als hätte sie jemanden angeheuert, um es für sie zusammenzustellen, als wären die Details völlig unwichtig. Manchmal bin ich zur Mittagszeit rüber zum Firmengebäude und hab ihr aufgelauert, den Eingang beobachtet und darauf gewartet, dass sie mit ihren Kollegen zum Essen oder für einen kleinen Spaziergang rauskommt oder so. Nur, damit ich mich vergewissern konnte, dass ich nicht alles geträumt hatte, dass sie ein normaler Mensch war, der in einem normalen Büro sitzt und einem normalen Job nachgeht.«

»Als ob Werbung ein normaler Job wäre«, witzelte Gil.

»Du weißt schon, was ich meine«, fuhr Sean fort. »Sie kam mit ihren Freunden oder Kollegen raus und hat mich nie bemerkt. Das heißt, manchmal dachte ich, sie weiß es doch und sieht absichtlich durch mich hindurch, um mir klar zu machen, dass ich ein Dreckskerl bin, der ihr Vertrauen nicht verdient.«

»Man kann's dir nicht verübeln«, meinte Ginevra, »nicht, wenn du so ein Gefühl im Bauch hattest, dass irgendwas nicht stimmte.«

»Und damit hatte ich Recht«, erwiderte Sean. »Ihr wisst ja, dass ich sonst keinen Ton vom andern unterscheiden kann, aber wann immer wir nicht zusammen waren, überraschte ich mich dabei, wie ich diesen blöden Folksong pfiff oder sang, den die irische Band gespielt hatte, als wir uns begegnet waren. Als ob ich verhext wäre oder so, als ob es *ihr* Lied wäre. *Ihr* mahnendes Zeichen.«

»Mahnendes Zeichen? Wofür?«, wollte Gil wissen.

»Um mich nicht vergessen zu lassen, dass ich keinen eigenen Willen mehr hatte. Ich konnte keinen klaren Gedanken mehr fassen, konnte nichts mehr essen, nichts mehr tun, als an sie zu denken und das blöde Lied singen. Obwohl ich an dem Tag überhaupt nicht drauf geachtet hatte.«

»Wie geht der Text?«, fragte Ginevra.

*»If your arms were around me, you know I'd never leave, you know I'd never leave«*, sang er unmelodisch. »Du weißt, wenn ich in deinen Armen läge, würd ich dich nie verlassen.«

»Das hat Tiefgang«, versuchte Parker zu spötteln.

»Ja, nicht wahr?«, erwiderte Sean trübselig. »Ungefähr so viel wie das Bellen eines Hundes. Ich meine, jeder Hund, dem wir begegnet sind, fing bei ihrem Anblick an zu kläffen.«

»Viele Hunde kläffen, wenn ein Fremder vorbeikommt«, wandte Ginevra ein.

»Nein, nicht so. Die Hunde bellten auf der anderen Straßenseite oder am Ende der Straße oder hinter der Straßenecke. Und alle bellten nur *sie* an.«

»Du willst sagen, die Hunde waren viel zu weit entfernt, um sich bedroht zu fühlen oder sie riechen zu können?«, vergewisserte sich Gil.

»Aber gebellt haben sie trotzdem«, ergänzte Ginevra mit einem Blick auf Gil. »Wie merkwürdig.«

»Ziemlich, ja. Sie lachte immer und meinte, Hunde könnten sie nicht ausstehen. Sie mochte Katzen sowieso lieber und besaß selbst eine, ›wie jede Hexe eine als Gefährten hat‹, meinte sie oft im Scherz.«

»Wie hieß die Katze denn?«, erkundigte sich Ginevra. »Meine Freundin Mrs. Modeus macht auch öfter solche Witze. Sie hat ihre Katze Pandora genannt, weil sie ihr nichts als Ärger einbringt.«

»Ich wette, Miss Amanda Walkers Katze hieß Luzifer«, sagte Rachel.

»Wie wär's mit Pluto?«, schlug Gil vor.

»Nixon?«, bot Parker an.

»Wer um alles in der Welt würde sich einfallen lassen, sein Kätzchen Nixon zu nennen?«, fragte sich Gil. »Dann müsste man ja jedes Mal, wenn man das arme Ding füttern will, ›Nixon, Nixon‹ rufen und hätte dauernd diesen Namen im Ohr. Nie im Leben.«

»Ihre Katze hieß Brenda«, klärte Sean sie auf.

»Ein sehr hübscher Name für ein Kätzchen«, meinte Rachel. »Vielleicht war sie doch nicht durch und durch böse, wenn sie eine Katze namens Brenda hatte.«

»Sollte man meinen«, erwiderte Sean. »Aber genauso sehr, wie sie ihre Katze liebte, hasste sie Hunde. Nicht nur, weil sie dauernd angebellt wurde, sondern schon immer, von klein auf, wenn man ihr glauben darf.« Er hielt inne. »Dabei kann ich sie mir absolut nicht als kleines Mädchen vorstellen, von irgendeinem dummen räudigen Köter verfolgt, während sie in einer hübsch ruhigen Vorortnachbarschaft von Tür zu Tür geht, um Kekse für ihre Pfadfindergruppe zu verkaufen. Sie schien so, wie sie war – voll entwickelt –, einer anderen Welt entsprungen zu sein. Der Gedanke war mir gleich beim ersten Mal gekommen, als wir gemeinsam die Straße runterliefen und ein paar Hunde an der entfernten Straßenecke anfingen, sie anzubellen – mit entblößten Zähnen, bereit, sich im nächsten Moment auf sie zu stürzen. Sie nannte sie Höllenhunde.«

»Höllenhunde? Du meinst, so wie dieses Kekszeug von *Drake's Cakes?*«, fragte Parker.

»Die nennt man ›kalter Hund‹; natürlich meint er das nicht«, blaffte Rachel. »Du redest doch von nichts andrem, als was du dir alles in den Mund stopfen kannst.«

»Na ja, besser, ich hab den ganzen Tag Junk Food im Kopf als Austern oder irgendwelche Teufelsbrut.«

»Was hast du grade gesagt?«, fragte Sean panisch. »Was meinst du mit Teufelsbrut?«

»Weiß nicht«, erwiderte Parker schulterzuckend. »Schien nur irgendwie zu passen – weil du grade von ihren Höllenhunden erzählst hast und so. Und davon, dass sie ›einer anderen Welt entsprungen‹ ist, oder wie du's genannt hast. Vielleicht war's ja wirklich so, und sie ist eine Tochter des Teufels, ein *Sukkubus.*«

»Aber genau das war sie ja«, ließ Sean mit so leiser Stimme verlauten, dass alle sich angestrengt vorlehnten, um ihn zu verstehen. »Ein Sukkubus, der mich nachts heimsuchte. Und jedes Mal, wenn sie kam und – was auch immer – machte, hörte sie nicht eher auf, als bis sie mich restlos ausgesaugt hatte.«

»Äh, ausgesaugt – im wahrsten Sinne des Wortes? Könntest du ihr meine Nummer geben?«, unterbrach Parker das lange unbehagliche Schweigen, wieder bemüht, einen Witz zu reißen, was völlig in die Hose ging.

»Vielen Dank, mein Süßer«, sagte Rachel säuerlich, »Wie überaus nett von dir.«

»Du weißt doch, dass ich nur Spaß mache«, versuchte Parker zu beschwichtigen, während er sich hinüberbeugte, um sie zu küssen.

»Nein, absolut nicht«, gab sie zurück und schubste ihn weg. »Du kannst es nicht lassen, oder? Ständig solche dämlichen Kommentare abzugeben, besonders vor Publikum.«

»Natürlich kann er das nicht«, ging Gil rasch dazwischen. »Dafür mögen wir ihn schließlich, so, wie er nun mal ist: Unser kleiner Schweinehund.«

»Kalter Hund, meinst du«, versetzte Ginevra, »mit hoffnungslos weichem Keks.«

»Ich mag *Drake's Cakes* übrigens auch«, bemerkte Gil, »Erpelgebäck« – übersetzte sie. »Er ist der Erpel, du die Ente.«

»Ente, Ente, und wer ist die dumme Gans?«, fragte Parker.

»Sean natürlich, ohne Zweifel«, erwiderte Gil rasch, im Bemühen, die merkwürdige Anspannung zu lösen, die alle erfasst hatte, während sie schaudernd und doch neugierig darauf warteten, was Sean als Nächstes erzählen würde.

»Aber was wollte sie denn von dir?«, fragte Gil.

»Normalerweise wäre ich der Letzte, der sich beschweren würde, wenn eine Frau ihn geradezu aussaugt«, fuhr Sean mit einem raschen Blick auf Parker fort. »Und kein Mann auf dieser Welt würde das, was sie mit mir anstellte, ablehnen oder der Sache irgendwann müde werden. Aber hier ging's nicht um Sex, Sex war nur ein Mittel für sie, um das zu bekommen, was sie wirklich wollte, nämlich meine pure *Substanz*. Sie wollte die Essenz aus mir heraussaugen und sich einverleiben. Das war es, was sie *nährte.*«

»Bist du sicher?«, fragte Ginevra tonlos.

»Ja«, entgegnete Sean. »Ich habe tausend Mal versucht, herauszufinden, warum ich mich so seltsam zu fühlen begann, nicht mehr wie ich selbst, so *schwach*, obwohl ich mich ständig zum Essen zwang. Und je mehr ich versuchte, mich zur Wehr zu setzen, desto tiefer drang sie in mich ein – buchstäblich. Irgendwann hatte ich begriffen, dass sie mich völlig aufzehren würde, wenn ich den Absprung nicht schaffte.«

»Und was dann?« Parker runzelte die Stirn.

»Und dann würde sie ein anderes Opfer finden«, versetzte Sean in einem so sachlichen Tonfall, dass es den Freunden schwer fiel, seine unglaubliche Geschichte anzuzweifeln. »Ich wusste, dass sie schon Ausschau hielt. Ich hatte sie auf einer Party dabei erwischt, als sie gerade tanzte. Der Raum war dunkel und von Rauchschwaden durchzogen, und alle anderen Gäste tanzten auch. Ich stand an der Wand – genauer gesagt, ich lehnte mich Halt suchend dagegen – und fragte mich, wie ich je wieder aus dem Schlamassel rauskommen würde. Keiner nahm Notiz von mir. Und dann sah ich sie.« Er schluckte schwer und fuhr fort: »Amanda, und doch nicht die Amanda, die ich kannte. Es war, als hätte sie sich in ihren eigentlichen Zustand verwandelt – eine Art lang gestreckte Form, sehnig und knochenlos, wie Brenda, ihre Katze. Ihre Augen glitzerten im Dunkel, und ich erhaschte einen Blick auf ihr Gesicht – die Lippen rosarot glühend, die Augen sprühend, auf der Suche. Sie war drauf und dran, ihre Tentakel um irgendeinen armen Kerl zu schlingen und ihm das anzutun, was sie mir angetan hatte.«

»Und was hast du gemacht?«, fragte Ginevra mit leiser Stimme.

»Ich bin direkt raus, nach Hause geeilt, hab ein paar Koffer gepackt, bin ins Auto gestiegen und gefahren und gefahren, bis ich die Augen nicht mehr offen halten konnte. Dann hab ich auf einer LKW-Raststätte übernachtet, bin am nächsten Morgen aufgewacht und weitergefahren. Am Montag hab ich dann beim Verlag angerufen und behauptet, ich wäre wegen dringender Familienangelegenheiten verhindert und käme bald wieder rein. Als ich dann wieder im Büro erschien, fragten sie mich, ob ich für sie nach Arizona fahren könnte, um dort einen Artikel zu schreiben.«

»Warum hast du mich nicht angerufen?«, fragte Gil. »Du weißt doch, dass ich alles getan hätte, um dir zu helfen.«

»Ja, ich weiß, und es tut mir auch Leid«, entgegnete Sean. »Aber ich konnte dir zu dem Zeitpunkt nicht die Wahrheit sagen. Ich war überzeugt, du würdest mir nicht glauben. Also hab ich Roger – einen Kollegen aus dem Verlag – gefragt, ob er meine Post sammeln würde und so weiter und dir eine Nachricht zukommen lassen könnte, dass ich verreist wäre – für einen Undercover-Auftrag.«

»Ich kann mich erinnern. Es war ja nicht das erste Mal, dass du plötzlich verschwunden bist.«

»Genau. Und dann, nach ungefähr zwei Monaten, hab ich bei *Grey Advertising* angerufen, um mich nach Amanda zu erkundigen. Die Frau an der Zentrale meinte, es gäbe dort niemand mit dem Namen Amanda Walker, weder jetzt noch früher. Eine Amanda Walker hätte *niemals* bei ihnen gearbeitet.«

»Und was war mit der Wohnung?«, wollte Parker wissen.

»Ich habe Roger gebeten, hinzugehen und die Namen an den Klingelknöpfen zu überprüfen. In ihrem Apartment wohnte irgendein Pärchen; schon seit über zwei Jahren, wie sie ihm erzählten.«

»O Mann, eine ziemlich heftige Story«, resümierte Gil.

»Ihr glaubt mir doch, oder?«, fragte Sean mit flehender Stimme.

»Ich glaube dir.« Ginevra kaute auf den Lippen. »Ich bin echt froh, dass du noch mal davongekommen bist.«

»Ich auch«, schloss Rachel sich an und schauderte.

»Mir geht's genauso«, sagte Parker. »Aber ich frage mich, wo sie hin ist.«

»Keine Ahnung«, erwiderte Sean und schloss die Augen. »Ich hoffe, sie ist weit, weit weg. Aber ich seh sie noch immer vor mir, wenn ich träume – die rosaroten Lippen zu einem Lächeln verzogen. Und manchmal, wenn ich heimgehe, glaube ich, sie aus den Augenwinkeln zu sehen, wie sie in eine Straße einbiegt und davoneilt, auf dem Weg, dem nächsten Opfer das Leben auszusaugen. Und ich frage mich, ob ich mich je ganz von ihr befreien kann.«

»Tja«, sagte Parker, »ich schätze, das heißt, du willst heute nicht mit mir zu Abend essen.«

»Was hattest du denn vor, zu essen?«, erkundigte sich Gil.

»Ach, weißt du«, erwiderte Parker mit einem boshaften Glitzern in den Augen, »Austern.«

*Imme Staehler*

# Zungenkünstler

Sie war so aufgeregt, dass sie in ihrem begehbaren Umkleidezimmer die kleine Chanel-Umhängetasche nicht finden konnte. Die mit der goldenen Kette, die so gut zu dem neuen kamelfarbenen Cashmere-Twinset passte. Und zu den Schuhen, die aussahen wie diese zweifarbigen Klassiker von Dior, aber in Wirklichkeit eine handgemachte Kopie vom Schuster ihres Vertrauens waren. Nicht wegen der Kosten. Bewahre, nein. Wegen des Fußbetts. In den handgemachten Schuhen konnte sie gehen.

Bitzy (eigentlich Birgit) drückte einen kleinen Schalter und ließ ihr Kleiderkarussell rotieren. Sie musste sich auf das Wesentliche konzentrieren. Die Accessoires konnten ihr Mädchen und sie später aus den vielen Schubladen zusammensuchen.

Ein Wochenende im Schnee. Was sollte sie einpacken? Diesmal war es nicht Zürs, nicht Aspen, und es war nicht St. Moritz. Dafür war sie gerüstet. Ski-Anzüge, Après-Ski-Anzüge, Morning Gowns für die Hotel-Suite, legere, sportlich-elegante Frühstücks-Outfits fürs Büfett (wohin sie nie ging), Ensembles für den Tee am Kamin, für große Abendeinladungen in den Chalets, ihre Pelze … Sie konnte auftreten wie eine Dame. Sie hatte alle Requisiten und auch meistens die passende Laune dafür. Ernst hatte sie das gelehrt. Ernst war seit 10 Jahren tot. Es gab nicht mehr allzu viele Einladungen für eine Witwe ihres Alters. Sie hatte Geld, sie war gepflegt, sie war geliftet, sie war 57. Keine Kinder. Keine

Freunde, viele so genannte Bekannte. Keine Beschäftigung. Aber dann hatte Amber (eigentlich Amelie) angerufen, eine amerikanische Bekannte aus einem Urlaub in St. Baths. Natürlich auch Witwe, denn welche verheiratete Frau über 40 würde jemals eine frei herumlaufende Millionenerbin einladen, selbst wenn sie 17 Jahre älter war? Amber war 60 und selbst steinreich. Das verband.

»Come to this cute little place I found in the Pyrenées«, flötete Amber. Und dann verschwörerisch: »Prepared to get kissed. Join my secret club. Dont tell anybody else.«

Pardon? »Prepared to get kissed.«

Küsse! Eine weiche, ziehende, feuchte Erinnerung an … oh, so weit weg. Ein zärtliches Gefühl, ein saugender Moment, der am Mund geschah, sich aber dennoch, ganz ohne Zutun, über den Hals ergoss, ihre Brustwarzen erigieren ließ, den Flaum an ihrem Bauch hinabfloss, bis unter den Nabel. Und dort …! Ein fernes Versprechen. So süß. So jung. So lebendig. Eine unwahre Erinnerung. Aber Amber versprach nie etwas, das sie nicht halten konnte. Sie war nicht vulgär. Und was, bitte schön, hatte Bitzy Besseres zu tun?

»Ich komme mit. Wo und wann?« Mit 57 Jahren fragte man nicht lange nach den Umständen.

Das Wann war morgen, das Wo war ein kleiner komplett unbekannter Ort (zumindest für ihre Welt), drei Stunden von Barcelona entfernt die Berge hinauf. Es gab dort ein »kleines, aber gutes Hotel«. Bitzy fragte sich, wie gut. Aber Loelia und die Baronin M. würden auch da sein. Das reichte ihr. Es war Empfehlung genug. Sie ließ das Karussell rotieren. Man war also in Gesellschaft, aber abgelegen. Man würde küssen. Besser als Golfspielen oder Polospielern zuschauen oder auf die Jagd gehen oder segeln oder …

Küssen! Ein Arm um ihre Schultern, ein Blick in ihre Augen und dann – ein Mund auf ihren Lippen. Zittern!

Bitzy packte nur fünf Koffer. Drei für Kleider, zwei für Schuhe und Taschen. Hauptsächlich Cashmere, kuschelweich, Seidenunterwäsche, schmeichelzart, und für den Abend Jersey, fließend. Die Chaneltasche vergaß sie, outdated.

»Küss mich!« Sie übte, es zu flüstern. First-Class auf dem Weg nach Barcelona, mit einem kalten Champagnerglas in der Hand. Wie viel unbekannter und intimer das klang als »Fick mich, leck mich, mach mich fertig.« Das ging ihr leicht von der Zunge. Ernst hatte sie das gelehrt. Ernst stand auf das Offensichtliche. Ein saftiges »Fick mich« und er war unterwegs. Leidenschaftlich stöhnend, prustend, stoßend, rammelnd. Ihr war's ganz recht. Besser mit ihr als mit den vielen anderen sanft bebenden Weibchen, die in den letzten reichen Jahren an seinem Weg gewartet hatten. Aber ein Küsser, ein verführerischer Züngler war er nie gewesen. Na ja, vielleicht die ersten drei Wochen, bevor er es geschafft hatte, seine behaarte Hand in ihr Höschen zu zwängen. Danach war Küssen eigentlich eine ungewollte Vorspeise gewesen, vor dem Fisch- und dem Fleischgang, dem wahren Essen. Ein grüner Blattsalat ohne Dressing. Eine kalte Suppe. Gurke. Höchstens Vichy Sauce.

Bitzy liebte Gazpacho. Kaum Kalorien, aber so feurig und köstlich. Ein ganzer heißer Südensommer in einem Teller. Ein Appetizer mehr für die Seele als für den Körper. Eine Gazpacho an einem warmen Mittag war ihr lieber als …

»Küss mich!« Ihre Lippen waren weich und gepflegt. Der ganz zarte, kaum wahrnehmbare eintätowierte Lippenrand würde nicht verwischen. Sie war bereit.

Das Hotel war tatsächlich akzeptabel. Ihre Suite war rustikal, sauber und hatte einen schönen Blick auf eine nahe, beinahe senkrechte Bergwand, wo morgens drahtige Freeclimber ihre Griffe übten. Nur ein Bad. Kein extra WC. Aber was wirklich nervte, war Amber (eigentlich Amelie). Sie flitterte wie ein aufgeregter Schmetterling herum und machte ständig Andeutungen. Das tat sie immer. Einmal war es das Überraschungsfeuerwerk im Park gewesen. (Jeder hatte die Vorbereitungen dazu bereits vom Dinner aus sehen können.) Einmal war es der Überraschungsgast auf ihrer Yacht: Albert. (In Monaco). Aber dieses Mal konnte Bitzy nichts im Voraus erfahren. Wer war es? Wer würde küssen? Männer der Gesellschaft? Kaum. Die hatten sich vorher schon nicht darum gerissen, obwohl es sich hätte lohnen können. Pekuniär. Die üblichen jungen Witwen-Stecher? Kaum. Die hatten auch schon alle in ihrem Kreis probiert – und durchgehechelt. Es lohnte sich nur selten. Meistens war es die bekannte Kategorie »Ich fick dich, ich leck dich, leih mir Geld.« Die Jungs waren routiniert, potent und hatten die besten Manieren. Zärtlich waren sie nicht. Konnten es nicht sein. Die Zärtlichkeit und die Küsse sparten sie für ihre flachshaarigen jungbrüstigen Freundinnen auf. Bitzy nahm es nicht übel. Es war der Lauf der Welt. Küsse galten immer schon den jungen Frauen. Sie mussten umworben und verführt werden. Wahrscheinlich ein altes Evolutions-Programm, damit sie Kinder machten. Alte Frauen, dachte Bitzy, hüten das Feuer. Sie entfachen es nicht mehr. Warum aber hatte sie, die hohle Nuss, der leere Leib, immer noch so einen Durst danach? Der Akt selbst interessierte sie nicht mehr. Ein unpersönlicher Befruchtungsversuch, der zu nichts mehr führen konnte. Aber ein Kuss ist die Bitte um Erlaubnis. Das Klopfen an der Tür ihrer Weiblichkeit. Die Bestätigung, begehrenswert zu sein. Frau zu sein. Etwas Erstrebenswertes. Nicht zu kaufen. Merde.

Bitzy wusste, dass Amber etwas ganz Besonderes auf Lager hatte. Etwas empörend Verruchtes oder etwas extrem Exquisites. Sonst wären Loelia (Sweethart, how divine!) und Baronin M. (You look wonderful) nicht gekommen. Alle wussten Bescheid. Alle waren Veteraninnen im Ort. Außer ihr. Bitzy beschloss, sich nonchalant zu geben. Sie trug fließenden Jersey mit einem Hauch von Fuchs am Saum und schmerzende Schuhe.

Man speiste zunächst. Kalorienarm. Grüner Salat, gegrillter Fisch, gedünstetes Gemüse. Es war wie immer keine Freude, und es gab keine Gazpacho. Die notwendigen Kalorien lieferte ein ausgezeichneter Weißwein des Penedes. Man smalltalkte. Unter der gewohnten Fassade waren alle aufgeregt. Loelia, Baronin M., Amber. Niemand war mit Genuss bei der Sache. Am wenigsten Bitzy, denn die anderen Damen sparten nicht mit schlüpfrigen Andeutungen. Musste sie sich das bieten lassen? Von denen? Reich, gepflegt, schick abgemagert. Frustriert und hungrig. Sie waren nicht besser als sie. Aber Bitzy war bereits zu weit, ungeküsst zu Bett zu gehen. Endlich bestellte Amber Champagner auf Suite sieben. Es ging los.

Bitzy ging in den Waschraum, machte sich frisch. Roch sie nach alter Frau? Sie nahm ein Pfefferminz, sprühte sich die Achseln ein. Und den Schritt. Mein Gott! Puderte sich das Gesicht. Besser konnte sie nicht mehr mit 57 Jahren (zugebenen 53). Würde es reichen? Für einen Kuss? Würde sie das Geld in seinen Augen sehen, wer immer er war, oder einen Hauch, einen gottverdammten Hauch von Begehren für die Frau, die sie doch immer noch war? Egal, der Versuch war es wert. Was hatte sie außer Hoffnung in ihrem Leben? Neue Schuhe? Vergiss es.

In Anbetracht der einfachen Umstände in den katalonischen Bergen, war Suite sieben luxuriös. Zwei Badezimmer. Die Fenster auf die Kletterwand waren offen, aber von dicken, schweren Portieren gesäumt. Nicht billig, wie Bitzy nicht umhinkonnte zu bemerken. Der Teppich war ebenfalls gut, wenn auch nicht exzellent. Eine üppige Sitzecke guter Qualität und ein Obstkorb neben einer Batterie gekühlter Champagnerflaschen. Standard eben.

Bitzy konzentrierte sich auf die Einrichtung, um sich auf nichts anderes konzentrieren zu müssen. Küsse? Sie schwitzte jetzt. Plopp machte der Champagner. Dann kamen sie. Die ganze Riege dieser jungen, drahtigen, muskelbepackten, potenten Kerls, die Bitzy schon an der Kletterwand gesehen hatte. Die ganze Truppe in hautengen Outfits, aber mit gewaschenen Händen (keine Spur von Magnesium an den Löwenpranken). Sie strömten herein, fünf, sechs, sieben, stolz, groß, gutgewachsen, zu den lüsternen Frauen, die ihre Mütter (Großmütter?) sein könnten. Bitzy schämte sich sofort. Aber sie schaute trotzdem hin – die straffen Schenkel, die hochmütigen, gereckten Ärsche, die strotzenden Brustkörbe. Selbst unter der abgerissenen Kleidung war ihre Schönheit offensichtlich. Sehnsuchtsvoll sexy waren sie. Aber sie hatten alle eingekniffene Lippen. Sie wollten nicht küssen, sie wollten profitieren. Von den alten, reichen Frauen. Bitzy stand auf. Der Deal war zu offensichtlich. Amber hatte sich geirrt. Dieses Dorf war kein Geheimtipp. Es war das Gehabte. Sie wollte weg.

»Nein, warten Sie«, ein junger Gott hielt sie an der Hand zurück, »es ist nicht, was Sie denken. Wir sind nur die …« Er suchte nach Worten. »Wir sind nur die Vorspeise.«

Das Wort hielt sie zurück. Gott sei Dank! Denn dann begann ein Traum, den Bitzy fortan mit Zähnen und Klauen verteidigen würde. (»Ich kenne dieses Dorf nicht, war nie da, werde nie hinfahren und rate es auch sonst niemandem.«)

Das Licht wurde gedimmt, sanfte Musik begann zu spielen. Jeweils zwei der jungen Prachtburschen schnappten sich eine Flasche Champagner und eine der Frauen. Es wurde nicht lange gefackelt. Man lag auf dem Sofa, der Chaiselounge, dem Bett, irgendwo. Die Jungs schenkten Champagner ein, massierten ihrer Dame die Füße, den Nacken, die Schultern. Sehr lieb und sehr gekonnt. Keine sexuellen Übergriffe. Sie machten die Frauen bereit. In Sichtweite voneinander, was ein zusätzlicher Reiz war, wie Bitzy überrascht bemerkte. Es erregte sie zu sehen, wie sich Loelia wand und Baronin M. zu schnurren begann. Die Männer machten sie bereit für etwas Besseres. Und sie waren gut darin: Sie flüsterten Komplimente, zeigten ihre Körper bereitwillig und waren angenehm. Bitzy entspannte sich. Vielleicht zum ersten Mal seit zehn Jahren. Sie musste ja nichts machen und die ja auch nicht, die netten Jungs, – also war alles gut. Es war wie eine bekleidete Massage.

Dann erlosch das Licht.

Komplette Schwärze.

Die Musik spielte noch.

Dann spürte Bitzy einen Atemhauch in ihrem Nacken. Die Härchen an ihren Armen stellten sich auf. Eine kühle Zungenspitze berührte die weiche Stelle unter ihrem Ohr, schlängelte sich unter ihrem Kinn entlang zu ihrer Kehle. Bitzy hob die Hand, wollte das Gesicht berühren, das sie berührte. Es roch gut, die Haare dufteten nach frischem Schnee. Doch sofort umschlangen die beiden Jungs an ihrer Seite ihre Arme. Sie verstand: Anfassen war verboten. Es machte die Sache noch aufregender.

Die Zungenspitze wanderte über ihre Wange zu ihrem Mundwinkel. Fuhr sanft und kitzelnd ihre Lippen entlang, teilte sie, strich über ihre Zähne, drang in ihren Mund. Und dann vergaß Bitzy alles um sich her, die zwei Jungs, die ihre Hände streichelten, Amber, Loelia und die Baronin. Sie gab sich diesem fremden Mund hin, wie sie sich selbst Ernst nie hingegeben hatte. Denn nach dem ersten wundervollen, zärtlichen, drängenden, brennenden Kuss wusste sie mit absoluter Sicherheit, dass sie ehrlich begehrt wurde. Bitzy, die Frau. Der Kuss war echt – und sie küsste zurück. Wie ein junges Mädchen, dass sein Leben noch vor sich hat und an die einzige, wahre Liebe glaubt. Ihre Zungen spielten miteinander, lockten sich, schmeckten sich. Ihre Lippen zitterten, wurden gierig, wollten mehr und bekamen mehr. Zwei Münder, die sich tranken und verschlangen, bis sie zu pulsierenden, sengenden Sonnen wurden. Immer und immer wieder.

Wie lange es dauerte – Bitzy wusste es nicht. Als die Küsse plötzlich aufhörten, war sie halb ohnmächtig vor Verlangen und zerflossen vor Begierde. Doch es war vorbci. Das Licht wurde wieder heller, ihre Jungs ließen sanft ihre Hände los, schenkten ihr ein Glas Champagner ein.

Es war vorbei. Bitzy biss sich auf ihre geschwollenen Lippen, rang nach Atem, bemühte sich um Haltung. Die anderen Frauen wollte sie nicht anschauen. Und sie wollte noch weniger, dass jemand ihr Gesicht sah. Glücklich, enttäuscht, aufgewühlt, entgleist. Das hätte sie nicht ertragen. So einen Blick in ihre Seele, ihr einsames, sehnsüchtiges Herz. Sie stand wortlos auf und ging mit wackeligen Knien auf ihr Zimmer.

Noch vor dem Morgengrauen reiste sie ab. Die Erinnerung an diesen Abend, so fest in sich eingeschlossen, wie ihre Diamantringe im Schweizer Banksafe. Sie würde niemals wiederkommen, dachte sie.

Doch Amber ließ ihr dennoch eine Suite reservieren. Nächstes Jahr zur gleichen Zeit. Sie wusste, die Scham würde bald vorbeigehen.

Als die drei Damen nach einem opulenten Frühstück abgereist waren, stellte der Hotelchef das Werbeplakat wieder in die Halle. Es kamen viele Touristen in das katalanische Bergdorf. Für ihre Künstlerkolonie waren sie schließlich bekannt:

**Ausstellung**
**Ölbilder und Aquarelle**
**mundgemalt**

*S. M. E.*

# Cuisine française

**Ich musste mich getäuscht haben.** Oder es war schlicht und einfach ein Versehen, dass das Knie meines Tischherrn sanft, aber beharrlich an meinem Oberschenkel entlangstrich. Ich schluckte trocken und beugte mich in vorgetäuschter Konzentration über das Rückgrat der ausgezeichneten Seeforelle auf meinem Teller. Bisher hatte meine Begeisterung über die gemeinsame Bestellung sich stark in Grenzen gehalten, und ich hatte in Gedanken einige bissige Bemerkungen an den Urheber gerichtet. So geschickt oder geübt kann man überhaupt nicht sein, um nicht doch die eine oder andere Gräte zu übersehen. Gezwungenermaßen nimmt man Abstand von dem Reflex, das pieksige Relikt so lange mit der Zunge herumzuschieben, bis man es zwischen zwei Fingerspitzen greifen kann. Stattdessen stopft man Kartoffel oder Salat nach, hofft auf die umhüllende Schutzwirkung und schluckt schließlich heroisch den gesamten Batzen. Diese Unannehmlichkeiten können deutlich gesteigert werden durch den jeweiligen Nebenmann, in meinem Fall eine Nebenfrau. Als Frau des Gastgebers war an mir der »Schrecken der Kulturschaffenden« hängen geblieben. Die zweite Gattin des Herrn Kreisrates, eine gutbürgerliche Berufsstudentin, liebte den anregenden Umgang mit jungen Künstlern. Kein Wunder, wenn man den Herrn Gemahl näher betrachtete! Schamlos sämtliche vorhandenen Beziehungen ausnutzend, hatte sie es geschafft, sich in der Mehrzahl der tonangebenden Gremien zu etablieren. Keine Feier ohne Meier! Da ich weder männlichen Geschlechts noch künstlerisch tätig war, hatte sie mich den halben Salat hindurch ignoriert. Was mir Gelegenheit gab, dem faszinierenden Gespräch schräg gegenüber zu folgen. Ungläubig und direkt mitleidig lauschte ich den aktuellen Sorgen und Nöten eines Erfolg versprechenden Jungkünstlers.

»Die nächsten Jahre werde ich vollauf damit beschäftigt sein, mein Boot zu malen.«

»Ist denn das auf die Dauer künstlerisch befriedigend, immer dasselbe Motiv?«

»Was heißt hier befriedigend! Glaubst du, ich mache so einen Scheiß wie die Russen, die nur Impressionisten kopieren?! Wenn ich später eine Retrospektiv-Ausstellung möchte, muss ich mindesten 200 Bilder verkauft haben. Davon 50 in die Ausstellung – das ist das Mindeste! Die kleinen Bilder habe ich früher einzeln verkauft. Das mach ich nicht mehr. Nur noch Gruppen ab 1000 Mark. Sonst wird das ja alles zerfleddert. Das kriegt man nie wieder zusammen ...«

»Und klappt das so, finanziell ...?«

»Na ja, am Anfang war es ein bissel schwierig, aber jetzt gehen sie ganz gut, vor allem in die Schweiz.«

Leider fand sie doch noch eine Verwendung für mich. Meinem geistigen Niveau entsprechend, beglückte sie mich mit ansprechenden Schilderungen ihres letzten Urlaubs. Für jemand so Kunstbeflissenen legte sie erstaunlich großes Gewicht auf Zimmerausstattung und die Anzahl von vorhandenen Liegestühlen. Die Fischgerichte auf Zypern waren selbstverständlich mit den hiesigen nicht zu vergleichen, und die Preise ... Trotz der Routine, die sie im Urlaub gewonnen hatte, verstummte sie schließlich und widmete sich verbissen der Aufgabe des Sezierens. Daraufhin blieben mir wenigstens die in regelmäßigen Abständen notwendigen Urlaute des aktiven Zuhörens erspart. Und nun das ...! So was passiert einem vielleicht im Film – aber doch nicht in Wirklichkeit! Plötzlich war ich erleichtert, einen Vorwand oder besser eine Galgenfrist vor mir liegen zu haben. Der Fisch glotzte aus seinem weißen Auge an mir vorbei, und ich glotzte vermutlich genauso ratlos. Vorsichtig zog ich mein rechtes Bein eine Spur von dem beharrlichen Knie weg. Nicht so weit, dass es als Zurückweisung anzusehen war – nur als Test. Tatsächlich, das Knie hielt seinen zarten Druck aufrecht. Zusätzlich nahm ein Fuß Kontakt zu meinem auf. Ich zählte bis drei, holte tief Luft und schaute dann zögernd, aber entschlossen, nach rechts oben. Sein schiefes, träges Lächeln war unverhohlen unanständig. Nicht nur der Mund lächelte – ein sinnliches Lächeln, das seine weißen Eckzähne aufblitzen ließ –, die grauen Augen, die bei der Vorstellung absolut nichts sagend durch mich hindurchgesehen hatten, brannten sich geradezu in meine verwirrten braunen. Ich vergaß mein unverbindliches Gesellschaftslächeln. Das Silber der Iris verschmälerte sich ringförmig um die schwarzen Pupillen. Dunkle Linsen, in denen ich mich spiegelte. Die Lider senkten sich schwer, beschatteten mit fransigen, dichten Wimpern den unverhohlenen Schlafzimmerblick. Netterweise beendete er die hypnotische Kontaktaufnahme, bevor die anderen mein ungewöhnliches Benehmen bemerkten. Sein bedächtiger Blick glitt über meinen Mund, den Hals hinunter und blieb schließlich an der Dekolleteespitze zwischen meinen Brüsten hängen. Ich spürte ihn so deutlich, als hätte er einen Finger dorthin gelegt. Meine Brustwarzen stellten sich auf, drückten sich gegen die schwarze Spitze meiner Korsage, die ich in einem Anflug von Leichtsinn bei »Ars Amandi« erstanden hatte. Unbewusst hob ich meine Hände, um sie mit der Handfläche zu massieren, wie ich es zu Hause tue, wenn sie so unerträglich prickeln. Ein Mundwinkel zuckte sardonisch.

»Fisch rächt sich auf seine Weise! Trinken Sie ordentlich nach!«

Mein Gott, was hätte ich eben um ein Haar für ein Schauspiel geboten! Zutiefst dankbar für das künstliche Kerzenlicht, das die aufsteigende Röte an Hals und Wangen – hoffentlich – verbergen würde, riss ich mich zusammen. Woher hatte er gewusst, was in mir vorging? Verlegen nahm ich einen kräftigen Schluck von dem ausgezeichneten Kerner. Zu kräftig, fast hätte ich mich auch noch verschluckt. Sei nicht albern, ermahnte ich mich, das war schlicht und einfach Zufall. Niemand hat etwas von der kleinen Episode am Rande mitbekommen. Also benimm dich gefälligst, als sei nichts gewesen.

Gegenüber demonstrierte der junge Künstler temperamentvoll mit dem Fischmesser seinen Pinselduktus. Meine Nachbarin kaute langsam, wobei sie ihn seltsam berechnend beobachtete.

Worüber wurde weiter oben gesprochen? Aha, die neue Ausstellung im Landesmuseum ... Rüdiger brillierte immer noch mit seinen Schilderungen der diversen Katastrophen, die zu den Vorbereitungen offenbar gehören wie das Warten zu Weihnachten. Unbewusst registrierte ich, dass seine neue Seidenkrawatte schon einen hässlichen Fettfleck genau in der Mitte abbekommen hatte. Krampfhaft durchforstete ich mein Gedächtnis. Wie hieß der Mensch neben mir, und wie kam er in diese Gruppe? Die anderen kannte ich zumindest vom Sehen – Honoratioren und die üblichen kunstbeflissenen Wohlstandsbürger mit mehr Geld als Geschmack. Das kommt davon, wenn man nicht aufpasst. Vielleicht wäre es klüger, die Sache auf sich beruhen zu lassen. Ich hatte ihn noch niemals vorher getroffen, und es konnte durchaus sein, dass unsere Wege sich auch in Zukunft nicht mehr kreuzten. Diese Aussicht war beruhigend und enttäuschend zugleich.

Die Vernunft unterlag, weil die Neugier sich vehement auf die Seite der gefährlichen Anziehungskraft stellte. Du würdest dich doch sonst fürchterlich ärgern, beruhigte ich die Vernunft ziemlich unehrlich. Allerdings würde mir nichts anderes übrig bleiben, als den Stier bei den Hörnern zu packen. So nonchalant wie möglich griff ich nach meinem gefährlich grazilen Weinglas, nippte alibimäßig daran und wandte mich mit klopfendem Herzen meinem faszinierenden Nachbarn zu. Offenbar hatte er mich beobachtet, denn er grinste mich an, diesmal ohne wölfischen Beigeschmack.

»Sie fragen sich gerade, wo Sie mich einordnen sollen, stimmt's? – Nein, ich gehöre nicht zu dieser Ansammlung von Wohlanständigkeit …«

»Das habe ich gemerkt!«

Er lachte, ehrlich amüsiert und doch schon wieder mit einem Anflug von Schlafzimmerblick. Der wurde intensiver, als er sich näher zu mir neigte und mit leicht heiserer Stimme, für unsere Nachbarn unhörbar, raunte:

»Und Sie? – Seien Sie ehrlich, mit sich und … mir!«

Sein Aftershave überflutete mein Kleinhirn und löste dort in Sekundenbruchteilen eine atavistische Reaktion aus. Ich war schon immer überaus empfänglich für Gerüche gewesen. Manche lassen meine Knie weich werden, und manche verwandeln mich in einen knurrenden Hund. Dieser Geruch, warm, dezent animalisch und sehr maskulin, wirkte auf mich, wie es die phantasievollen Werbetexter gerne andeuten. In mir schmolz ein Knoten, eine heiße Welle lief durch Bauch und Unterleib, und ich spürte die Feuchtigkeit zwischen meinen Schenkeln aufbrechen. Ich trug keinen Slip, der meine Schamlippen züchtig bedeckt und keine Einlage, die sie viktorianisch trocken gehalten hätte. Sie entfalteten sich wie die Papierblumen aus den Muscheln, die wir als Kinder oft geschenkt bekamen. Das Schamhaar begann an der Innenseite der Oberschenkel zu kitzeln, als sie weiter und weiter anschwollen. Irritiert presste ich die Schenkel zusammen, weil ich plötzlich Angst bekam, so nass zu werden, dass es auf den Sitz des hellgelb bezogenen Stuhls durchfeuchtete. Meine Reaktion war ihm offensichtlich nicht entgangen, denn sein Lächeln vertiefte sich. Ohne meine Augen loszulassen, schob er seinen Sessel ein wenig zurück und beugte sich beiläufig unter den Tisch, um seine heruntergefallene Serviette aufzuheben. So musste es jedenfalls für alle anderen aussehen. Ich konnte nur hoffen, dass man mich nicht weiter beachtete, und bemühte mich krampfhaft um eine möglichst gelassene Miene. Was nicht so einfach war, denn ich spürte seinen heißen Mund an meinem Schenkel, kurz oberhalb des Knies. Seine Zunge malte kleine quälende Kreise durch die hauchdünnen, schwarzen Strümpfe. Sein warmer Atem strich bis in meine Kniekehle. Gut, dass ich saß! Eine feste Hand packte mein Knie und drückte mir die Beine auseinander. Unwillkürlich keuchte ich leise auf und umklammerte mein Weinglas fester, gab aber nach und spreizte die Schenkel so weit, wie es unter den Umständen möglich war. Harte, herrische Finger bahnten sich einen Weg in mich, in mein glitschiges, nachgiebiges Fleisch. Ich biss mir auf die Lippen, um nicht zu stöhnen. Stocksteif saß ich da. An die Rückenlehne gepresst, um nicht diesen dreisten Fingern entgegenzurutschen. Sie zogen sich langsam und zögernd aus mir zurück, wobei sie leicht und wie unabsichtlich meine Klitoris streiften. Nein, mehr halte ich nicht aus, dachte ich gerade, als ich steifen, trockenen Stoff an meiner Nässe entlangstreifen fühlte. Nicht, dass es mich ernüchtert hätte, aber es bewahrte mir zumindest einen Rest Fassung.

Neben mir tauchte der Teufel aus der Versenkung auf und tupfte sich lässig die Lippen mit der Serviette ab, die er eben an mein Geschlecht gedrückt hatte. Seine Nasenflügel verengten sich, und ich wusste, er atmete meinen hitzigen Geruch ein. Wie ein Wolf, der sich vergewissert, dass seine Auserwählte heiß ist. Das Tierische dieser Geste schockierte mich, und gleichzeitig erregte es mich auf eine Art, die mir nicht ganz geheuer war. Herausfordernd lächelte er mir ins Gesicht und strich sich dann gedankenverloren mit dem Zeigefinger über seine sinnliche Unterlippe. Ich verschluckte mich fast, als seine Zungenspitze der Spur folgte. Er schmeckte mich! Mein leichter Anflug von Prüderie schien ihn zu erheitern, denn er ließ für den Augenblick von mir ab und wandte sich seiner anderen Seite zu. Ich konzentrierte mich wieder auf meine inzwischen erkaltete Forelle und stocherte lustlos zwischen Haut und Gräten. Ich hatte einfach keinen Appetit mehr. Vielleicht half etwas mehr Wein, obwohl ich mir da gar nicht so sicher war. Man konnte es drehen und wenden, wie man wollte: Ich war einfach nicht auf so etwas vorbereitet!

Wer kennt nicht die Allgemeinplätze über die unzufriedenen, unausgefüllten Gattinnen der wohl situierten Mittelschicht in der Provinz! Bisher hatte auch ich darüber gelästert und die eigene wachsende Unzufriedenheit ignoriert. Wir waren jetzt 18 Jahre glücklich verheiratet, die Kinder »aus dem Gröbsten heraus«, was auch immer das heißen mag, und wir verstanden uns immer noch prächtig. Rüdiger ging mehr oder weniger in seinem Museum auf, konzipierte hoch gelobte Ausstellungen und Kataloge und glänzte, wie eben auch, gerne bei gesellschaftlichen Anlässen. Ich hatte langsam, aber sicher alle Dinge übernommen, die ihn nicht so interessierten. Zu Hause würde er vermutlich keinen Scheck finden, geschweige denn Versicherungsunterlagen oder ähnlich Banales. Vielleicht dachte er, ich fühlte mich wichtiger, wenn ich von ihm gebraucht würde. Egal, es machte mir nichts aus, ihm solche Dinge abzunehmen. Was mir die letzten Jahre zu schaffen gemacht hatte, war die Eintönigkeit. Er schien völlig zufrieden zu sein, während ich Tage hatte, an denen die berühmte Katze auf dem heißen Blechdach ein Papiertiger gegen mich war! Ehrlicherweise musste ich mir selber eingestehen, dass es wohl an den Hormonen lag. Solange ich die Pille genommen hatte, war alles in Ordnung gewesen. Wir liefen in Parallelspuren. So traf uns die Fülle meiner Hormone völlig unvorbereitet, als ich aus Altersgründen zur Spirale wechselte. Anfangs war er begeistert von meiner neuen Wollüstigkeit und sexuellen Gier. Ich verkniff mir die Erinnerung an seine strikte Ablehnung der Sterilisation, die uns dies alles bereits sehr viel früher hätte zugänglich machen können. Dann aber kam irgendwann ein Punkt, an dem unsere Spuren sich trennten, unmerklich. Wir schliefen mehr oder weniger regelmäßig zusammen, aber es ließ mich nicht so befriedigt zurück wie ihn. Es war automatisiert. Er wusste genau, welche Knöpfe er bei mir drücken musste und tat das mit der Virtuosität eines langjährigen Experten. Aber es gab keine Neuerungen mehr. Besonders zärtlich war er nie gewesen. Nicht grob, aber solche Dinge wie »zweckfreie« Liebkosungen hatte es nie gegeben. Die letzte Zeit beschränkte sich das Vorspiel auf die Frage im Bad oder bereits unter der Decke liegend »Wollen wir heute …?«

Wenn ich nicht auf jede der Gelegenheiten angewiesen gewesen wäre, hatte ich schon oft mit dem Gedanken gespielt, abzulehnen. Was mich abhielt, war die Angst, er könnte dann noch seltener fragen. Und meine Lust war drängender als seine. Deswegen hatte ich heute meine neue Korsage an und keinen Slip. Die letzten zwei Wochen war er völlig in seiner Ausstellungskonzeption aufgegangen. Morgens hatte er das Haus als Erster verlassen, und abends hatte ich manches Mal schon geschlafen, wenn er kam. Ziemlich frustriert hatte ich Zuflucht zu meinem Vibrator genommen und man konnte sagen, dass ich mehr Zeit mit ihm verbracht hatte als mit Rüdiger!

Nur, leider, ist der beste Vibrator nichts als ein Ersatz. Der garantierte, schnelle Orgasmus erscheint steril. Aus technischer Sicht befriedigt, bleibt zäh das enttäuschende Gefühl, mit Astronautennahrung abgespeist worden zu sein, wenn man doch eigentlich Lust auf ein Menü mit vier Gängen gehabt hätte!

Die höfliche Frage des Kellners hinter meinem linken Ohr »Darf ich abräumen?« brachte mich umgehend in die Gegenwart zurück. Offensichtlich suchte ich schon nach Entschuldigungen für meine heftige Reaktion auf den Wolf. Der wandte sich gerade wieder mir zu. Er schien beschlossen zu haben, dass meine Atempause vorüber war. War ich einem erneuten Angriff gewachsen? Lieber kein Risiko eingehen! Ich kam ihm zuvor, lächelte unverbindlich in Richtung seiner Brusttasche und bat, mich einen Moment zu entschuldigen. Glücklicherweise schaffte ich es, ohne meinen Stuhl umzuwerfen oder auf der Treppe zu stolpern.

Ich strebte den Toiletten zu wie ein Ertrinkender dem rettenden Strand. Dort lockte eine ruhige dunkle Kabine, und ich würde mir schnell etwas Erleichterung verschaffen. Hoffentlich herrschte nicht gerade Hochbetrieb! – Genau das war der Fall: Eine ganze Herde aufgedonnerter Amerikanerinnen unbestimmbaren Alters hatte das Terrain besetzt – im wahrsten Sinn des Wortes. Mir blieb nichts anderes übrig, als die Invasion abzuwarten. Resigniert stellte ich mich an das hohe schmale Fenster. Es stand weit offen, und die weiche Seeluft mit ihren Untertönen von Algen, Schlick und dem Hauch Diesel der Bootsmotoren strich wohltuend über meine vor Erregung schweißnasse Haut. Ich hob die Arme und umfasste die obere Querstange des Gitters, um die Brise unter meine Arme, in die Achselhöhlen gelangen zu lassen. Plötzlich lagen zwei Hände auf meinen Hüften, und ein muskulöser Körper schmiegte sich an meine Rückseite.

»Für so feige hätte ich dich nicht gehalten, meine Schöne«, schnurrte er in mein rechtes Ohr und biss leicht in den unteren Rand neben den Goldkreolen. »Du wirst mir doch nicht vorenthalten wollen, was ich gesät habe?!« Erstarrt wie ich war, blieb ich für Momente absolut bewegungslos. Dann schoss die Welle nur so durch meinen Körper! Seine Zunge fuhr den Rand meiner Ohrmuschel entlang – ganz langsam und aufreizend. Die Hände schoben sich von meinen Hüften nach vorne, die Finger in meiner Leistenbeuge, und an meinen Hintern drückte etwas ziemlich Großes und ziemlich Hartes. Instinktiv wollten meine Hände seine wegstoßen, aber er war schneller.

»Nein, meine Schöne, behalte sie oben. Halt dich weiter an der Stange fest, und beweg dich nicht!« Normalerweise bin ich nicht gerade fügsam. Aber ich umklammerte die Eisenstange fester, sobald mir bewusst wurde, dass ich mich auf meine Beine momentan nicht verlassen konnte. Er stand hinter mir und schirmte uns vor neugierigen Blicken ab. Glücklicherweise sind die meisten Menschen zu dezent, um mehr zu tun, als einen Blick zu riskieren. Die Hände strichen zielsicher über meinen Bauch nach oben. Er umfasste die Brüste wie Schalen, und sein Daumen suchte in kreisenden Bewegungen meine Brustwarzen. Die Korsage war aus festem schwarzem Satin, hinten mit einer Reihe Haken geschlossen. Die Brüste lagen wie auf einem Präsentierteller, kaum verhüllt von einer Reihe schwarzer Spitze. Durch die Spitze hindurch fühlte ich den suchenden Daumen und reagierte auf ihn mit einem unbeherrschten Aufstöhnen. Die Brustwarzen richteten sich auf und begannen wieder zu prickeln und zu jucken, als ob sie gegen ihr Gefängnis protestierten. Unwillkürlich drängte ich mich seinen Händen entgegen und versuchte, mich an ihnen zu reiben, um den Juckreiz zu lindern. Er lachte leise an meinem Hals und nahm die aufgerichteten Spitzen zwischen Daumen und Zeigefinger. Obwohl er nur ganz leicht zudrückte, musste ich meinen Mund in der zarten Haut des Oberarms vergraben, um unbotmäßige Geräusche zu unterdrücken. Langsam steigerte er die Intensität des Drucks. Ehe es schmerzhaft wurde, ging er dazu über, sie zwischen den Fingern zu rollen, als prüfe er Konsistenz und Festigkeit. Meine Brüste fühlten sich so gespannt und prall an, als würden sie jeden Moment platzen. Jeder Zentimeter der Haut schrie nach mehr.

Als wüsste er es, schob sich seine rechte Hand tief in meinen Ausschnitt und umfing sanft meine linke übererregte Brust. Zufrieden seufzte ich auf. Das tat gut! Seine Hände waren die eines Künstlers, an ihnen war nichts rau oder gar kratzig. Und sie bewegten sich mit diabolischer Raffinesse …

Seine Zunge glitt an meiner Halsseite entlang, als male er mir ein unsichtbares Collier. Zwischendurch biss er sanft in mein Ohrläppchen und zog daran. Fast überraschend glitten seine Hände plötzlich zielgerichtet über meine Hüften und schoben langsam, sehr langsam den Rocksaum höher. Ich trug ein körperbetontes schwarzes Nickikleid, das so kurz war, dass ich die Strapse der Korsage fast entfernt hätte, weil ich nicht sicher war, den Strumpfrand hoch genug halten zu können. So saßen die Strümpfe nicht wie üblich ziemlich tief am Oberschenkel, sondern ließen nur einen schmalen Streifen Haut frei. Da ich keinen Slip trug, blieb auch ein recht beachtlicher Teil meines Hinterteils unbedeckt. Darauf ließ er einen Moment seine Hände ruhen und raunte mir ins Ohr:

»Du hast einen tollen Hintern, weißt du das?«

Normalerweise hätte ein solches Kompliment mir überaus geschmeichelt. Ich trage nämlich Kleidergröße 42, und das entspricht ja nicht der gängigen Schönheitsnorm der Flatliner. Im Augenblick gab es Wichtigeres. Ich drückte den tollen Hintern gegen seine Handflächen, um ihn darauf hinzuweisen. Und er nahm den Wink auf. Er begann damit, meinen Po behutsam und doch fest zu kneten. Langsam arbeitete er sich so auf meine Spalte zu. Dann packten seine Hände je eine Pobacke und zogen sie energisch auseinander. Es gab ein dezent schmatzendes Geräusch, als meine triefend nassen aneinander klebenden Schamlippen auf diese Art geöffnet wurden. Die Akustik schien ihn doch etwas aus der Ruhe zu bringen, denn sein Atemrhythmus beschleunigte sich merklich. Der Griff um meine Pobacken löste sich, und eine Hand presste sich auf mein Schambein, mitten auf das schwarze Kraushaar. In dem begann er zu wühlen, es zu durchkämmen und daran zu zupfen. Die andere Hand glitt zielsicher meine Spalte entlang, und zwei oder drei Finger begannen meine überreifen Lippen zu betasten. Behutsam suchte einer der Finger seinen Weg in mich, nicht tief, nur so weit, dass er den Eingang in kreisenden Bewegungen weiten konnte. Ich dachte, ich würde mich gleich nicht mehr beherrschen können. Wenn er jetzt meine Klitoris gereizt hatte, wäre ich in Sekunden zerschmolzen. Das Gefühl ließ mich weich werden wie zerlaufende Schlagsahne. Ein zweiter Finger gesellte sich dazu, und beide gemeinsam schoben sich tiefer hinein. Mit unwahrscheinlichem Geschick mied er meine Perle, obwohl ich mich wand und drehte, um seine Hand an den Punkt zu bringen.

Abrupt zog er auf einmal die Hände weg, packte mich unerwartet fest an den Armen, und ehe ich wusste, wie mir geschah, hatte er mich in die äußerste Kabine der Herrentoilette gezogen. Wieso er diese speziell gewählt hatte, wurde mir klar, als er mich auf das Fensterbrett des vergitterten, hohen Fensters hob. Es lag ziemlich hoch, etwa auf seiner

Bauchhöhe. Der kalte, harte Marmor presste sich unnachgiebig an meine erhitzten Hinterbacken, als er meine Hände oben ans Gitter führte. Ich umklammerte die obere Querstange und wurde ganz an die Kante vorgezogen. Seine Hände stützten meine Schenkel, als er begann, mit der Zunge Muster auf die Innenseite meiner Oberschenkel zu zeichnen. Das war ja ganz nett, aber ... Auffordernd spreizte ich meine Beine, so weit es ging. Spürte den leichten Windhauch auf der Feuchtigkeit und – endlich – seine Zunge. Mit leichten Strichen kostete er die Nässe auf dem inzwischen purpurroten Fleisch. Fast zögernd zog er die Haut auseinander, legte die Klitoris frei. Als ich endlich seine Zungenspitze in einem federleichten Hauch auf ihr fühlte, konnte ich ein kehliges Stöhnen nicht mehr unterdrücken. Die Ermutigung ließ ihn nachdrücklicher werden. Seine Zunge umspielte das Zentrum meiner Lust, saugte sich fest, sog daran, massierte es. Ich wurde wild. Die Spannung, die sich in meinem Unterleib aufgebaut hatte, begann unerträglich zu werden. Alles in mir fühlte sich hart und verknotet an. Zu meiner unsagbaren Erleichterung schien er es genau zu spüren. Wieder glitten lange Finger in mein Inneres, streichelten, drückten gegen die Vorderwand der Scheide. Der Rhythmus, in dem er die Klitoris reizte, wurde regelmäßig. Wie die Meereswogen an einem ruhigen Tag. Ich spürte die großen Wellen kommen und ließ mich von ihnen tragen. Unaufhaltsam höher und höher. Atemlos und wie betäubt glitt ich vom Scheitelpunkt in seichtes Wasser. Meine Beine zitterten noch von der Muskelanspannung der Spasmen, und die letzten Nachzuckungen in meinem Unterleib ließen den überwältigenden Orgasmus langsam und warm ausebben. Ich fühlte mich wie eine Gummipuppe, der ein großer Teil ihrer Luftfüllung ausgelassen worden war.

Er löste seinen Mund, mit dem er die Wellen ausgelöst

und mitgeritten hatte und schob sich mit einer lasziv-lässigen Schlängelbewegung an mir hoch. Noch bevor sich seine Lippen auf meine legten, roch ich meinen eigenen Moschusgeruch auf ihnen. Als seine Zunge meine Lippen öffnete und sich hineinschob, blieb ich träge-passiv. Leicht salzig schmeckte ich mich selber. Tiefe Zufriedenheit ließ mich fast unhörbar aufseufzen. Ich spürte sein Lächeln, als er neben meinem Mund flüsterte:

»Und ich? Schaffst du es noch, dich meiner zu erbarmen oder muss ich selber Hand anlegen? So kann ich nicht an den Tisch zurück!«

Natürlich! In dem Maß, wie meine Wahrnehmungsfähigkeit wiederkehrte, wurde ich mir seiner Wahnsinnserektion bewusst. Steinhart und erschreckend umfangreich drückte sie gegen meinen Bauch. Sie machte mich neugierig. Ich ließ die Gitterstange los, rutschte vom Fensterbrett und platzierte ihn mit einer eleganten Drehung an meiner Stelle ans Fenster. Er sagte nichts, zog nur die Augenbrauen leicht hoch und griff nach der Stange, die bei ihm etwa auf Kopfhöhe lag. Ich musterte unauffällig seinen Gürtel. Glücklicherweise ein normales Modell. Die Entsprechung für diffizile Verschlüsse bei Damenunterwäsche, über die sich in jedem besseren Ratgeber für Männer ausgelassen wird, sind Gürtel, deren Mechanismen von phantasievoll bis blödsinnig variieren.

Dieser hatte meinen Fingern nichts entgegenzusetzen. Die Hose aus dunkelgrauem Stoff ließ ihre qualitativ hochwertige Herkunft an dem Faltenwurf erkennen, mit dem sie sich um seine leicht gespreizten Fußknöchel legte. Auch der Slip fand Gnade vor meinen Augen, ein schwarzes Calvin-Klein-Modell. Nichts Spießiges, aber auch nicht von der Art, die einen an der sexuellen Orientierung zweifeln lässt. Mutig schob ich sehr, sehr vorsichtig den Slip an den Seiten herunter, griff dann vorne hinein, wo das gute Stück schon stramm und aufrecht an den flachen Bauch gepresst stand, und näherte mich etwas misstrauisch diesem Prachtexemplar. Da man von frühesten Aufklärungswerken bis hin zu fortgeschrittenen überall und immer auf das Problem der männlichen Sauberkeit stößt, setzt sich mit der Zeit die Überzeugung fest, dass wohl nicht ohne Grund diesem Thema so viel Raum gegeben wird.

Mein Misstrauen war nicht gerechtfertigt. Über einem kräftig pulsierenden geraden Schaft präsentierte sich eine seidig glänzende leuchtend rote Eichel, an deren Spitze bereits ein Tropfen glitzerte. Ich umfasste mit Daumen und Zeigefinger der rechten Hand den Schaft kurz unterhalb der Vorhaut und bewegte sie kurz und kräftig nach unten. Ein leichtes Keuchen über meinem Kopf, und die Eichel stand nackt und schimmernd vor meinen Augen. Ich konnte nicht widerstehen und leckte zart entlang der kleinen Furche an der Spitze, in der ein glasiger Tropfen hing. Der Penis in meiner Hand zuckte sofort wie zur Antwort. Ich bemühte mich, möglichst fest herumzugreifen und bewegte die Hand gemächlich auf und ab, wobei ich darauf achtete, nicht an die Eichel zu kommen. Meine linke Hand hatte seinen Hodensack als Spielgerät entdeckt. Ich hielt ihn locker und bewegte die Hoden darin wie ein alter Grieche seine Handsteine. Als mein Mund sich über die Eichel schob und ich begann, mit der Zunge den Eichelrand zu umkreisen, spannten sich die Oberschenkelmuskeln merklich an. Es war nicht so einfach, weil er ziemlich groß war. Ich malte Kreise, Achten, zwischendurch tupfte ich nur ganz leicht mit der Zunge den Schaft entlang und blies sanft auf die nasse Spitze … Mein Mund hatte sich nach einiger Zeit an seine Ausmaße gewöhnt, und ich versuchte, unterstützt von meiner Hand, die Spitze tiefer hineinzulassen, wieder herauszuziehen, wieder hineinzuschieben, wieder heraus … Es gefiel ihm ausnehmend gut. Er begann sich leicht zu winden. Ich drückte noch einmal kräftig an der Peniswurzel zu und streckte dann den Mittelfinger meiner linken Hand, um den Damm zu massieren. Er flippte fast aus – jedenfalls interpretierte ich seine Lautäußerungen in der Richtung. Es war wohl an der Zeit, mir eine kleine Pause und ihm einen Moment zum Atemholen zu gönnen. Mit einem letzten Zungenschlag löste ich meinen Mund, hielt aber den Klammergriff um den Penisschaft aufrecht. Ein paar gefühlvolle Auf- und Abbewegungen – und das prachtvolle Stück legte tatsächlich noch an Umfang zu! Als Variation begann ich, zärtlich seinen Hodensack zu lecken und die kleinen Kugeln darin mit der Zunge anzustupsen. Dabei vergaß ich nicht, mit entsprechenden Pausen, seinen Schwanz zu bearbeiten. Der zuckte inzwischen frenetisch, und die dicken Adern pulsierten geradezu gefährlich. Viel länger war es nicht hinauszuzögern. Mit der linken Hand umfasste ich behutsam, aber entschlossen seinen Hodensack und zog ihn nach unten. Mit rechts packte ich den Schaft und begann ihn kräftig zu wichsen. Da ich Angst hatte, ihn mit den Zähnen zu verletzen, verlagerte ich meine Finger ziemlich zum Eichelrand, wo ich darauf achtete, die Vorhaut ordentlich nach unten zu ziehen und bei der Gegenbewegung mit leichter Drehbewegung wieder darüber zu schieben. Mein Spielraum für Zungenspiele war jetzt ziemlich beschränkt, deshalb begnügte ich mich mit einem einfachen Rein-Raus. Das reichte völlig aus! Innerhalb von Sekunden explodierte er förmlich. Sein Sperma spritzte mir bis hinten in die Kehle und rann in meinem Hals hinunter. Ich hielt die Spitze mit dem Mund fest umschlossen, bis das letzte Zucken auch den letzten Tropfen ausgepresst hatte, unterließ aber jede Art von Bewegung, um die Reizung nicht unangenehm werden zu lassen. Dann löste ich mich, schloss meinen überdehnten Mund und schluckte den Rest. Ich bin nicht verrückt darauf, aber es ist mir auch nicht so unangenehm, dass ich es zu vermeiden versuche. Ich habe schon ganz andere Dinge aus Höflichkeit zu mir genommen. Kaviar zum Beispiel finde ich widerlich.

Er zog mich hoch, und sein Mund, kühl jetzt und entspannt, fuhr in einer mehr zärtlichen Geste über meinen, ehe er die Zunge hineindrängte und seine Spuren suchte. Ein eher sanfter Kuss, der das Nachglühen unserer hemmungslosen Begegnung noch einmal kostete, ehe wir uns voneinander lösten. Er bückte sich, zog seine Hosen hoch und küsste mich auf die Nasenspitze.

»Ich hätte nicht gedacht, dass der heutige Abend solche Überraschungen für mich bereithält!«

Mein Kleid wurde zurechtgezupft, meine Halskette gerichtet. Sein Blick glitt prüfend über mein etwas derangiertes Äußeres.

»Nichts, was nicht mit Nachpudern und etwas frischem Lippenstift zu renovieren wäre. Möchtest du gleich zurück oder lieber ein wenig nach draußen – zum Abkühlen?«

Ich schwebte immer noch kurz über dem Erdboden. Es war unwahrscheinlich, dass ein längerer Aufenthalt in seiner nächsten Nähe mich wesentlich beruhigen würde. Also schlüpfte ich nur kurz in die Damentoilette, und wir spazierten gelassen wieder zur Gesellschaft zurück. Rüdiger warf uns gut gelaunt bloß einen kurzen Blick zu.

»Wart ihr draußen? Ihr wart so plötzlich verschwunden. Wenn ihr noch Dessert wollt, müsst ihr euch beeilen. Das Tiramisu ist schon nicht mehr zu haben.«

*Anne West*

# Kim. Davidstraße Ecke Reeperbahn

**Kim. Einfach nur Kim.**

Wieso wollen Sie wissen, wie ich in echt heiße? Sind Sie taub oder was? Soll das hier ein psychosoziales Kaffeekränzchen werden? Hören Sie mal. Entweder Sie gehen weiter oder sagen jetzt mal, was Sie wollen. Handentspannung, Französisch, GV oder Quatschen. Anal kostet extra.

Ja, klar haben wir Reden im Programm, was denken Sie denn. Sie glauben gar nicht, wie viele einfach nur hierher kommen und einen fürs Zuhören bezahlen. Ich weiß ja nicht, wie's Ihnen geht, Sie fragen zu viel und hören offenbar nicht zu. Völlig ungeeignet für den Job, abgesehen von der Figur. Sagen Sie, was Sie wollen, oder hauen Sie ab. Ich steh hier nicht zum Spaß. Also. Lezzienummer, zuschauen, Mammafick oder was?

Nee, das ist nicht drin.

Hören Sie mal, ich könnte Ihnen jetzt schon zwei Zehner allein fürs Rumstehen abziehen. Inzwischen sind drei Kunden vorbeigekommen.

Ich sag noch mal: Nein. Küssen ist nicht drin.

Auf den Mund schon mal gar nicht.

Wenn Sie's zufrieden macht: Sie können mich auf die Stirn küssen oder auf den Hals. Meinetwegen auch auf die Möse, wenn's Ihnen nichts ausmacht, wer da schon vorher rein- und rausmarschiert ist, so von wegen Ihrer Psychologie, weil um die Hygiene müssen Sie sich man keine Gedanken machen, das geht schon. Könnte man sich auch sonst gar nicht leisten.

Was ich küsse? Den Schwanz vielleicht. Aber nur mit Gummi.

Kommen Sie, hauen Sie ab. Was Sie hier tun, ist Verbalmasturbation, und da steh ich echt nicht drauf.

Oh, danke schön. Endlich haben Sie begriffen. Aber mit 'nem Fuffi kommen wir auch nicht weiter. Ficken oder was?

Warum ich so mit Ihnen rede? Hey! Erstens hab ich die Tacken schon, und zweitens antworten Sie ja immer drauf. Sie wollen es doch nicht anders. Scheint die einzige Sprache zu sein, die Sie verstehen. Diese ganze Kompromisskacke ist nicht mein Ding. Leute, die nur Blabla schwatzen, aber nicht sagen, wenn sie was nervt, so rein seelisch immer in den Arsch gevögelt werden. Aber bloß schön stille halten, es könnte mich ja sonst keiner mögen. Vergiss es.

Hören Sie, lassen Sie uns woanders weiterschnacken, ja? Ist ja schon peinlich. Die Mädchen könnten denken, ich kenne Sie persönlich.

Wozu wollen Sie meine Hand nehmen? Es sieht jeder, dass Sie mit einer Nutte hier langspazieren. Was meinen Sie, wozu habe ich diese Klamotten an? Weil's mir gefällt oder weil ich meine, Rot und Gold steht mir? Besonders bei Röcken, die mehr wie Gürtel aussehen?

Meinetwegen. Ja, das *Quer* kenn ich. Aber da lassen die mich nicht rein. Wiesowiesowieso. Wenn Sie sich weiter so dämlich anstellen, kost das extra.

Sie versuchen es wohl schon wieder. Auf den Mund küssen ist nicht. Wozu wollen Sie das überhaupt? Küssen können Sie doch überall, dazu müssen Sie nicht auf den Kiez gehen.

Ich habe einen schönen … hey. Das ist nett, echt. Aber hab ich schon hundert Mal gehört. Sie sind zwar der Erste, der unbedingt knutschen will, aber dass ich einen schönen Mund habe, weiß ich.

Komisch, die anderen wollen es dann immer nur französisch. Ich weiß ja nicht, was die Frauen da draußen so machen, aber eines sage ich Ihnen – würden sie die Schwänze ihrer Männer öfter in den Mund nehmen, wäre alles nur halb so wild. Ich mein, die sind da echt scharf drauf, Kerle. Wenn's gut gemacht ist, meine ich.

Gut gemacht? Was das heißt? Ähm, hallo. Haben Sie etwa noch keinen gescheiten Blow-Job bekommen? Okay, okay, bei den meisten hier werden Sie eh nur beschissen. Wir nehmen die Dinger doch nicht alle in den Mund, sind wir bescheuert oder was? Nicht umsonst haben wir lange Haare, damit Sie nicht sehen können, was da unten passiert. Oder haben Sie schon mal eine Hure gesehen, die Sie währenddessen anschaut, wenn sie ihn drin hat, ich meine, im Mund?

Ach, Sie waren noch nie bei einer? Hm. Na ja, soll es ja auch geben.

Genau. Wir nehmen die Hand dazu, oder knicken so den Kopf nach unten, dass er zwischen Wange oder Kinn und Hals langschubbert. Viele erfühlen den Unterschied eh nicht, die sind schon hackedicht bis Oberkante Unterlippe, und bei einigen willste schon mal gar nicht, die schickst du unter die Dusche. Deswegen tun die mir unten am Hafen ja auch so Leid. Die können nicht mal eben sagen: Erst duschen, dann französisch.

Klar, immer mit Gummi. Muss ich das immer dazu sagen? Sag mal, wo lebst du? Tripper, AIDS, Läuse, Herpes, Kondylome – bei dem Durchgangsverkehr kann man sich eher was einfangen, als 'ne Kuh übern Eimer zu stellen. Da musste zusehen, dass du immer alles dabei hast. Die Kunden denken da doch nicht dran, sind doch Männer, die haben doch so was nicht nötig, das läuft doch auch sonst nicht anders.

Was, wenn er ohne will. Dann kriegt er trotzdem eins drüber, egal, wie viele Scheine er auf die Kralle legt. Mit dem Mund oder der Hand, ist doch schnurz. Guckst du keine Pornos? Ja, klar tragen die da Kondome, es gibt so superdünne durchsichtige, die siehst du im Leben nicht. Und du kannst an Deorollern oder so üben, wie du das Ding mit den Lippen drüberkriegst, ohne dass es zerreißt.

Hey, das hat nichts mit Ehre oder so zu tun. Man macht seinen Job, man macht ihn gut, aber einige verdienen es nicht, dass man sie 120-prozentig bedient. Was soll's auch. Den meisten brauchst du nur die Hose aufzumachen und das Gummi drüberzurollen, da sind die schon fällig. Ihr Problem, wenn der Hunni dann in die Hose geht.

Ach so, ein guter Blowjob? Mensch, wenn du einen richtigen geilen willst, gehst du nicht auf die Straße, sondern zum Begleitservice. Oder holst dir eine nach Hause, ins Hotel oder was weiß ich wohin. Wo du es halt schon immer mal tun wolltest. Die Frauen haben Zeit, es dir richtig mit dem Mund zu machen. Die meisten denken aber, das kriegen sie hier auch. Mann, Männer stehen da echt drauf.

Bis auf Sie, komisch. Was haben Sie denn nur mit dem Küssen, erzählen Sie doch mal.

Vorher noch 'nen Fuffi. Lass uns mal in die *Ritze* gehen, ins Hinterzimmer, da fällt's nicht so auf, dass wir nur reden. Ich hab hier ja auch einen Ruf zu verlieren.

Welchen? Hey, eben noch Komplimente machen, und jetzt nicht mitdenken.

Genau. Die Mundräuberin. Na ja, so ähnlich, aber der Name ist nicht schlecht. Ich hab mich auf Lippenservice spezialisiert, aber es läuft denn doch nicht so sensationell. Fifty-fifty, würd ich sagen. Ich würd gern weniger GV machen, und bei Besoffskis halte ich schon einfach nur mal die Hand dazwischen und mach was mit Gleitmittel oder so, oder Spucke zwischen die Schenkel, und schieb denen 'ne Falle.

Sach mal, du bist nicht vonner Zeitung oder so? Na, dann ist ja gut. Weil, dass das hier eine einzige Traumfängerei ist, ahnen die meisten ja. Aber dass die Koberei und das Abziehen und so stimmt, dass müssen sie ja nicht gleich lesen.

Handkuss? Was willste denn jetzt damit? Ist doch okay, dass mit dem Duzen, oder? Du siehst ja nett aus, auch wenn du dämliche Fragen stellst, aber das ist ja auch mal ganz schön, bisschen mehr zu reden, als zuzuhören oder pausenlos die Lippen lüstern zu lecken.

Klar lecke ich Lippen! Feuchte Lippen, feuchte Muschi. Rein assoziativ. Aber lieber benutze ich so einen Glitzerroller, als ständig zu lecken, das ist ja auch nicht gut für die Haut. Aber nicht zu viel! Das trocknet sonst auch aus. Bisschen lecken, bisschen rollern. Der Mund ist mein Kapital, echt. Titten, ja, auch, die Beine geht so.

Wie findest du meinen Hintern?

Ach, hör auf. Freut mich aber trotzdem.

Zwei Kaffee. Und zwei kleine Wasser.

So, der Handkuss. Aus welchem Jahrhundert ist der denn? Weißt du, wer ficken will, muss freundlich sein. Wir nehmen auch nicht jeden, auch wenn's so aussieht.

Schau, du verstehst nicht. GV ist so unpersönlich, das kannste mit jedem machen, echt. Dazu brauchst Du keine Lust oder so, es reicht bisschen nass machen, so 'n paar Sachen sagen, und danach geht man wieder auseinander. Orgasmus brauchste auch nicht vorspielen – die Kunden wollen, dass sie im Mittelpunkt stehen und nicht das ganze Vorspielbrimborium wie zu Hause. Die meisten zumindest.

Aber Küssen – das ist was, dafür brauchst du eine Bindung. Seele. Verliebtsein und das alles. Und, mal ehrlich. Würdest du dich in einen verknallen, der in den Puff geht? Eben.

Außerdem ist Küssen dann insofern eklig, weil es nichts Besonderes mehr wäre, würdest du das mit jedem machen. Das ist einfach zu … intim.

Jetzt sitzt du da und wunderst dich. Warum reinstecken

weniger intim sein sollte als auf Zunge küssen oder so. Ein Kuss ist wie ein Versprechen. Ich gebe aber keine! Das ist ja was wie Liebe. Und das wäre unmoralisch, wenn er doch Geld bezahlt. Geld schließt Liebe aus.

O Mann. Ich wusste, dass du damit kommst, von wegen Männer verdienen doch die Kohle, Frau kriegt Taschengeld. Ist aber nicht dasselbe! Bevor sie sich zu 'ner Familie gemacht haben, war da Liebe. Und die begann mit 'nem Kuss. Das sollte man ernst nehmen, so was.

Natürlich ging mir das ähnlich. Da war ich 15 oder so, er war der Reitlehrer, und von mir aus war das die ganz große Liebe. Ich wollte immer küssen, aber er wollte was anderes. Zum Schluss haben wir nur noch das andere gemacht, gar nicht mehr geküsst. Diese Gefühle hebe ich auf, weißt du, und geb sie nicht weiter an fünf Kunden oder so pro Nacht. Das ist doch pervers.

Ob ich mich in dich verlieben könnte? Weiß nicht. Das überlege ich aber auch nicht, denn du hast mich schon bezahlt.

Wie viel ich fürs Küssen nehmen würde? Hör zu: Das ist nicht zu bezahlen. Das geht nur ohne, begreif's doch. Das ist ein Geschenk, und geschenkt kriegste nichts in der Welt, jedenfalls nicht in dieser. Wenn du auf'n Strich gehst und dir 'ne Frau suchst, dann geht es doch nur darum, sofort Sex zu haben. Und sich die Höflichkeit und die Heuchelei zu sparen. So. Das kriegste. Aber wenn du küssen willst, dann musst du auch verliebt sein. Geht das nicht in deinen Schädel?

Ist das so? Die Leute knutschen auch willenlos herum, wenn sie betrunken sind oder einfach die Gelegenheit da ist? Das ist aber nicht sehr stilvoll. Das würde ich ja nicht machen.

Wieso paradox! Wirst du jetzt Philosoph? Hör mal: Guck dich doch mal um. Angeblich sehen die Hälfte aller Frauen keine Rivalin in einer Prostituierten. Warum nicht? Weil der Kerl nur Sex hat, für den er auch noch bezahlt und der aller Wahrscheinlichkeit auch nicht besser ist als der zu Hause. Es geht nicht um Sex oder Liebe, sondern um den Kick, als Mann bestimmen zu können, mit welcher Frau man jetzt auf der Stelle schlafen kann, in welcher Stellung oder an welchem Ort. Egal. Aber fast alle Frauen flippen aus, wenn sie erfahren, dass ihr Liebster mit 'ner anderen rumgeknutscht hat! Wieso? Weil zum Knutschen Schmetterlinge im Bauch gehören, und Herzflattern, und hinterher Aufgeregtheit, wie es denn weitergeht mit dieser Romanze, basta. Stell dich doch nicht dümmer, als du bist. Im Übrigen läuft uns die Zeit davon.

Ja, genau, ein Scheinchen ist fällig. Ich werd den anderen sagen, du bist ein Marathonficker, okay?

Das findest Du blöd? Was soll ich sagen – wieder so einer, der quatschen wollte?

Die Wahrheit? Dass du küssen willst? Ach Gott. Du nervst.

Ob es schön wäre, ob es schön wäre. Seit wann kommt es darauf an, dass es für eine Nutte oder überhaupt eine Frau schön ist? Was bist du nur für einer, der sich darüber Gedanken macht? Ich mein, klar, ein Freier kommt wieder, wenn er bei einer das Gefühl hat, ein toller Liebhaber zu sein. Da geht man halt ein bisschen mehr mit und stöhnt und sagt die richtigen Sachen. Das ist aber nach der vierten Nummer auch ziemlich anstrengend. Da sollte man fast Laiendarsteller-honorar für kriegen.

Keine Ahnung, wie's in Asien läuft. Ölbäder, Körperwäschen, Massagen – das sind alles Sachen, dafür gibt's hier kein Potenzial. Die Deutschen oder überhaupt die Europäer sind so genussfähig wie ein Krankenhausfußboden. Und solchen Banausen willst du das Küssen andrehen? Da ist doch jeder schöne Kuss verschleudert.

Schlecht geküsst ist schlimmer als schlecht gefickt.

Tschuldige, das ist nun mal die Sprache. Ich weiß, es hört sich derbe an. Ich bin eigentlich auch mehr fürs Romantische, aber weißt du was mit Romantik passiert, wenn dir alle immer nur sagen, wie sie's gern hätten? Du siehst sie da gehen und stehen und glotzen, und du weißt genau, dass sie sich jetzt vorstellen, wie es wäre, es mit mir zu treiben. Das ist unheimlich. Sowohl unheimlich geil als auch unheimlich abstoßend. Ich weiß nicht.

Schau, manche wollen einem noch nicht mal die Hand geben. Wie kann ich sie dann küssen? Auch wenn ich das Bedürfnis hätte nach Küssen oder geküsst zu werden, wie kann ich mich selbst verleugnen?

Natürlich ist das eine Art Ehrenkodex. Wenigstens das Küssen sollte man sich sparen, wenn man schon sonst alles mitmacht. Ich mein, Küssen ist Austausch von Körperflüssigkeit, Spucke und das alles. Beim GV oder französisch hast du immer Gummi, da ist immer Distanz, wenn auch nur weniger als ein Millimeter. Aber das ist nun mal eine wichtige Abgrenzung, alles andere wäre zu pur, zu dicht. Bei Strichern ist das anders. Die küssen auch.

Quatsch, geknechtet! Wir könnten ja auch was anderes machen, kellnern oder putzen oder als Promoterin arbeiten oder so. Das hat nichts mit Spaß, sondern mit Berechnung zu tun. Aber die Berechnung hört beim Küssen auf.

Orgasmus? Willst du mich verschaukeln?

Wenn du mich so fragst: Ohne Küssen hab ich keinen, das ist schon mal klar. Ich vögele ja auch dann und wann mal privat, und ohne Küssen oder Geküsstwerden kann ich mich nur schwer entspannen.

Tatsächlich. Wieso sollte ich den Spaß verlieren? Nur weil Sex mein Beruf ist? Ach was, das sind doch verquere Vorstellungen. Natürlich gibt's welche, die werden gezwungen. Natürlich gibt's welche, die brauchen Sex so sehr, dass sie gleich dafür Geld nehmen. Aber das Gros ist weder nymphoman noch aus Litauen verschleppt.

Schicksal, Geschichte, Lebensbeichte. Wozu. Jeder Mensch hat seine Geschichte, und ich weiß nicht, ob es angehen kann, dass wir Huren behaupten, wir hätten alle ein schwereres Leben gehabt als der Rest der Welt.

Ob du sie berühren darfst? Okay. Aber schau mich an währenddessen. Ich mache oft genug die Augen zu, wenn sie mich von vorn, von hinten oder zu zweit nehmen. Wenn Du meine Lippen berührst, dann schau mich an.

Das ist ganz automatisch, dieser Leckreflex. Tut mir Leid. Soll ich Deinen Finger in den Mund nehmen?

Du hast die Augen zugemacht. Du sollst mich doch anschauen. Ja, ich weiß, dass es dir gut tut. Finger sind so sensibel.

Hast du gespürt, was die Zunge alles machen kann? Rollen, tupfen, reizen? Und der Mund: saugen, hauchen, streicheln, enger und weiter werden, feucht oder hart, je nachdem, was du mit ihm machst …

Genau. Das kann eine kleine Pussy nicht. Eine große auch nicht. Und wie willst du das bezahlen? Das ist wahrer Liebesdienst, weiß du. Nicht umsonst heißt es, oral verwöhnen. Ist zwar billiger Wortquatsch, aber ich glaube, ich sagte schon, dass Kerle darauf stehen. Weil man so viel mehr damit machen kann.

Das ist ja ein süßer Spruch. Die schönste Art, eine Frau zum Schweigen zu bringen, ist, sie zu küssen … das hast du bestimmt von einem bekannten Dichter, oder? Oder war's ein Schauspieler, der viel rumkommt?

Das heißt, ich rede zu viel? Hey, du fängst an, mit einer Hure zu flirten. Weißt du nicht, dass das rausgeschmissene Bemühungen sind? Wenn du wolltest, könntest du sofort …

Du möchtest meine Finger küssen? Okay, probier's mal. Ich sag dir dann, ob du gut bist.

Hmm ... nicht schlecht für 'ne Hete. Aber du musst sie einzeln in den Mund nehmen. Und ihn nicht vorher aufmachen, sondern den Mund richtig auf den Finger gleiten lassen. Keine Sorge, wenn du tief an der Zunge bleibst, musst du nicht würgen.

Jaaaa ... gut.

Was?

Ich hab die Augen geschlossen?

Scheint mir dann ja wohl zu gefallen, wie? Jetzt nimm deine Zunge und leck den Zwischenraum der Finger.

Komm, ich zeig dir, wie ich's meine. Ich schlängele meine Zunge um deinen Finger herum, wenn ich ihn wieder rausziehe. Und ich weiß, an was du jetzt denkst. Schau mal, wie er jetzt glänzt.

Nein, ich glaube nicht, dass du an deinen Harten denkst. Ich denke, dass du immer noch gern küssen würdest.

Und ich glaube, dass es Zeit wird, dass wir beide nach Hause gehen und damit aufhören, Hure und Freier zu spielen.

Genau. Kim. Wie deine Frau.

Nimm mich mit und küss mich, damit ich weiß, dass du mich liebst.

# Die Froschküsserin

ERZÄHLT UND BEBILDERT VON C. MOSER 2001

In den alten Zeiten, in denen das Wünschen noch half, lebte eine wunderschöne Königstochter im heiratsfähigen Alter.

Der Bewerber waren viele, doch sie war wählerisch. Keiner der ortsansässigen Prinzen schien ihren Vorstellungen zu entsprechen.

Nun hatte die Prinzessin aber gelesen, dass die attraktivsten Prinzen bisweilen ihr Dasein verwunschenermaßen in Froschform fristen. So ging sie Tag für Tag hinaus in den dunklen Wald, an den Rand des kühlen Brunnens, und suchte nach ihrem Traumgemahl. Kein Frosch war vor ihr sicher – doch ein Prinz war leider nicht dabei.

Dann, eines sonnigen Sommertages, fing sie einen Frosch, der lautstark gegen die Küsserei protestierte. "Du sprichst, du alter Wasserpanscher," fragte sie ihn verwundert, "bist du am Ende gar ein verwunschener Prinz?"

Prinz? Blödsinn," widersprach der Frosch, "ich bin doch nur ein einfältiger Frosch, der mit seinesgleichen im Wasser sitzt und quakt." Die Prinzessin aber wollte dem listenreichen Frosch nicht glauben. "Noch nie habe ich gehört, dass Bäcker, Bauern oder Bettler verwandelt werden. Du musst ein Prinz sein!"

Der Frosch versuchte zu entweichen, sie jedoch griff ihn beherzt beim Schenkel. "Du sollst mein Geselle und Spielgefährte sein, von meinem goldenen Tellerlein essen, aus meinem Becherlein trinken und in meinem Bettchen schlafen!"
Und unerbittlich führte sie ihn zu ihrem Munde.

Haaalt!", schrie der Frosch, "Ich geb's ja zu! Ich bin ein Prinz, aber küssen bringt doch nichts! Du musst mich an die Wand werfen. Hast du das Märchen nicht richtig gelesen?" "Aber ich will doch wissen, ob mein Prinz auch wirklich gut küssen kann, bevor er mich zum Traualtar führt."

Da half kein Reden und kein Quaken. Die Königstochter küsste den Frosch, und der Kuss war feucht und leidenschaftlich, und seine Zunge war unglaublich lang und sehr beweglich. Die Prinzessin war überglücklich: "Davon habe ich mein Lebtag geträumt! Du sollst mein Gatte sein!" Der Frosch gab seinen Widerstand auf: "Hm. Dann kommt jetzt wohl das An-die-Wand-Geklatsche?"

So heiratete die Prinzessin ihren Froschprinzen. An die Wand hat sie ihn allerdings nicht geworfen, denn sie zweifelte doch sehr, ob er in seiner menschlichen Erscheinungsform noch ein derart guter Küsser wäre. Außerdem hatte sie sich schon ziemlich an Froschmäuler gewöhnt.

Sie lebten glücklich und zufrieden und bekamen eine Schar bezaubernder Kinder. Und wenn sie nicht gestorben sind, dann küssen sie noch heute.

# Die Autorinnen und Autoren

**Pedro Almodóvar,** 1951 in La Mancha geboren, geht mit 16 nach Madrid. Seine Leidenschaft ist das Kino, aber da die Filmhochschule zu diesem Zeitpunkt schon von Franco geschlossen worden ist, schlägt er sich mit Gelegenheitsjobs durch, schreibt seine ersten Erzählungen und Comics, spielt Theater und tritt mit einer parodistischen Punkrock-Gruppe auf. Nach Francos Tod 1957 wird Almodóvar zum Protagonisten der *Movia*, der turbulenten Anti-Establishment-Bewegung. 1974 dreht er seinen ersten Film auf Super-8, 1980 hat er mit *Pepi, Lui, Bom …* seinen ersten großen Erfolg. Der internationale Durchbruch kommt 1987 mit *Frauen am Rande des Nervenzusammenbruchs*. Es folgen *Fessle mich*, *High Heels*, *Kika* und *Live Flesh*. Almodóvar wird »Spaniens wichtigster Exportartikel«. 1999 gewann er die Goldene Palme von Cannes für den Film *Das Leben meiner Mutter*. Neben zahlreichen anderen Auszeichnungen wurde der Film auch mit dem Oscar für den besten ausländischen Film geehrt.

**Sven Amtsberg**, geboren 1972, arbeitet als Schriftsteller, Verleger und Literaturveranstalter. Er ist Chef des Schwamm-Verlags, Gründungsmitglied des Macht e.V. sowie Mitveranstalter der gleichnamigen Lesungen im Hamburger Mojo-Club und Macher der Schischishow. Er hat bereits zahlreiche Beiträge in Zeitschriften und Anthologien veröffentlicht und ist selber Herausgeber mehrerer Anthologien. Zuletzt erschien von ihm *103. Hamburg 2000*.

**Annette Berr**, geboren 1963 in Berlin, oraler Genussmensch (essen, rauchen, reden, streiten, küssen, singen, lachen). Sie verdient sich ihre Brötchen mit Musik und dem geschriebenen Wort, ist Romantikerin und manchmal gerne absolut faul. Sie hat bereits zahlreiche Beiträge in Anthologien veröffentlicht sowie vier Bücher und sechs CDs und außerdem sieben Bühnenprogramme auf die Beine gestellt.

**Francesca Lia Block**, Tochter eines malenden Vaters und einer schreibenden Mutter, ist in Los Angeles geboren, wo sie noch heute mit ihrem Hund in einem rosa Haus lebt, und studierte Englische Literatur in Berkeley. Block schreibt postmoderne, magisch-realistische Märchen für jedes Alter. Für ihre erfolgreiche Kinder-Serie *Weetzie Bat* hat sie den renommierten amerikanischen Book Award gewonnen.

**Glen Duncan**, 1965 in England geboren, lebt und arbeitet als freier Schriftsteller in New York. Sein erster Roman *Obsession* (München: Knaur, 2001) sorgte international für großes Aufsehen.

**Nina George**, geboren 1973, fabuliert zwar am liebsten, aber nicht nur über die schönste Nebensache der Welt – in ihrem Debütroman *Kein Sex, kein Bier und jede Menge Tote* (München: Knaur Lemon, 1999) gibt's noch nicht mal eine wilde Knutscherei. Die Ex-Kellnerin, Ex-Barmaid, Ex-Opernstatistin, Ex-*Penthouse*-Redakteuse und jetzige freie Autorin für Print und TV (Sex, Crime, Comedy, Report) lebt in Hamburg und arbeitet zurzeit an einem Roman übers Erwachsenwerden, was verständlicherweise auch nicht gerade einfach ist. Oder zieht mit Anne W. über den Kiez.

**Boris Hillen**, geboren 1968 in Neuwied/Rhein, lebt und schreibt heute in Frankfurt. 1998 erschien sein erster Roman *Mohnzeit*. Außerdem sind Geschichten in verschiedenen Anthologien veröffentlicht worden. Zurzeit arbeitet er an seinem zweiten Roman *Keimzellen*.

**Ulrich Hoffmann** ist Journalist, Autor und Übersetzer. Er schrieb u. a. Fanbücher zur TV-Serie *Ally McBeal* sowie die Bücher zu zahlreichen erfolgreichen Kinofilmen *(Anatomie, Das merkwürdige Verhalten geschlechtsreifer Großstädter zur Paarungszeit)*. Mit seiner bildhübschen Frau Carolin lebt er in Hamburg und den USA.

**Angelika Joval**, geboren in Berlin. Studium der Geschichte und Germanistik. Lebt heute nach längeren Auslandsaufenthalten als freie Schriftstellerin in der Nähe von Hamburg. Sie hat bereits mehrere Erzählungen in Anthologien veröffentlicht und bekam 1992 den Hamburger Förderpreis für Literatur.

**Binnie Kirshenbaum** lebt in New York City und gibt Kurse für Kreatives Schreiben. In deutscher Sprache sind von ihr u.a. erschienen: *Ich liebe dich nicht und andere wahre Abenteuer*; *Kurzer Abriss meiner Karriere als Ehebrecherin; Ich, meine Freundin und all diese Männer*; *Kein Penny für nichts*.

**Sabine Kornbichler,** geboren 1957 in Wiesbaden, wuchs an der Nordsee auf. Zum Studium der Volkswirtschaftslehre ging sie landeinwärts an die Universität Hamburg. Nach dem Diplom arbeitete sie mehrere Jahre als Beraterin in einer Frankfurter PR-Agentur. 1998 folgte sie ihrem Mann nach Düsseldorf, wo sie heute als freie Texterin und Autorin arbeitet. Neben verschiedenen Kurzgeschichten hat sie bereits die Romane *Klaras Haus* (München: Knaur, 2000) und *Steine und Rosen* (München: Knaur, 2001) veröffentlicht.

**Tobsha Learner** ist gebürtige Engländerin und lebte 16 Jahre in Australien, bevor sie nach Los Angeles zog. Sie arbeitet seit Jahren erfolgreich als Autorin und Dramatikerin. Nach der Kurzgeschichtensammlung *Quiver – Erotische Phantasien* (vgs, 1998) veröffentlichte sie ihren erotischen Thriller *Madonna Mars* (vgs, 1999), der in Australien wochenlang die Bestsellerlisten unsicher machte.

**Lola Lindberg**, geboren 1970 in Düsseldorf, gibt gerne zu, dass sie mit ihrem Vornamen etwas schummelt. Nach stürmischen Jahren voller windiger Männerbekanntschaften lebt sie heute als Vollzeitgeliebte eines kleinen Mannes mit beeindruckendem Aktiendepot in München. Neben zahlreichen Artikeln, die Lola unter abenteuerlichen Pseudonymen in ebensolchen Magazinen veröffentlicht, hat sie bereits mehrere (kleine) Bücher und Kurzgeschichten geschrieben. Lola Lindberg freut sich stets über nette Reaktionen auf ihre Texte: lolalindberg@yahoo.de

**Wiebke Lorenz**, 1972 in Düsseldorf geboren, lebt und arbeitet als freie Autorin in Hamburg. Neben zahlreichen Kurzgeschichten in verschiedenen Anthologien veröffentlichte sie bisher zwei Romane: *Männer bevorzugt* (Rowohlt, 1998) und *Liebe, Lügen, Leitartikel* (Piper, 2000), welcher nach einem von ihr verfassten Drehbuch für SAT.1 verfilmt wurde. Gemeinsam mit ihrer Schwester Frauke brutzelte sie sich *Das Hexenkochbuch* (Knaur, 2001) zusammen, das in keiner schlecht sortierten Küche fehlen darf!

**Philippa Martinson**, geboren 1973, wird gerne geküsst und zieht oft um. Zurzeit wohnt sie in Hannover, macht so dies und das (was genau, erklärt sie nur ungern, aber es hat etwas mit Büchern zu tun) und freut sich des Lebens. Einen Videorecorder hat sie leider nicht, noch nicht einmal einen funktionierenden Fernseher, dafür eine Mitgliedskarte für den Physical Park.

**Olivier Michael**, geboren an einem romantischen Fluss in Württemberg, drei Tage vor der ersten bemannten Mondlandung, getauft am bretonischen Meer des Finistère, sagt von sich selbst: »Gelebt habe ich da wie dort und andernorts, derzeit bin ich zwischen Rhein und Ruhr zu Hause. Das Reisen und Umherschweifen liegt mir im Blut, die Neugierde treibt mich rastlos weiter, und die unverzichtbare Literatur lässt mich beim Lesen wie beim Erzählen selbst am Schreibtisch oder auf dem Sofa in Bewegung bleiben – Bücher führen mich an Orte, zu denen mich meine Füße nie tragen werden und von meinen Augen nie gesehen wurden. Neben Aventüren und Lektüren sind es aromatische Weine, kulinarische Freuden und charmante Frauen, die mich bei Laune und (hoffentlich noch eine ganze Weile) am Leben halten.«

**Christian Moser**, 1966 geboren, lebt in München und arbeitet als Autor, Illustrator und Comiczeichner. Seine Arbeiten erschienen unter anderem in *Tempo*, *Prinz* und dem legendären *Comicstrich*. Im Knaur Taschenbuch Verlag erschienen seine Bücher *Große Mythen in kleinen Tüten*, *Goethe – Die ganze Wahrheit* und *Charles Dickens – Eine Weihnachtsgeschichte*. Bildergeschichten von Christian Moser erschienen außerdem in folgenden Anthologien des Knaur Taschenbuch Verlags: *Herz & Schmerz – Geschichten für Regentage*, *Samtnächte – Geschichte von Liebe und Kerzenschein* und *Hot 'n' Holy – Der erotische Adventskalender* sowie im Schneekluth Verlag in *Draußen nur Kännchen – Was wir schon immer über Deutschland sagen wollten*. Sein neues Buch *Monster des Alltags* beschäftigt sich mit den Abgründen der menschlichen Seele und erklärt die Zwänge und Triebe, die unser Handeln bestimmen – Lebenshilfe, die wirklich etwas bringt.

**Karen Moline,** Autorin der Bestsellerromane *Belladonna* und *Lunch*, ist Filmkritikerin für das BBC-World-Service-Radio, Filmkolumnistin für die Rubrik *Two on One* des Online-Magazins *nerve.com* und ehemalige Interviewerin für die Fernsehsendung *The Big Breakfast* auf Channel 4. Außerdem hat sie als freiberufliche Journalistin im Unterhaltungsbereich für zahlreiche Illustrierte und Zeitungen in den USA, Großbritannien und Australien über Hollywood und Popkultur geschrieben, darunter für *Tatler*, *Vogue*, *Harper's Bazaar*, *W*, *Elle*, *Premiere*, *Company*, *New York*, die *Financial Times* und die Londoner Abendzeitung *Evening*

*Standard.* Sie lebt in Manhattan, wo sie an ihren nächsten beiden Romanen schreibt – *Game Over*, *You Win* und *Remember Your Location*.

**Markus Seidel**, geboren 1969 in Wilhelmshaven, studierte Germanistik und Philosophie in Hannover, Wien und Berlin. Sein erster Roman *Umwege erhöhen die Ortskenntnis* (Berlin: Rütten & Loening, 1998) wurde von der Kritik begeistert aufgenommen. Mit *Freischwimmer* (München: Knaur, 2000) festigte er seinen Ruf als einer der interessantesten jungen deutschen Autoren, und für seinen neuen Roman *Vom Stand der Dinge* (München: Schneekluth, 2001) wurde er mit dem von Günter Grass ins Leben gerufenen Alfred-Döblin-Stipendium ausgezeichnet. Markus Seidel lebt heute in Hamburg.

**S. M. E.**, Jahrgang 1955, wuchs in einer unruhigen Familie mit drei Schwestern im Großraum Frankfurt auf. Nach dem Abitur studierte sie Historische Ethnologie und lernte 1977 dabei ihren Mann kennen. 1981 heiratete sie, es folgten diverse Umzüge im süddeutschen Raum. 1984 wurde die Tochter geboren, 1986 der Sohn. Zurzeit lebt die Familie in einem alten Bauernhaus mit großem Garten in einem 2000-Seelen-Ort in der Nähe von Konstanz.

**Imme Staehler,** in Frankfurt geboren, bei Hamburg aufgewachsen, in München studiert, in Barcelona rumgekreischt, arbeitet derzeit frei als Autorin und Journalistin im Norden (Hamburg), wenn sie nicht in der Sonne herumreist. Bislang hat sie zwei Romane geschrieben – *Sag zum Abschied leise Mistkerl* (München: Heyne, 1997) und *Küss mich, ich hasse dich* (München: Heyne, 1999) – sowie zahlreiche Kurzgeschichten veröffentlicht. Um nicht so zu enden wie die alten Damen in ihrer Geschichte, sucht sie gerade einen netten, souveränen Mann. Und eine neue Wohnung. Bewerbungen bitte an info@immeschroeder.de

**Claudia Thesenfitz** machte 1987 Abitur, danach arbeitete sie drei Jahre als feste Freie bei *Tempo*. Parallel machte sie ein Germanistik-Anglistik-Studium an der Uni Hamburg. 1992–94 dann Redaktionelles Volontariat bei der *Szene* Hamburg. Direkt danach (1994–97) Redakteurin im Ressort »report« bei der *petra*. 1997–1998: Ressortleiterin des Ressorts »report«. 1999: Chefreporterin der *petra*. Seit Juli 1999: Freie Autorin und Journalistin, unter anderem für *petra*, *Gala*, *maxi*, *Gold*, *Für Sie*, *VW-Magazin* und *Brigitte Young Miss*. Als Autorin hat sie bereits eine Kurzgeschichte in der Anthologie *Samtnächte* (München: Knaur, 2000) veröffentlicht. Der erste eigene Roman sowie ein Krimi sind in Arbeit. Seit September 2000 arbeitet sie zusammen mit Drehbuch- und Schauspiel-Agentin Frauke-Ellen Moeller an ihrem ersten Drehbuch.

**Tina Uebel**, geboren 1969 in Hamburg, ist Autorin, freie Journalistin, Verlegerin und Grafikdesignerin. Außerdem ist sie Gründungsmitglied des No-Budget-Verlages Edition 406 und fungiert als Mitveranstalterin und MC der Hamburg ist Slamburg Poetry Slams und anderer literarischer Events. Sie ist Machtmacherin in der Literaturfusion Macht e. V. – Organisierte Literatur. Tina Uebel hat bereits diverse Kurzgeschichten in Anthologien und Zeitschriften veröffentlicht, außerdem das Buch *Frau Schrödinger bewältigt die Welt. Kurze Geschichten* (München: Knaur, 1999). Sie lebt in Hamburg-St. Pauli.

**Anne West**, geboren 1971 in Köln, hat nach den Aussagen ihres Vaters (Schutzmann) sowie ihrer Mutter (Wissenschaftlerin) bereits mit acht Jahren die Bienen- und Blumenfrage für ihre Mitschüler erklärt. Nach schreiberischem Debüt mit 19 bei *Penthouse* (München), Schliff bei US-Magazinen und journalistischen Zwischenstationen im Axel-Springer-Verlag erschien 1998 ihr spritziger Ratgeber *Gute Mädchen tun's im Bett, böse überall*, der Nachfolger *Sag Luder zu mir* im Oktober 2001 (beide bei Knaur). Anne West lebt als freie Autorin in Hamburg in einer wilden WG mit Nina G.

# Quellennachweise

Pedro Almodóvar, ***Ehestreit auf dem Disco-Klo***. Aus: Pedro Almodóvar, *Patty Diphusa. Wilde Geschichten*. Aus dem Spanischen von Bärbel Arnold. Copyright © 1991 by Pedro Almodóvar. Copyright © 1997 der deutschsprachigen Ausgabe bei Edition 406, Hamburg.

Sven Amtsberg, ***Nachdem das Licht aus ist***. Originalbeitrag. Copyright © 2001 bei Droemersche Verlagsanstalt Th. Knaur Nachf., München.

Annette Berr, ***Küss mich, ich dich*** und ***Oral, den Mund betreffend***. Copyright © 2000 bei Annette Berr. Beide Beiträge erstmals erschienen in: Manuela Kay und Anja Müller (Hrsg.), *Schöner kommen – Das Sexbuch für Lesben*, Querverlag 2000. Abdruck mit freundlicher Genehmigung der Autorin.

Francesca Lia Block, ***Die Leidenschaft des Surfers***. Aus: Francesca Lia Block, *Nymph*. Deutsch von Theda Krohm-Linke. Copyright © 2000 by Francesca Lia Block.

Glen Duncan, ***Alicia***. Aus: Glen Ducan, *Obsession*. Aus dem Englischen von Rainer Pfleiderer. Copyright © 1997 by Glen Duncan. Copyright © 1998 der deutschsprachigen Ausgabe bei Lichtenberg Verlag GmbH, München.

Nina George, ***Ein Kuss zu viel***. Originalbeitrag. Copyright

Tina Uebel, ***Cunnilingus, Waschmaschine und Mutter***. Erstmals erschienen in: Annemarie Stoltenberg (Hrsg.), *Erde tu dich auf. Pechschwarze Geschichten von schamroten Frauen*. Ullstein 1997. Abdruck mit freundlicher Genehmigung der Autorin.

Anne West, ***Kim. Davidstraße Ecke Reeperbahn***. Originalbeitrag. Copyright © 2001 bei Droemersche Verlagsanstalt Th. Knaur Nachf., München.

Matthias Triebel

# Nachttrümmer

Another day comes by,
another day goes ...

Die Tage vergehen wie im Flug, und nur das Wochenende zählt: Zwei Twentysomethings, Karla und Christoph, treiben durch die Nacht – wertvolle Stunden, in denen gelacht und getanzt, geflirtet und getrunken wird. Immer auf dem Sprung, immer auf der Suche: Wer bin ich? Und warum? Und gibt´s hier noch mal was zu trinken?

Ein bemerkenswertes Debüt – schnell, heftig und immer
erfüllt von der Poesie der Großstadt.

Knaur Lemon

*Lust auf mehr?*

*Weitere erotische Highlights finden Sie in*

**Übernachtung mit Frühstück**
(herausgeben von Nora Dechant)

**Die Geheimnisse der Aphrodite**
(herausgegeben von Nora Dechant)

**Das süße Fleisch der Feige**
(herausgegeben von Nora Dechant)

**Schamlos – Erotische Phantasien**
(herausgegeben von Michael Menzel)

**Liebhabereien – Ein erotisches Lesebuch**
(herausgegeben von Gabriele Kreis & Jutta Siegmund-Schultze)

**Höhepunkte – Ein erotisches Lesebuch**
(herausgegeben von Crestina di Raimondi)

**Vibrations! – Geschichten vom Anmachen**
(herausgegeben von Julia Peters)

**Hot 'n' Holy – Der erotische Adventskalender**
(herausgegeben von Susanne Frank & Timothy Sonderhüsken)

**Samtnächte – Geschichte von Liebe und Kerzenschein**
(herausgegeben von Andrea Bußemeier & Timothy Sonderhüsken)

*Darf's ein bisschen mehr sein?*

*Erotische Romane mit Biss!*

Tobsha Learner
**Quiver – Erotische Phantasien**

Tobsha Learner
**Madonna Mars – Ein erotischer Thriller**

Stella Cameron
**Nackte Lügen – Ein erotischer Roman**

Dolly Buster
**Hard Cut**

Glen Duncan
**Obsession**

*Was Sie schon immer*
*über die schönste Sache der Welt*
*wissen wollten*

Dolly Buster
**Alles echt – Durchhänger und andere Höhepunkte**

Anna D. Garunda
**Das erotische Traumlexikon –**
**Entdecken Sie die sinnlichen Botschaften Ihrer Träume**